De onvermijdelijke dood van Lewis Winter

Malcolm Mackay

De onvermijdelijke dood van Lewis Winter

Karakter Uitgevers B.V.

Oorspronkelijke titel: *The Necessary Death of Lewis Winter*

Vertaling: Martin Jansen in de Wal

Opmaak binnenwerk: Michiel Niesen/ZetProducties
Omslagontwerp: Loudmouth, Utrecht

ISBN 978 90 452 0792 6
NUR 332

FSC
www.fsc.org
MIX
Papier van verantwoorde herkomst
FSC® C110751

Voor Sam & Alex

De personages

Calum MacLean – Huurmoordenaar, negenentwintig jaar, woont in Glasgow. Freelance; alleen ben je beter af. Hoe lang kan dat duren als je zijn talent hebt?

Peter Jamieson – Hij heeft hard en slim gewerkt om zijn keizerrijkje op te bouwen. Het groeit nog steeds snel en als hij dat zo wil houden, heeft hij de beste mensen nodig om het vuile werk voor hem op te knappen.

John Young – Jamiesons rechterhand. Scherp als een scheermes. Loyaal, consciëntieus; twintig jaar zij aan zij doet dat met je.

Lewis Winter – Vijfentwintig jaar crimineel actief en nog steeds onder aan de ladder. Eén goeie deal kan dat veranderen. Kan alles veranderen.

Frank MacLeod – Huurmoordenaar voor Peter Jamieson. De beste, eerlijk gezegd. Maar tegen ouderdom valt niet te knokken. Als je de zestig bent gepasseerd, moeten er dingen worden vervangen. Zoals een heup.

Hoofdinspecteur Michael Fisher – De strijd tegen de georganiseerde misdaad vergt volharding. Maar je blijft de slechteriken op de huid zitten, wie het verdomme ook zijn.

Hugh 'Shug' Francis – Ambitie betekent meer willen, zelfs als je al genoeg hebt. De handel in gestolen auto's levert genoeg op, maar de drugshandel zoveel meer.

Zara Cope – Het is niet het leven waarvoor ze zou hebben gekozen, een oudere man die wil dat ze zich settelt. Maar Winter is een goeie kerel, die begint te leren hoe hij voor meer moet knokken, en dat bevalt haar wel.

Nate Colgan – Je doet wat Nate zegt, en wanneer hij het zegt. Zelfs zijn werkgevers weten dat. Alleen zijn dochter en misschien haar moeder, Zara, denken daar anders over.

George Daly – Onconventionele spierbonk. Wees een goede vriend en houd je hoofd gebogen. Bid dat je geen promotie maakt. Verantwoordelijkheid is dodelijk.

Martin 'Marty' Jones – Leent geld tegen woekerrentes, pooier, lastpak, rendabel. Alleen vanwege het laatste wordt hij getolereerd.

Kenny McBride – Chauffeur zijn van Peter Jamieson is niet zo moeilijk. Het enige wat je hoeft te doen is de weg weten en er geen zooitje van maken.

William MacLean – Eenendertig en heeft zijn eigen garage. Doet het best goed. Als hij zich maar niet zoveel zorgen hoefde te maken om zijn broertje Calum.

Hoofdagent Joseph Higgins – Niet de voor de hand liggende jonge politieman, met zijn heftige familiegeschiedenis. Maar hij werkt hard, en doet dat in stilte.

Stewart Macintosh – Je bent begin twintig en ongebonden. Natuurlijk ga je uit en maak je plezier.

David 'Fizzy' Waters – Heeft met Shug aan auto's gesleuteld sinds ze samen op school zaten. Steunt hem altijd, in elke situatie.

Glen Davidson – Freelance huurmoordenaar, die op zoek is naar iets wat meer oplevert. Niet bijzonder subtiel, maar heel, heel zelfverzekerd.

Hoofdagent Paul Greig – Veel mensen vertrouwen Paul niet. Waarschijnlijk is hij daarom op zijn achtendertigste nog steeds hoofdagent. Maar er zijn weinig mensen die de stad beter kennen dan hij.

Tom Shields – Nog zo'n jonge jongen die zich alleen wil vermaken, net als zijn huisgenoot Stewart.

Neil Fraser – Typische spierbonk. Groot en boosaardig. Meedogenloos, zowel met zijn vuisten als in zijn denken. Voor Jamieson een bruikbare werknemer.

Hoofdagent Marcus Matheson – Een jonge smeris, heel intelligent en volhardend. Veel zal afhangen van de persoon van wie hij zijn lessen leert.

Adam Jones – Manager van nachtclub Heavenly. Die doet zijn naam geen eer aan, maar net als zijn broer Marty is Adam rendabel.

Norman Barnes – Advocaat. Pakt alles aan wat hij aangeboden krijgt, maar dat zijn zelden aangename zaken.

Inspecteur Ian Davies – Zijn pensioen is niet meer zo ver weg, als hij het weet uit te zingen. Het voordeel van werken met Fisher is dat Fisher niemand vertrouwt en het liefst alles zelf doet.

1

Het begint met een telefoontje. Achteloos, joviaal, niets aan de hand, geen zaken. Je spreekt ergens af, neutraal terrein, liefst met mensen erbij. Je moet voorzichtig zijn, het maakt niet uit wie er belt of waar je afspreekt. Uiteindelijk wordt alles gepland, niets wordt aan het toeval overgelaten. Heb je de neiging iemand te vertrouwen, al is het maar een aanzet... fout, niet doen. Iemand kan twintig jaar je vriend zijn, iemand die je vertrouwt, en kan je de volgende dag laten vallen. Dat gebeurt. Iemand met hersens weet dat, ook al is het bitter, iemand zonder hersens zal het snel leren.

Zaterdagmiddag, voetbal op de radio, zacht op de achtergrond, hij zit op de bank met een boek. *The Painted Veil* van William Somerset Maugham, als je het per se wilt weten, en het boeit hem. Het heeft zijn aandacht afgeleid van de radio; hij weet niet meer wat de stand is. Naarmate hij ouder wordt, lijkt dat minder belangrijk. De telefoon gaat – vaste lijn, niet mobiel – en leidt zijn aandacht af van al het andere. Hij legt een bladwijzer onder de regel die hij aan het lezen was – vouw nooit het hoekje van de bladzijde om – en staat op.

'Hallo.'

'Calum, hoe gaat het, man? Met John Young.'

'Best, John. En met jou?'

'Zijn gangetje. We hebben je al een tijdje niet meer op de club gezien. Dus ik dacht: ik bel hem maar eens op om te horen hoe het gaat. Heb je het druk?'

'Druk genoeg. Dan weer wel, dan weer niet. Je weet hoe het werkt.'

'Nou en of ik dat weet. Heb je het gehoord van de oude Frank MacLeod... dat hij een nieuwe heup krijgt? Yep, die zien we de eerstkomende maanden niet terug. Geen pretje, voor iemand die zo actief is als hij.'

'Ik heb het gehoord. Pech voor hem.'

'Zeg dat wel. Ik zie hem niet maandenlang met zijn been omhoog liggen. Hoor eens, ik zou het leuk vinden je weer eens te zien, Cal. Het is al zo lang geleden. Je zou bijvoorbeeld morgen na lunchtijd naar de club kunnen komen. Dan spelen we een paar frames snooker, drinken een paar borrels. Zou leuk zijn.'

'Klinkt goed. Je ziet me om een uur of twee.'

'Uitstekend. Zie je morgen.'

Alle aanwijzingen zitten erin, als je bereid bent ze op te merken. Maar misschien ben je dat niet, zoals de meeste mensen. Een doodgewoon telefoongesprek: twee mensen die elkaar met de voornaam aanspreken, zonder echt dik met elkaar te zijn. Kennissen die elkaar eerder wekelijks dan dagelijks zien. Die slechts tot op zekere hoogte in elkaar geïnteresseerd zijn. Telefoontjes zoals dit gesprek vinden zo vaak plaats, dus waarom zou je? Hier wordt werk aangeboden. Het gaat ongetwijfeld om het aanbod van een vaste, lucratieve baan. Wil hij dat, vast en lucratief?

Kleine flat, kleine auto, kleine spaarrekening, maar altijd genoeg. Hij werkt voor zijn brood, niet voor luxe. Vast werk betekent een risico, en risico's moet je vermijden. Er zijn wel gokkers in de business, maar uiteindelijk verliezen ze altijd en dan valt het doek definitief. Dus er wordt niet gegokt. Dat is ook niet nodig. Er zijn twee redenen waarom mensen wel gokken: de ene reden is acceptabel, de andere niet. De onacceptabele reden is hebzucht, het verlangen naar meer geld, geld dat ze niet echt nodig hebben. De andere reden is de kick, en dat ligt anders.

Hij is niet meer op de club geweest sinds hij het heeft gehoord van Franks operatie. Een oude man gaat het ziekenhuis in voor een nieuwe heup. Voor de meeste mensen is dat geen nieuws. Degenen die Frank kennen – onder wie hij – weten wel beter. Hij mag dan oud zijn, hij is nog steeds belangrijk, iemand om rekening mee te houden. Als een bokser die snelheid heeft moeten inleveren maar zijn tactiek heeft verfijnd, is hij nog net zo gevaarlijk als hij altijd is geweest. Hij is van de vorige generatie, de goeie ouwe tijd van voor de komst van moderne technologie, modern beleid en moderne gevoeligheden. Velen waren achteropgeraakt. De klok tikte door, maar Frank was die altijd een stap voor gebleven. Het werk dat hij in het verleden had gedaan was nog steeds noodzakelijk, alleen de aanpak was anders. Nu was hij weg, in elk geval voor een paar maanden, en moest hij worden vervangen. Vervangen door iemand die jonger was. Een tijdelijke vervanging, voorlopig.

Nu kan Calum niet meer focussen. Een nieuwe klus is een nieuwe klus... meer niet. Dat baart hem geen zorgen. Wat hem wel zorgen baart is het idee dat hij wordt omhelsd en tegen de verstikkende boezem van de Jamieson-organisatie wordt gedrukt. Voor iemand als Frank MacLeod is dat misschien geruststellend, de garantie van werk en zekerheid. Voor Calum MacLean betekent vast, opgedragen werk een bedreiging, het inleveren van vrijheid. Is het dat waard?

2

De club ligt in de binnenstad, een groot gebouw achter een kleine ingang. Niemand bij de deur op zaterdagmiddag. Boven zijn er acht snookertafels en meestal zit er een handjevol mensen aan de bar. Vandaag niet. Vandaag zit er een kartonnen kaartje op de deur: GESLOTEN WEGENS SCHOONMAAK. Een knullig signaal dat er privacy wordt gewenst. Verdacht, te duidelijk, maar niemand had er ooit vragen over gesteld. Calum negeert het signaal, opent de deur en gaat naar binnen.

Het is binnen altijd schemerig, zelfs als alle lichten aan zijn. Rechts van hem ziet hij de grote, bekraste dansvloer en het hokje van de dj erachter. De bar is aan de zijkant, over de hele lengte van de muur, met zwoele verlichting en flessen met alle dranken die je maar kunt bedenken... die hij geen van alle lust. Hij drinkt geen alcohol, hoewel hij nooit heeft kunnen bedenken waarom niet. Zelfcontrole, waarschijnlijk. Het is geen principiële zaak. Hij minacht de club, minacht de levensstijl, de kleffe veemarkt, het zinloze versieren. Hij was ooit tot de conclusie gekomen dat hij er de pest aan had omdat alles draaide om het aantrekken van vrouwen, en hij niet aantrekkelijk is voor vrouwen, hoe donker het ook is.

Hij komt bij een brede, met een loper beklede trap met ondiepe treden die je gemakkelijk verkeerd inschat. Er zijn al heel wat mensen gestruikeld toen ze die op liepen. Calum let altijd goed op, niet omdat hij bang is voor een pijnlijke val, maar omdat hij geen flater wil slaan. Boven aan de trap zijn twee grote houten deuren met rechthoekige ruiten erin. Hij duwt de ene open en loopt de snookerzaal in. Acht groene tafels, in twee rijen van vier, met genoeg ruimte ertussen. Scoreborden aan de muren, elk met een kleine automaat ernaast. Stop er een pond in en je hebt een halfuur licht boven je tafel. Ze verdienen er weinig aan, niet genoeg om de grote ruimte te kunnen bekostigen, maar snooker is een van Peter Jamiesons vele onmogelijke passies. Bij de ene muur is een kleine, ouderwetse bar. Hier geen wodkacocktails, alleen bier en whisky. Vandaag is de bar gesloten. Vanwege de schoonmaak, blijkbaar.

John Young staat bij een tafel in het midden van de zaal zijn keu te krijten. De ballen liggen over de tafel verspreid, er is er nog geen een gepot. Misschien is hij net begonnen, of kan hij er niets van. Calum heeft hem nooit zien spelen, dus weet hij dat niet. Hij weet dat Jamieson goed speelt. Iedereen weet dat. Iedereen weet dat Jamieson les van profs heeft gehad. Young heeft het zeker van zijn baas geleerd.

'Calum, hoe gaat het?'

'Best.' Hij loopt naar het rek met keus en kiest er een uit. Hij is gekleed in een spijkerbroek en een T-shirt; hij kan alleen in een T-shirt spelen. Mouwen zitten in de weg.

Young rolt de ballen naar het midden van de tafel en legt het rack eromheen. De gekleurde ballen legt hij zorgvuldig op hun plek. Alles heel precies, als iemand die vaak speelt en die een serieuze tegenstander tegenover zich heeft. 'Lekker weer buiten,' zegt hij uiteindelijk.

'Ja. Jij breekt.'

Young buigt zich over de tafel, legt aan en stoot. Er komt maar één rode bal los van het rack, de witte rolt terug naar zijn kant van de tafel. De veilige zone... om jouw stoot te bemoeilijken. Om je niet te laten winnen.

Het gaat een tijdje gelijk op totdat duidelijk wordt dat Young gaat winnen, en met gemak. Calum heeft de inzet, Young de techniek, en na tien minuten wordt duidelijk welke van de twee zegeviert. Dan wordt er gepraat.

'Werk je de laatste tijd voor iemand?' vraagt Young. Het is op dat moment voor het eerst dat ze over zaken praten, dat er openlijk wordt toegegeven wat de ware reden van deze bijeenkomst is.

De vraag is misleidend. Calum werkt, hij moet wel. Wat Young wil weten is of hij herhaaldelijk voor dezelfde persoon heeft gewerkt, of dat hij gewoon zijn eigen gang gaat. Waarschijnlijk weet hij het antwoord al; hij wil weten of Calum misschien een verrassing voor hem in petto heeft. Die heeft hij niet.

'Nee. Nu en dan een klus. Freelance. Zoals altijd.'

De daaropvolgende twee minuten zeggen ze niets. Ze spelen zorgvuldiger, ook al is het gezien de stand allang duidelijk wie er zal winnen. Als de frame afgelopen is, worden de ballen in hét rack gelegd – *best of three* – en begint Young weer te praten.

'We zitten nu even zonder. Pech dat we Frank voor een paar maanden kwijt zijn.'

'Zag je het niet aankomen?'

Young lacht. Een korte, vreugdeloze lach. 'Frank is zo iemand die nooit zal toegeven dat hem iets mankeert. Dat doet hij pas als het te laat is. Hij had ons moeten waarschuwen. Hij wist het al eeuwen en heeft niets gezegd.' Hij haalt zijn schouders op alsof hij wil zeggen: wat doe je eraan?

Het is Calums beurt om te stoten. Een rommelige break: rode ballen rollen alle kanten op en de witte blijft in het midden van de tafel liggen. Hij doet te veel zijn best. Young voelt zich zelfverzekerd genoeg om weer iets te zeggen.

'Hoe oud ben je nu, Calum?'

'Negenentwintig.'

'Je wordt oud.' Young lacht, quasibeschaamd; zelf is hij een gedrongen maar jeugdige veertiger. Zijn ogen fonkelen als hij lacht, alsof hij het meent; er verschijnen rimpels in zijn voorhoofd en zijn donkere haar valt naar voren. Hij ziet er joviaal uit, maar je vergeet nooit wie hij is. 'Wordt het niet eens tijd om je een beetje te settelen?'

Het is een professionele vraag, geen persoonlijke. 'Daar heb ik nog niet over nagedacht. Het zal een keer zover komen. Ik heb nog niet het gevoel dat ik er behoefte aan heb. Ik hou van mijn vrijheid, maar ik zie wel hoe de wind waait.'

Young knikt. Het is een eis. Calum zegt dat als hij bereid is om voor Jamieson te gaan werken, hij in elk geval niet overwerkt wil raken. Het is een eis waarmee Young kan leven, een eis die aansluit bij zijn andere wensen.

Het gesprek valt stil. De frame wordt spannender. Young speelt te nonchalant, met te veel zelfvertrouwen. Hij mist drie pots die hij had moeten maken en Calum ligt voor. Calum mist een pot die hij normaliter ook zou missen. Young concentreert zich. Hij begint de ballen in de pockets te rammen, maakt een break die vaardigheid vereist. Hij moet tot en met de blauwe bal potten om te winnen, en doet dat meteen in zijn eerste poging. Ze schudden elkaar de hand. Young bedankt hem voor zijn komst.

3

Als hij zeker weet dat de jongen vertrokken is, zet hij zijn keu terug in het rek en loopt de gang achter de snookerzaal in. Aan het eind van de gang is Jamiesons kantoor. Young klopt twee keer op de deur en gaat zonder een reactie af te wachten naar binnen. Ze zijn bevriend sinds ze een jaar of achttien waren en allebei net hun eerste schreden in het vak hadden gezet. Ze waren elkaar door omstandigheden tegen het lijf gelopen – een toevallige ontmoeting tijdens een klus waar ze allebei aan werkten – en hadden onmiddellijk geweten wat ze voor elkaar konden betekenen. Jamieson had de leiding, dat was duidelijk, Young was de rechterhand. Geen enkele andere rechterhand verdient zoveel of heeft zoveel in de melk te brokkelen als hij. Hij geniet vertrouwen.

'Jij bent het brein,' had Jamieson wel eens gezegd toen hij dronken was, 'ik heb de ballen. Werkt perfect.'

Het was niet zo dat het Young aan lef ontbrak, noch dat Jamieson niet slim genoeg was. Young vond het niet erg om zijn handen vuil te maken, maar Jamiesons instinct voor het vuile werk was ongeëvenaard, wat al op jonge leeftijd duidelijk was. Jamieson was intelligent, maar Young was de tacticus, en er was een belangrijk verschil tussen die twee. Ieder voor zich waren ze getalenteerd; samen waren ze lucratief.

Jamieson moet de leiding hebben. Iedereen moet weten dat hij de leiding heeft. Het maakt niet uit hoe ze daar zelf over denken; hun werknemers en hun rivalen moeten weten wie ze het meest moeten vrezen: de man die de leiding heeft. Het gaat om de indruk. De pr. Het zal je verbazen hoe belangrijk die is in een handel als deze. De leiding hebben heeft echter ook een schaduwzijde. Je bent het topje van de boom, op de plek waar iedereen je kan zien en waar zoveel anderen willen zijn. Jamieson kan daarmee omgaan, geen probleem. Trouwens, hun handel is nog niet groot genoeg om de echt grote jongens te verontrusten en tot actie aan te zetten. Nog niet.

Jamieson zit zoals hij altijd zit, op zijn draaistoel achter zijn bureau, met zijn rug naar de deur. Het bureau staat naar de deur gekeerd, de stoel zelden. Op de lage kast achter het bureau staan twee tv's met op allebei een paardenrace, een andere passie van hem. Hij gokt, niet om het geld, niet vanwege de spanning, maar omdat hij de behoefte heeft andere mensen te verslaan. In dit geval de bookmakers. Hij zit niet uit onbeleefdheid met zijn rug naar je toe; hij is gewoon iemand die geheel in beslag wordt genomen door de dingen die hem interesseren.

Paarden interesseren Young niet in het minst. Ierse minimannetjes die domme beesten kwellen in naam van een sport die in stand wordt gehouden door geldzoekers en die wordt gecontroleerd door de rijke elite. Zijn plek in het kantoor is op de kleine leren bank aan de rechterkant, naast het grote raam. Op de salontafel liggen kranten, meest plaatselijke, een paar landelijke, die worden gecheckt op verwijzingen naar hun werk. Tegenwoordig zijn het vooral de websites die je moet bekijken om er zeker van te zijn dat er niet op ongewenste wijze naar je wordt verwezen. Young gaat zitten en wacht af.

'Ik heb die jongen, MacLean, gesproken,' zegt hij tegen Jamieson als hij ziet dat beide races afgelopen zijn.

'Jongen? Hoe oud is hij eigenlijk?'

'Negenentwintig.'

'Zo jong nog? Ik heb het gevoel dat hij al eeuwen meedraait. Wat zei hij?'

'Ik denk wel dat hij het doet, als hij een van de twee of drie is. Hij wil geen fulltime werklast.' Jamieson concentreert zich nu, buigt zich iets naar voren en klopt zachtjes met zijn handen op het bureaublad. Dit is zijn manier om zich te focussen, dat constante geklop met zijn handen op het bureau. 'Hij is niet bepaald een feestnummer,' zegt Jamieson met een glimlach. 'Maar ik mag hem wel. Hij is goed. Slim. Zwijgzaam. Frank zegt dat hij de beste van de nieuwe lichting is. Ik ben het met hem eens. We doen hem een aanbod.'

4

Young wacht drie dagen voordat hij Calum weer belt. De eerstvolgende klus kan drie dagen wachten wel verdragen. Het is net als met afspraakjes: je moet je niet te gretig tonen. Als je laat merken dat je haast hebt, zullen mensen er meer voor terug willen. In Calums geval zou het hem kunnen afschrikken. Die jongen heeft duidelijk bindingsangst. Dat is naïef; Young weet dit uit ervaring. Binnen een paar jaar zal hij het zeker waarderen. De regelmaat, het comfort, het vangnet. Een klus in een bedrijfstak als deze is zoiets als afgeschoten worden als menselijke kanonskogel. Doe je de klus freelance, dan word je afgeschoten zonder vangnet om in te landen. Een grote organisatie beschermt je, heeft de middelen om je in veiligheid te brengen. Uiteindelijk zal de druk van het werk Calum afmatten en zal dat de veiligheid aantrekkelijker maken. Maar nu nog niet.

Calum zit op de bank en speelt een computergame. *God of War III*, als het je interesseert. Hij vindt het een frustrerende game. De telefoon gaat... mobiel deze keer. Hij gaat rechtop zitten, pakt het toestel en kijkt op het schermpje. Young.

'Hallo.'

'Calum, John Young hier. Hoe gaat het? Heb je het druk?'

'Nee, helemaal niet druk.'

'Mooi. Kom naar de club. Peter en ik willen je spreken, oké?'

'Nu meteen?'

'Nu meteen.'

Ze gaan hem werk aanbieden, dat is duidelijk. Belangrijk werk?

Misschien, maar hij heeft drie dagen gewacht, en dat geeft aan dat het niet dringend is. Of het moet de indruk wekken dat het niet dringend is. Het zal tijdelijk zijn, of bedoeld om hem voor te bereiden op iets van langere duur. Frank MacLeod gaat niet eeuwig mee. Dat doet niemand in deze business. Calum schakelt alles uit, laat niets stand-by staan. Hij pakt een jas, het is kouder vandaag. Er staat veel wind. In de keuken pakt hij zijn autosleutels van de koelkast en daarna verlaat hij de flat.

In de flat bevindt zich niets waaraan je kunt zien wat hij voor zijn brood doet. Zeker geen vuurwapen. Iemand die met een vuurwapen werkt en verstandig is, bewaart dat niet thuis. Niets op papier. Hij houdt geen agenda bij. Sommige mensen bewaren aandenkens. Die mensen zijn dom. Gevaarlijk dom. En misschien een beetje ziek. Ooit zullen ze worden gepakt. Als de politie een inval in de flat doet, komt ze niets over Calum te weten. Geen e-mails. Geen tweets. Geen sms'jes. Worden zijn telefoontjes getraceerd, dan komt uit dat hij contact heeft met mensen als Young, maar ze kunnen je niet vanwege je vrienden naar de gevangenis sturen. Calum is nooit gearresteerd, nooit veroordeeld, en heeft nooit een gevangeniscel vanbinnen gezien. Hij zit al tien jaar in het vak. Maar opscheppen over nooit gearresteerd worden zal hij pas doen als hij met pensioen is.

Een arrestatie vermijden is niet hetzelfde als verdenking vermijden. Hoe hij het op dat punt doet, weet hij niet precies. Weet de politie van zijn bestaan? Vast wel. Jamieson moeten ze kennen; iedereen kent hem. Jamieson is de rijzende ster. Calum heeft eerder voor Jamieson gewerkt. Hij heeft ook voor een of twee andere vooraanstaande figuren gewerkt. Maar hij is aan niemand gebonden en daar gaat het om. Hij is zelfstandig ondernemer. Er is een kans dat de politie hem niet kent. Dat ze niet weet wat hij doet. Zo zou hij het zelf het liefst willen, en Jamieson vraagt dat ook van zijn personeel. Te beginnen met een schoon strafblad.

Hij gaat door de voordeur de club binnen, zoals altijd. Geheimzinnig doen heeft geen zin. Als er mensen zijn die de club in de gaten houden, dan doen ze dat ook aan de achterkant. Met achterom sluipen maak je jezelf alleen maar verdacht. Loopt de trap op, duwt de deur open. De snookerzaal is open voor publiek, de bar ook. Zes mensen staan te spelen aan drie tafels en aan de bar zitten nog vier mensen. Een van de mannen bij de tafels is Kenny McBride, Jamiesons chauffeur. Chauffeur is een brede functieomschrijving. Jamieson kan in de meeste gevallen zelf rijden. Kenny is de taxi van de baas. De chauffeur tijdens belangrijke klussen. Hij brengt dingen weg. Haalt dingen op. Alles waar een auto voor nodig is. Calum knikt hem gedag en loopt door.

De gang in, helemaal naar het eind. Er staat niemand bij de deur van het kantoor, er is geen zichtbare beveiliging. Nooit. Nog geen paranoia, hoewel dat uiteindelijk wel zal komen. Zoals bij de meesten. Jamieson is midden veertig. Niet oud. Jeugdiger dan de meeste mensen van zijn leeftijd. Nog niet groot genoeg om rekening te hoeven houden met samenzweringen. Dat denken de meeste mensen. Dus geen zichtbare beveiliging. Meedogenloos, absoluut, maar tegelijkertijd ontspannen. Calum klopt drie keer op de deur en wacht op een reactie. Hun relatie is nog niet van dien aard dat hij zomaar naar binnen kan lopen. Iemand roept dat hij moet binnenkomen. Hij opent de deur, gaat het kantoor in en doet de deur achter zich dicht.

Alleen Jamieson en Young zijn er. De tv's staan uit, wat zaken betekent. Jamieson zit achter zijn bureau. Probeert hij zich voor te doen als de nette, respectabele zakenman? Onwaarschijnlijk. Hij heeft genoeg zelfkennis en niet de behoefte om het zelfs maar te proberen. Het bureau is niet bedoeld om er respectabel uit te zien; hij zit erachter om te laten zien wie de leiding heeft. Young zit op de bank bij de zijmuur, zoals altijd. Geen van beiden is intimiderend. Maar geen van beiden probeert dat ook te zijn. Young kan het niet eens... daar is hij te mollig en te relaxed voor. Jamieson kan het wel. Hij kan je bang maken als hij dat wil. Zijn ogen, die kunnen het. Het gaat bijna altijd om de ogen. Als je ogen iemand niet bang kunnen maken, vergeet het dan maar. Jamieson kan je zo aankijken als hij dat wil.

'Goed je te zien, Calum, het is alweer een tijdje geleden,' zegt Jamieson, en hij knikt naar de stoel aan de andere kant van het bureau. 'Doe je jas uit.'

Calum trekt zijn jas uit, want je doet wat je gezegd wordt. Hij hangt hem over de rugleuning van de stoel en gaat zitten. Hij zit nu recht tegenover Jamieson en Young valt net buiten zijn blikveld. Dat is ontregelend, met opzet. Je weet niet wat Young doet. Je weet niet of hij iets naar Jamieson seint. Je weet niet of hij een gebaar maakt of niet. Je kunt zijn reactie niet zien. Je weet niet eens of hij wel goed luistert. Dat is het. Je verlaat straks het kantoor zonder te weten wat een van de twee denkt.

'Laten we ter zake komen,' zegt Jamieson, met die koele gezichtsuitdrukking die je vertelt dat je moet opletten. 'Heb je de laatste tijd veel gewerkt?'

Hij wil weten of Calum de laatste tijd veel mensen heeft omgebracht. Dood je er te veel in een korte periode, dan is het onvermijdelijk dat je de aandacht op jezelf vestigt. Jamieson weet dat maar al te goed, heeft er een goed instinct voor. Huur niet iemand in die het te druk heeft. Huur evenmin iemand in die helemaal geen werk heeft. Niet te veel, niet te weinig, maar precies goed. De ideale werknemer. Je beantwoordt de vraag omdat dat van je wordt verlangd, maar je voelt je toch wat opgelaten. Er is niets mis met Calums antwoord, maar je moet vertrouwen op degene aan wie je het geeft, en dat is op dit moment Jamieson. Je moet erop kunnen vertrouwen dat de mensen in dit kantoor de enigen zijn die het horen. Geen microfoontjes. Dat gebeurt zelden, maar het is niet onmogelijk.

'Ik hou er een regelmatig schema op na,' antwoordt Calum. 'Meer hoeft niet.'

Het is het juiste antwoord. Het heeft weinig te betekenen, maar op dit moment voldoet het. Jamieson weet dat Calum slim is. Calum weet welk antwoord Jamieson wil horen. In dit geval is het waar en Jamieson gelooft hem, maar hij neemt alles met een korreltje zout.

'Ik heb werk voor je, als je geïnteresseerd bent. Je weet dat we even moeilijk zitten.'

'Ik heb het gehoord. Misschien ben ik geïnteresseerd. Hangt ervan af.'

'Waarvan?' Nu fronst Jamieson zijn wenkbrauwen. Hij houdt niet van voorwaarden. Hij houdt er helemaal niet van wanneer jongens van amper dertig voorwaarden stellen, terwijl iemand als Frank MacLeod dat zelden doet.

'Mijn werkschema is me altijd goed bevallen. Ik wil daar niet van afwijken.'

Jamieson knikt. Niet onredelijk. Het sluit ook aan bij zijn eigen plannen. Niet meer vertrouwen op één man als het om zulk belangrijk werk gaat. Frank was geweldig, maar hij is nu uitgeschakeld en er is niemand om zijn plaats in te nemen. Ze moeten iemand van buiten aantrekken. Vanaf nu moeten ze altijd minstens twee man op die plek hebben.

5

'Ken je Lewis Winter?'

Nu is het echt business. Er wordt van uitgegaan dat hij de klus aanneemt. Calum heeft dat nog niet gezegd, maar hij heeft één enkele voorwaarde op tafel gelegd en door nu over de klus te beginnen, geeft Jamieson aan dat hij daarmee akkoord is. Over geld praat je niet. Ze weten allebei wat het gebruikelijke tarief is. Het gaat nu om de bijzonderheden van de klus. Calum is aan boord. Jamieson en Young zijn allebei akkoord. Ze zullen hem nu behandelen als een van hun mensen, als iemand van de organisatie. Misschien alleen voor de duur van deze klus. Zo is het al eerder gegaan, toen ze een grote klus hadden en Frank hem als tweede man had gewild. Je bent lid van de familie voor de duur van één klus. Daarna sta je weer buiten, waar ze een oogje op je houden om er zeker van te zijn dat je geen dingen zegt die je beter voor je kunt houden. En om er zeker van te zijn dat je bruikbaar blijft, voor een moment als dit.

'Ik weet wie Lewis Winter is. Ik heb hem een keer ontmoet, kort. Ik kan niet zeggen dat ik hem ken.'

Maar Calum weet genoeg. Hij weet wie Lewis Winter is en wat Lewis Winter doet. Dat is genoeg. Een van de lessen van Frank MacLeod, en van andere ervaren mensen. Je moet niets aannemen van mensen die zijn gepakt en die overal met hun verhalen te koop lopen. Je neemt ook niets aan van mensen die weten hoe je een klus klaart; je neemt alleen iets aan van degenen die weten hoe je een klus góéd klaart. Die zeggen dat je alles moet weten.

Die hebben daarover nagedacht. Je moet weten wie er in de business rondlopen en wat ze doen, want je weet nooit wanneer je ze tegenkomt. Je kent alle hoeken en gaten van de stad, want je weet nooit wanneer je daar zult zijn. Calum heeft zijn huiswerk gedaan. Hij zorgt ervoor dat hij up-to-date is. Hij heeft rondgereden in de stad, door buurten die hij niet kende. Hij heeft ervoor gezorgd dat hij de middenstand beter kende dan dat die hem kende. Dat hij Glasgow beter kende dan het hem ooit zou kennen. Als hij een keer snel weg moest, zou hij een route weten. Misschien zou hij de informatie maar één keer in zijn leven nodig hebben, maar die ene keer kon bepalend zijn voor de lengte van dat leven.

Hij had Lewis Winter ontmoet via een wederzijdse vriend. Ze waren op een feestje waar Winter niet thuishoorde. Hij was daar met zijn veel jongere vriendin. Dat was slechts drie of vier maanden geleden geweest en iemand had ze aan elkaar voorgesteld om voor Calum onduidelijke redenen. Misschien omdat ze de enige twee criminelen waren die de wederzijdse vriend kenden, en hij dacht dat ze het daarom wel met elkaar zouden kunnen vinden. Winter is ongeveer vijfenveertig. Zijn haar grijst aan de slapen en het kost hem moeite zijn gewicht op peil te houden. Hij zag eruit alsof hij net iets of iemand had verloren. Geen man voor een feest. Hij is niet iemand die met grote successen is gezegend. Als hij het onderwerp van gesprek is, zullen de woorden waarschijnlijk niet in zijn voordeel zijn.

'Winter begint een probleem te worden. Jouw werk is dat jij dat met hem afhandelt.'

Calum knikt. Tot nu toe niets ongewoons. Wel verrassend dat Winter voor iemand als Jamieson een probleem kan zijn. Winter is klein grut, is dat altijd geweest. Er rust een vloek op die man. Al zijn succesjes werden onmiddellijk gevolgd door gigantische blunders. Vijfentwintig jaar lang, zonder ook maar één aanwijzing dat dat ooit zal veranderen.

'Klinkt niet al te moeilijk. Is er iets wat ik moet weten?'

Jamieson schudt kort zijn hoofd en haalt zijn schouders op. 'Is er iets waarvan jij vindt dat je het moet weten?'

Hier moet een belangrijk onderscheid worden gemaakt. Wat je moet weten, is iets anders dan wat je wíl weten. Je wil bijvoorbeeld weten waarom Jamieson deze man wil laten ombrengen. Je hoeft dat niet te weten. Lewis is een bekende, kleine drugsdealer. Jamieson beweegt zich op allerlei terreinen van de criminaliteit, ook op dat van de drugs. Lewis Winter is blijkbaar op Peter Jamiesons tenen gaan staan. Als Jamieson geen zichtbare actie onderneemt, wordt dat uitgelegd als zwakte. Perceptie is van vitaal belang. De dingen die je moet weten, hebben alleen betrekking op de gelegenheid om je werk goed te doen, en op de consequenties daarvan. Je moet weten of er sprake is van verborgen risico's die funest voor je kunnen uitpakken, of je doelwit vrienden of contacten heeft die je de das om kunnen doen. Alleen wat nodig is om de klus tot een goed einde te brengen. Alleen wat je helpt om met de consequenties te kunnen leven.

'Wordt hij beveiligd op een manier waarvan ik zou moeten weten?'

Geen vraag die hij gewoonlijk over Lewis Winter zou stellen. Winter is klein grut, die heeft geen beveiliging. Of niet noemenswaardig in elk geval. Geen lijfwachten. Geen rondhangende onderdanen die problemen kunnen geven.

'Misschien heeft hij een hond, maar daar houdt het mee op,' zegt Jamieson schouderophalend.

'Hij heeft geen hond,' zegt Young vanaf de andere kant van het kantoor, zijn eerste bijdrage aan het gesprek.

'Zie je wel?' Jamieson glimlacht. 'Hij woont tegenwoordig samen met zijn vriendin, dat hoertje.'

'Zara Cope,' zegt Young. 'Een slet, maar wel een slimme.'

'Een slet met hersens,' zegt Jamieson hoofdschuddend, en met een glimlach. 'Wat wil je nog meer? Man, dat zijn de beste. Je weet dat ze een kind met Nate Colgan heeft, van zes of zeven jaar geleden,' zegt hij tegen Calum.

'Woont dat kind bij ze in huis?' vraagt Calum, die niet blij zou zijn met dat scenario.

'Nee, bij de grootouders.'

Nate Colgan. Een naam die beelden oproept die je liever niet ziet. Een harde. Niet het karikatuur van een harde. Niet iemand die met zijn spierballen en zijn tatoeages loopt te pronken en die de rol van boze boeman speelt. Een echte harde. Iemand die nuttig is voor mensen als Jamieson, maar die je met zorg behandelt. Iemand die je maar beter uit de weg kunt gaan. Iemand die Calum liever niet van streek maakt. Hij heeft hem een keer ontmoet. Colgan leek een norse man, maar als hij iets zei, klonk dat verrassend intelligent. Niet onvoorspelbaar. Geen explosies van woede zonder enige reden. Dan ben je geen harde. Dan ben je gestoord. Je bent een harde als mensen weten wat je met ze gaat doen en ze je niet kunnen tegenhouden. Calum wist niet hoe de relatie tussen Colgan en Cope tegenwoordig was. Hij kon haar maar beter uit de weg gaan, voor zover dat mogelijk was tenminste.

Er schiet hem iets te binnen.

'Werkt Winter nog steeds zelfstandig?' vraagt Calum.

Dit is belangrijk. Winter zelfstandig betekent Winter ombrengen. Winter in een organisatie betekent Winter ombrengen en er later voor boeten. De mensen mogen niet zien dat je zwak bent.

Jamiesons blik gaat naar Young. Calum kan Youngs reactie niet zien.

'Voor zover we weten,' begint Jamieson, 'werkt hij nog steeds alleen. Maar hij begint zich op mijn terrein te begeven, en op niet al te subtiele wijze. Alsof hij me uitdaagt. Alsof hij weet dat hij back-up heeft. Volgens mij heeft hij die niet. Nog niet. Die gaat hij wel krijgen, denk ik. Daarom wil ik van hem af voordat hij die heeft.'

Meer hoeft Calum niet te weten. Geen verdere details. Geen woord over wie die back-up is en hoe ver weg of hoe dichtbij die is. Maar het wijst wel op iets groters. Een onaangenaam idee.

Met een hoofdknik accepteert hij de klus. Er worden geen handen geschud, dat is niet nodig. Het is hier tenslotte geen herenclub. Het is geen herenakkoord. Dit is business. Calum heeft de klus aangenomen. Als hij faalt, wordt hij waarschijnlijk gestraft. Niet vermoord. Als je iemand vermoordt omdat hij heeft gefaald, wie wil er dan nog voor je werken? Je wordt uitgestoten. Het leven wordt je moeilijk gemaakt. Calum weet dat. Hij heeft het met anderen zien gebeuren. Het is talentvolle mensen overkomen. Meestal overkomt het de grote monden, de idioten die denken dat ze een klus aankunnen terwijl dat niet zo is. Iemand liquideren lijkt zo simpel. Maar het valt nog niet mee om iemand goed om te brengen. Mensen die het kunnen, weten dat. Mensen die het niet goed doen, komen er op de harde manier achter. De harde manier heeft consequenties. Zelfs talentvolle mensen moeten zich van dat feit bewust zijn.

6

Jamieson zit in zijn bureaustoel en ziet de deur achter Calum dichtgaan. Young zit nog steeds op de bank, rechts van hem, zwijgend. Jamieson is de man van de actie. Hij geeft de opdracht dat er iemand moet worden omgebracht, en vervolgens richt hij zijn aandacht weer op zijn paarden, of zijn golf, of welke hobby die dag ook zijn voorkeur heeft. Maar vandaag doet hij dat niet. Hij blijft achter zijn bureau zitten, tikt op het werkblad en staart naar de dichte deur.

'Hij heeft veel talent, die jongen,' zegt hij zacht. 'Maar hij heeft ook iets wat ik niet kan plaatsen.'

'Hij is gewoon sociaal wat onhandig,' zegt Young, en hij haalt zijn schouders op. 'Zo zit hij nu eenmaal in elkaar. Hij is slimmer dan de meesten van je mensen.'

'*Aye*, dat is waar,' zegt Jamieson, en hij knikt. 'Dat heeft Frank me verteld op de dag dat hij hem had leren kennen. Hij zei: "Die jongen is slim én hij heeft er het lef voor."'

Lef en intelligentie zijn ieder afzonderlijk weinig waard. Daarom werken Jamieson en Young samen, en zullen ze dat altijd blijven doen. Daarom zijn zoveel mensen bijna goed in wat ze doen. Omdat ze het een of het ander hebben. Een dom iemand met genoeg lef kan zich nuttig maken in deze bedrijfstak. Een slim iemand kan dat ook. Maar om echt goed te zijn, moet je over beide eigenschappen beschikken. Je moet weten wanneer je op je hersens en wanneer je op je lef moet vertrouwen. Sommige mensen hebben genoeg van beide om tientallen jaren hun werk te kunnen doen en buiten de bajes te blijven. Maar soms maken zelfs mensen die royaal zijn gezegend met beide eigenschappen een fout. Eén fout. Eén enkele, stomme fout. En ze gaan twintig jaar de cel in. Vinden daarna nooit meer werk. Alleen de besten weten dat ze niet altijd op hun hersens kunnen vertrouwen.

'Zit de klus je dwars?' vraagt Young hem. Het komt zelden voor dat Jamieson onzeker is over een klus.

Jamieson haalt zijn schouders op. 'Hoe goed die knul ook is... dit is zo'n klus die hem de kop kan kosten. Wacht, ik zeg niet dat hij het niet kan. Ik zeg niet dat hij er een rommeltje van zal maken, absoluut niet. Hij is de beste die we ervoor kunnen krijgen. Maar dit zijn linke klussen. Zeg nou zelf: we weten niet waar we hem op afsturen. We weten niet wat Winter achter de hand heeft.'

Hij zegt het met tegenzin, want hij weet dat dit een indirecte belediging aan het adres van zijn vriend is. Het is altijd Youngs taak om de klus te plannen. Youngs taak om te weten waar ze tegenaan kunnen lopen. Ze denken dat ze het weten, maar helemaal zeker zijn ze er niet van.

Young slaakt een geërgerde zucht. Ze hebben dit al eerder besproken. Lewis Winter werkt nu met anderen. Hij is nieuw territorium aan het verkennen omdat hij denkt dat hij zich dat kan veroorloven. Hij speelt zich in de kijker omdat hij dat wel moet, wil hij de nieuwe handel die hem voor ogen staat kunnen aantrekken. Ze weten dat hij een gevaar gaat worden. Ze weten dat hij grotere mensen achter zich heeft staan. Of dat dat binnenkort gaat gebeuren. Ze zijn er nog niet. Maar er is hem steun beloofd. Dus ruim je hem op voordat die belofte wordt ingelost. Dat ligt voor de hand. Voor Young is het niet meer dan logisch. Zo heeft hij het voor zichzelf gerechtvaardigd. Het is noodzakelijk dat Lewis Winter wordt omgebracht. Maar nu zet Jamieson daar vraagtekens bij.

'Hij heeft die back-up nog niet. Ik heb een oogje op hem laten houden. Als hij contact heeft, is dat telefonisch. Er is geen extra beveiliging. Nog niet. Dat weten we. Die jongen zal dat zelf ook nagaan. Hij stuift heus niet zomaar bij hem naar binnen. Hij is slim genoeg.'

Jamieson knikt. Allemaal waar. 'De jongen zal hem zeker screenen. Als hij dat maar niet blijft doen totdat de back-up er is.'

'Híj hoeft zich geen zorgen te maken om Winters nieuwe vrienden. Dat moeten wij doen. Niet hij. Hij moet zich zorgen maken om de vriendin. En misschien om een of twee meelopers.'

Jamieson glimlacht en knikt. Meelopers zijn er altijd, mensen die erbij willen horen. Ze vinden een sukkel als Winter, klemmen zich als bloedzuigers aan hem vast en proberen hem leeg te zuigen.

'En ons golddiggertje?'

Golddiggers. Daar lopen er ook altijd genoeg van rond. Dat is altijd zo geweest, zal altijd zo zijn. Ze zijn niet erger dan de meelopers, en in diverse opzichten beter te genieten. Hun doel is hetzelfde: ze profiteren van je en gaan daarna weer een deurtje verder. De meeste golddiggers zijn relatief onschuldig. Je geniet van hun gezelschap, schuift ze wat toe en dan werk je ze geruisloos de deur uit. Maar sommige golddiggers zijn gevaarlijker. Die raak je bijna niet meer kwijt. Zara Cope is er zo een, is er altijd zo een geweest. Een slim meisje, iemand die weet hoe ze het moet laten voortduren. Hoe ze meer dan alleen geld los kan krijgen. Hoe ze een deel van de macht naar zich toe kan trekken. Ze is al een tijdje samen met Winter, is bij hem ingetrokken. Ze is altijd in zijn buurt, stuurt hem met onzichtbare touwtjes. Ze heeft haar klauwen diep in hem geslagen en zal er zeker bij zijn als Winter zijn laatste adem uitblaast.

Young haalt zijn schouders op. 'Hij kan heus wel beoordelen hoe hij haar moet aanpakken. Hij is slim genoeg om iets te verzinnen.'

'Hopelijk laat hij haar in leven,' zegt Jamieson zacht. 'Ik wil liever geen woedende Colgan.'

'Zou hij het erg vinden?'

'Hij heeft nog steeds een zwak plekje voor die bitch,' zegt Jamieson, ernstig knikkend. 'Ik ken Colgan niet zo goed, maar dat weet ik wel. Je kunt het zien.'

'Die jongen weet er wel raad mee.'

Jamieson draait zich om, pakt de afstandsbediening en zet een van de tv's aan. Weinig sport vanmiddag. Ook niet veel werk te doen. Ze zitten in de opbouwfase. Ze zouden die sneller moeten afhandelen, maar ze komen steeds nieuwe obstakels tegen. Nieuwe obstakels zoals de nieuwe vrienden van Lewis Winter.

7

Het begin is doodsimpel. Je zoekt uit waar het doelwit woont en je observeert het. Als je het doelwit goed kent, kun je een groot deel daarvan overslaan. Vaak moet je mensen ombrengen die je kent. Mensen met wie je hebt gewerkt, mensen die je in de business vele keren bent tegengekomen. Mensen met wie je misschien wel naar feestjes bent geweest. Soms zijn het zelfs je vrienden. Maar je doet het, want het is je werk. De slachtoffers weten dat, net als je opdrachtgevers. Als je daar je ogen voor sluit wanneer je in de business begint, stuit je gauw genoeg op iets of iemand die ze voor je opent. Je leert heel snel hoe het werkt. Je observeert ze om hun gewoonten te leren kennen. Iedereen houdt er een soort routine op na. Soms is die vaag, slechts af en toe wat routine in een verder chaotisch leven. Maar een beetje routine is er altijd, en daar pak je ze mee.

Calum kent Winter niet zo goed dat hij deze dingen kan overslaan. De saaie noodzaak. Hij zoekt uit waar hij woont, dat is niet zo moeilijk. Het is geen geheim. Winter moet weten dat hij in deze business risico's loopt, maar uit zijn gedrag tot op dat moment blijkt dat hij nauwelijks rekening houdt met eventualiteiten. Elke keer wanneer hij op de ladder een stap omhoog doet, breekt de tree doormidden en tuimelt hij weer omlaag. Hij heeft ambitie, en verder niets. Hij heeft wel wat hersens, maar geen gezond verstand. Als Calum langs zijn huis rijdt, ziet hij geen zichtbare beveiliging. Als hij op pad gaat voor een ontmoeting met enkelen van zijn straatdealers, gaat hij alleen. Hij sluit zijn ogen voor de realiteit. Of misschien kan het hem gewoon niet schelen. Je hebt van die mensen. Er zijn altijd mensen die bereid zijn enorme risico's te nemen zonder ook maar de geringste poging te doen om zich in te dekken tegen de consequenties ervan. Die óf niet bang zijn voor de dood, óf niet veel om het leven geven.

Winter heeft genoeg optaters van het leven gehad om er nog veel om te geven. Als hij in gesprek is met deze twee idioten – jonge gasten die hun vrienden en familie drugs verkopen om zelf meer te kunnen gebruiken – let hij nergens op. Hij neemt risico's alsof die hem niet aangaan. Hij zit al zijn hele leven in de business, en waarvoor? Hij is nauwelijks verder dan toen hij begon. Mannen jonger dan hij hebben de leiding over grote organisaties, kopen legitieme bedrijven op en breiden uit. Hij heeft te maken met doorgedraaide junks die amper woorden van twee lettergrepen kunnen uitspreken. Dat is wat hij heeft bereikt. Met zijn deals verdient hij minder dan dertigduizend per jaar. Hij heeft een huis waarvan hij maar net de hypotheek kan betalen. Hij heeft een vriendin die de alom bekende wederhelft is geweest van veel betere mannen dan hij. Ze is veeleisend. Ze wil dat hij zijn levensstijl aan de hare aanpast. Dat hij zijn ambities aan de hare aanpast. Haar liefde kost hem bakken met geld. Daarom neemt hij risico's.

Hij had de pest aan school. Hij heeft een paar jaar bij een transportbedrijf gewerkt, maar dat vond hij ook niets. Toen kwam hij via een oude schoolvriend in de business terecht. Hij begon een beetje te dealen, niets groots, kleine partijen. Je moest onderaan beginnen, maar hij had een hoop lol in die tijd. Lid van een grote organisatie die regelmatig werk voor je had, die voor je zorgde. Indertijd had hij dat prima gevonden, maar het is al zo lang geleden. Nu nadert hij de vijftig en wil hij met de grote jongens meedoen. Het is hem nooit gelukt om geld of connecties te vergaren. Hij had een succesje toen hij eind twintig was, een grote deal. Hij zou rijk worden. De politie pakte hem niet, maar wel vrijwel alle anderen die bij de deal betrokken waren. Hij was de enige die niet werd gepakt. Daardoor rustte er een tijdje een vloek op zijn naam en werd hij gemeden. Toen – hij was een jaar of vijfendertig – was er een tweede potentiële deal, deze keer met een partner, Jimmy Morrison... waag het niet hem Jim te noemen. Maar Jimmy belazerde hem en ging er met het geld vandoor. Winter bleef zonder een penny en vernederd achter, het lachertje van de business. Hij is er nog altijd niet van hersteld.

Toen was er een aanbod om bij iets groters betrokken te worden. Zomaar, uit het niets. Doe een paar zetten; laat zien dat je het aankunt. Begeef je op Jamiesons terrein. Hij is de eerste die we van zijn sokkel gaan halen. Je begint hem te provoceren. Wij zijn vlak bij je en dekken je. Een aanbod van iemand die Winter vertrouwt. Iemand van wie Winter weet dat hij de back-up kan waarmaken. Dus hij onderneemt een paar acties. Als het misgaat? Nou en? Jamieson zal hem laten ombrengen en dan is het uit. Wat een verlies voor de mensheid. Een leven dat hem niets heeft gegeven. Maak er maar een eind aan. Ga je gang. Peter Jamieson mag dit leven hebben, als hij het wil. Maar als het goed gaat, komt er misschien verandering in dat leven. Wordt het misschien de moeite waard. Zara blijft voorgoed bij hem. Kinderen. Niet langer koorddansen. Een van de grote jongens. Relax. Maar hij heeft dit eerder meegemaakt en weet dat hoop meedogenloos is. Hoop zuigt je op, spuugt je weer uit en lacht je midden in je gezicht uit. Nee, accepteer het risico en laat je niet meeslepen door de mogelijkheden.

'Waarom heb je nog zoveel over?' vraagt Winter boos. Hij is niet goed in boos. Hij ziet er te afgetrokken uit om overtuigend te zijn, komt eerder over als verongelijkt.

'Ah, ik ken die mensen niet. Zij kennen mij niet. Ze kopen niets.'

'Van hem kopen ze wel,' zegt Winter tegen de jongen. Hij heeft geweten hoe ze heten maar kan er nu niet op komen. Ze redden het toch niet lang meer. Dat doen ze nooit.

'Ah, weet ik het.'

'Hoe lang ben je echt bezig geweest het spul aan de man te brengen?' vraagt Winter, hoewel hij weet dat het antwoord een leugen zal zijn. Ze zijn zo slecht in liegen. Slecht in de waarheid spreken ook. Ze zijn in alles slecht.

'Lang. Massa's tijd. Ze kopen gewoon niets.'

'Mijn geduld raakt op met jou,' zegt Winter tegen de jongen, terwijl hij in de verte staart. Ze staan op de rijweg van een stille straat te praten alsof ze elkaar net zijn tegengekomen. Hij haat die twee. Veracht ze. Hij heeft ze nodig. 'Doe beter je best. Maak er werk van. Ik wil dat je voor zaterdag de rest van je portie hebt verkocht en dan krijg je een nieuwe van me. En jij...' zegt hij tegen de andere jongen '... krijgt morgen een nieuwe van me. Je hebt het goed gedaan. Ik zal het onthouden.'

De jongen glimlacht en knikt enthousiast. Als een hond die van zijn barse baas een aai over zijn kop krijgt. Een tandeloze grijns. Pathetisch. Tuig.

Winter zit in zijn auto. Hij weet niet dat hij wordt gevolgd. Toen hij jong was checkte hij dat altijd. Dan keek hij in zijn spiegels om te zien of er niemand achter hem aan reed, iemand die hem kwaad zou willen doen. Maar toen hij jong was volgde niemand hem ooit. Men was niet geïnteresseerd. Hij was niet belangrijk genoeg. Nu is hij al zo lang niet belangrijk voor wie ook, dat hij niet meer de moeite neemt om het te checken. En als hij dat wel had gedaan, zou hij niets hebben gezien. Er is veel verkeer, maar er zijn geen auto's die opvallen. Hij moet iets eten. Hij moet die vieze smaak uit zijn mond zien te krijgen. Dat komt door die junks. Zij vertegenwoordigen hem. Hij is van ze afhankelijk voor zijn levensonderhoud. Zij staan voor wat hij heeft bereikt.

Calum rijdt niet zo ver achter hem en is geïntrigeerd. Hij kent de twee junks niet, maar hij weet wat ze zijn. Straatdealertjes. Mensen die een paar maanden je handel verkopen, tot ze onbetrouwbaar worden en geloosd moeten worden. Ze vormen een groot risico. Dump je ze en ze praten hun mond voorbij, dan kun je flink in de problemen komen. Het is mogelijk dat je dan maatregelen moet nemen. Toch neemt Winter dit risico. Het alternatief is dat hij zelf elke avond de stad in moet om zijn spullen te verkopen. Dan duurt het niet lang voordat de mensen weten wie hij is en wat hij doet. Wordt hij vroeg of laat op zijn nek gesprongen, of pakt de politie hem op. Dus moeten anderen dat risico voor hem nemen. Maar die jongens zijn niet te vertrouwen. Het is duidelijk te zien dat de ontmoeting Winter boos heeft gemaakt. Hij stopt bij een café.

Hij luncht alleen. Stapt weer in zijn auto voor zijn volgende afspraak, deze keer in een huis aan de zuidelijke rand van de stad. Calum noteert het adres. Om na te gaan wie er woont. Een snelle Google-zoekopdracht met zijn mobiel levert niets op. Het huis is te goed onderhouden om van een junk te kunnen zijn. Een leverancier misschien? Waarschijnlijk niet van belang voor de klus die hij doet. Daarna rijdt hij naar huis. Naar Zara Cope, zijn liefje. Ha, Winters grote liefde. Calum zit in zijn auto aan het eind van de straat en observeert het huis. Geen leuk werk. Saai, saai, saai. Maar noodzakelijk. Het moet worden gedaan. Het moet nog minstens een paar dagen worden gedaan. En als er dan nog steeds geen routine zichtbaar is, misschien nóg wel een paar dagen. Nooit overhaasten.

8

Zara zit tv te kijken. Ze ziet er verveeld uit. Dat verontrust hem. Hij staat in de deuropening en weet niet goed wat hij moet zeggen. Ze is zo mooi. Donker haar tot op de schouders, volle lippen, hoge jukbeenderen, grote ogen. Een plaatje. In haar blik een zelfvertrouwen dat zowel zelfgenoegzaam als vanzelfsprekend is. Superieur. Hij is zestien jaar ouder dan zij, maar dat is niet de reden dat hij niet weet wat hij tegen haar moet zeggen. Dat is nooit de reden van de kloof tussen hen geweest, de onbehaaglijkheid die hij voelt. Zijn onrust komt voort uit het verschil in levensstijl, het verschil in wat ze van het leven willen. Misschien komt het allemaal toch wel door het leeftijdsverschil, stelt hij gelaten vast. Daar is niet aan te ontkomen. Het is iets wat je niet kunt veranderen. Zij wil feesten en lol maken. Hij heeft dat al achter de rug. Hij wil meer. Hij wil trouwen, kinderen en wederzijds begrip. Ze kijkt op en ziet dat hij naar haar staat te kijken.

'Wat is er?'

Hij heeft de neiging naar haar te staren. Naar haar te kijken als ze zich aankleedt, als ze in de keuken bezig is, als ze tv-kijkt. Zij vindt het best... als hij dat leuk vindt. Ze weet dat ze mooi is. Het bekijken waard. Daar is ze zich altijd van bewust geweest. Toen ze voor het eerst in aanraking kwam met deze onderwereldtypes, hadden ze allemaal als snuffelende honden om haar heen gedraaid. Zij was achttien en de mannen die ertoe deden tussen de dertig en de veertig. Ze was goed opgevoed, intelligent en welbespraakt. Een niveau hoger dan wat ze normaliter voorgeschoteld kregen. Het had onschuldig en leuk geleken. Niets serieus. Zij gebruikten haar en zij gebruikte hen. Niet te veel; dan kreeg je een slechte reputatie. Zoals sommige meisjes. Toen ze wat ouder werd, verschenen er nieuwe jonge dingen op het toneel. Ze deed nieuwe ervaringen op. Ze was nog steeds mooi, maar het was niet het soort schoonheid waar belangrijke mannen opuit waren. Ze was geen glimmend, nieuw speeltje meer. Toen ze ermee begon, dacht ze dat het leuk zou zijn, iets extra's in het leven. Nu was het het enige wat ze nog had. Een ander leven kende ze niet. Het was dit of niets. Als Lewis de nieuwe deal van de grond kon krijgen, was het misschien de moeite waard om bij hem te blijven.

'Niets,' zegt Winter. 'Wat wil je eten?'

Zara haalt haar schouders op. 'Wat er in huis is. Gaan we vanavond uit?'

De vraag houdt in dat zij heeft besloten dat ze vanavond uitgaan. Het is niet zo dat ze hem commandeert. Ze hoeft het maar te vragen en hij gaat erin mee. Hij is bang voor wat haar reactie zal zijn als hij haar weigert wat ze zo duidelijk wil. Hij heeft haar mokkende kant gezien, de teleurstelling. Er is geen reden om onrust te zaaien. Waarom zou hij haar van streek maken? Hij wil lachende gezichten in huis. Dat hij daarvoor offers moet brengen, accepteert hij.

'Dat lijkt me een goed idee,' liegt hij.

'Dan is een lichte maaltijd genoeg,' zegt ze met een glimlach.

Ze ziet er nu gelukkig uit. Een uitstekend actrice, weet hij. Maar de aanblik van de glimlach is genoeg. Misschien is die niet echt, maar hij vindt hem mooi en wordt er warm van.

Het is zijn beurt om te koken. Ze doen het om beurten en zij doet de rest van het werk in huis. Het valt niet mee om haar als huisvrouw te zien, maar toch is ze dat, in zekere zin. Het is een rol die ze meer en meer bereid is op zich te nemen. Mensen veranderen. Wat mensen van het leven verlangen verandert. Hij denkt daaraan terwijl hij in de vriezer rommelt. Hij verheugt zich niet op weer een avond uit. Ze gaan nu bijna elke avond uit. Het is de enige manier om haar tevreden te houden. Hij is altijd op zoek naar aanwijzingen die erop duiden dat ze volwassener wordt. Alles wat erop kan wijzen dat ze zich ontwikkelt tot het soort persoon dat hij al is. Soms meent hij zo'n aanwijzing te bespeuren, maar dan doet ze weer iets wat zijn hoop onderuithaalt.

Hij moedigt haar aan meer met haar dochtertje om te gaan. Het idee van de vriendelijke stiefvader spelen spreekt hem wel aan. Voor zover hij weet is ze maar twee keer bij het meisje op bezoek geweest sinds ze met elkaar omgaan. Zelf heeft hij haar nog nooit gezien. Het komt hem voor als harteloos. Onbegrijpelijk. Hoe is het mogelijk dat je niet houdt van het kind dat je ter wereld hebt gebracht? Hij is geen vader. Was het maar waar. Hij zou het zo graag willen. Een leven met je ware liefde, die ook van jou houdt. Zara houdt niet van hem, ze tolereert hem. Ze profiteert van hem, dus blijft ze... Hij begrijpt dat. Hij accepteert het, want zo is het in zijn leven altijd geweest. Meer verwacht hij niet, maar hij zou wel graag willen dat hun relatie een andere was. Hij ziet soms mensen die een serieuze relatie hebben. Waarom hij niet?

Omdat hij verkeerde keuzes maakt. Dat weet hij best. Hij heeft het vanaf het eerste moment geweten. Zara is niet de juiste vrouw voor hem, niet voor zo'n soort leven. Met haar vader en moedertje spelen kan hij wel vergeten. Ze kunnen een tijdje doen alsof, maar op een gegeven moment zal het bij haar gaan kriebelen. Het zal niet standhouden. Aan de andere kant is er de angst. Hij denkt daaraan als hij tegenover haar aan tafel zit en ze de pasta-met-kipschotel eten die hij in elkaar heeft geflanst. Het smaakt naar niets, maar zij praat al over waar ze naartoe zullen gaan, zich speels beklagend over zíjn favoriete tenten, die altijd zo saai zijn. De angst. Als hij Zara dumpt en op zoek gaat naar een relatie met meer betekenis, zal hij die misschien niet vinden, en dan heeft hij niets meer. Wat zij hebben is misschien niet veel, maar het is beter dan niets. Hij stemt in met haar voorstel naar een nachtclub te gaan, een club waar zij zich altijd vermaakt en waar hij zich stierlijk verveelt.

Zara ziet aan hem dat hij niet blij is met het voorstel; hij kan zo slecht liegen. Maar hij speelt mee, zoals altijd. Te onzeker om het met haar oneens te zijn, om tegengas te geven. Te zwak? Op een bepaalde manier wel, denkt ze. Op een bepaalde manier is hij meelijwekkend zwak. Hij is bang voor wat het leven nog voor hem in petto heeft, en wrokkig over wat het hem tot nu toe heeft geboden. Hij praat er nooit over, maar je kunt het aan hem zien. Op andere momenten kan hij heel moedig zijn. Hij probeert dingen te ondernemen. Hij heeft ambitie. Hij is bereid risico's te nemen om het leven voor hen allebei beter te maken. Dat maakt indruk op haar. Hij is bereid dingen te doen die moed vergen om hun leven beter te maken. Dat hij in stilte zijn leven riskeert om hun lot te verbeteren... dat maakt indruk op haar.

Ze reikt over de tafel en legt haar hand op de zijne. Hij stopt met eten en kijkt haar aan, niet goed wetend hoe hij het gebaar moet opvatten. Zo doet ze anders nooit. Is het de voorbode van slecht nieuws?

'Die deal waar je mee bezig bent,' zegt ze tegen hem. 'Ik wil dat je weet dat ik trots op je ben. Het vergt moed. Ik weet dat je het voor ons doet, en dat betekent heel veel voor me.'

Haar ogen schitteren als ze echt lacht, en nu schitteren ze. Het maakt hem week vanbinnen en hij heeft even het gevoel dat het leven zich omkeert en hem toelacht. Het geeft hem het gevoel dat de risico's de moeite waard zijn en dat hij de deal echt tot een goed einde wil brengen. Wat een nieuwe angst oproept. De angst dat juist nu zij verandert en hun relatie zich verdiept, hij weer zal falen.

Winter glimlacht en knikt. 'De dingen gaan een stuk beter worden,' zegt hij tegen haar. 'Voor ons allebei.'

9

Even na halfnegen stopt er een taxi voor het huis. Die blijft daar staan, zonder te claxonneren. Heeft ze zeker al eerder opgehaald en weet dat hij moet wachten. Ze komen naar buiten. Zij loopt langzaam het tuinpad af, in een jas die tot over haar knieën reikt. Winter staat nog bij de deur, sluit het huis af. Die komen voorlopig niet terug. Als ze thuiskomen, zullen ze waarschijnlijk geen van beiden in staat zijn de sleutel in het slot te steken. Winter draagt een donkere jas en een donkere broek, lijkt te oud voor een avondje uit. Hij draait zich om en haast zich het tuinpad af, haalt Cope in voordat ze bij de taxi is. Hij opent het achterportier voor haar, ze stapt in en verdwijnt uit het zicht. Winter loopt om de taxi heen en stapt aan de andere kant in, zonder om zich heen te kijken.

Calum zit in het duister en kijkt toe. Hoe paranoïde is Winter? Blijkbaar minder paranoïde dan hij zou moeten zijn. Kijkt niet om zich heen, controleert niet of iemand hem observeert. Als hij weet dat hij mogelijk het doelwit van een aanslag is, neemt hij die dreiging niet serieus. Hij is nooit eerder doelwit geweest, is nooit de moeite van het ombrengen waard geweest. Hij weet niet hoe het spel wordt gespeeld. Calum start de auto, geeft de taxi een ruime voorsprong voordat hij zijn lichten aandoet en van de stoeprand wegrijdt. Hij zal vanavond niets anders doen dan observeren, hoe verleidelijk de mogelijkheden ook zijn die zich misschien zullen aandienen. Soms is de verleiding groot. Je kijkt weken later terug en beseft dat de eerste kans die je kreeg een betere was dan het moment waar je uiteindelijk voor hebt gekozen. Het zij zo. Nooit overhaasten.

Ze rijden het stadscentrum in. Er is genoeg verkeer om zich in te verstoppen en het volgen verloopt probleemloos. De taxi stopt in een drukke straat. Ze stappen uit en de taxi rijdt door. Verdomme. Hij kan nergens parkeren. Calum moet doorrijden tot het eind van de straat. Hij kijkt in zijn spiegel, ziet ze op de stoep. Ze gaan een bar binnen... meer zijn soort bar dan het hare. Misschien eerst even indrinken. Hij vindt een parkeerplek bij de eerstvolgende zijstraat. Nu loopt hij risico. Hoe dichtbij kan hij komen? Zou Winter hem herkennen als hij hem zag? Die kans is niet groot. Er is een goede kans dat hij naast Winter kan gaan zitten en Winter geen idee heeft wie hij is, maar je kunt het risico niet nemen. Sommige mensen zijn goed in het onthouden van gezichten. Als hij Calum ziet en hem herkent, weet wat hij voor zijn brood doet, wordt de klus buitengewoon moeilijk. Niet dat hij Winter dan niet kan ombrengen, maar Winter zal tegen andere mensen zeggen dat Calum op pad is om dat te doen. Als hij dan ergens dood wordt gevonden, weet iedereen wie het heeft gedaan.

Dus komt hij niet te dichtbij. Riskeert het ook niet om dezelfde bar binnen te gaan, ook al zal Winter hem waarschijnlijk niet zien, of denken dat het toeval is als hij hem ziet. Hij loopt de straat in en zoekt naar een winkel aan de overkant, waar hij uitzicht heeft op de bar. Er is een cafetaria, maar dat is niet meer dan een tijdelijke oplossing, en zijn maag speelt al op. Het enige wat hij kan vinden is een steegje waarin hij kan gaan staan. Donker en klam, zo'n soort plek die mensen uitsluitend voor duistere doeleinden uitkiezen. Calum doet een paar passen het steegje in, is voor niemand te zien, en kijkt naar de overkant. Hij ziet de deur van de bar. Hij wil niet worden gezien. Wil niet dat iemand ziet dat hij een bar observeert waar een binnenkort dode drugsdealer zit te drinken. Dat zijn dingen die je bij een rechtszaak kunnen opbreken. De straatcamera's van CCTV zijn geen probleem. Die hebben hem misschien opgepikt toen hij op straat liep, maar hier in het steegje zien ze hem niet. De politie zal hier ook niet komen kijken. Hij zal nog minstens achtenveertig uur wachten voordat hij Winter ombrengt. En de dag ervoor zal hij op veilige afstand van Winter blijven.

Zijn maag maakt geluiden die hem niet bevallen. De stank in het steegje maakt het er niet beter op. Het is geen specifieke stank, gewoon viezigheid. Een mix van alle slechte dingen in het leven, die zich in de hoeken en gaten heeft gevreten. Hij probeert zo lang mogelijk zijn adem in te houden, maar ook dat helpt niet. Hopelijk maken ze het niet te laat. Hij wil geen plas kots in het steegje achterlaten. Dit is het nadeel van observeren. Als je de hele dag een doelwit observeert, eet je wat je te pakken kunt krijgen. Je eet in de auto, drinkt in de auto. Calum heeft een grens getrokken als het gaat om zijn behoefte doen in de auto, maar hij kent mensen die in flessen pissen als ze hun doelwit observeren. Je eet junkfood. Je zit urenlang stil. Het ideale recept voor maagklachten.

Het steegje begint hem steeds minder goed te bevallen. Als er iemand een bar uit komt wankelen en moet kotsen, dan doet hij dat hier. Of iemand komt een bar uit en moet nodig pissen. Of een stel komt een bar uit en wil aan elkaar frunniken. Er lopen mensen voorbij, maar die zien hem niet. Na veertig minuten komen Winter en Cope de bar uit. Calum is opgelucht als hij ze ziet. Ze lopen de straat in, lijken niet op zoek te zijn naar een taxi. Calum wacht, kijkt en gaat ze te voet achterna. Ze hebben een paar drankjes op, maar ze zijn niet dronken. Nog niet. Maar het begin is er. Ze praten tegen elkaar tijdens het lopen. Zij praat het meest, stuurt het gesprek. Ze zien er gelukkig uit. Of tevreden in elk geval. Calum volgt ze langs twee zijstraten, tot ze bij een nachtclub komen.

Dit lijkt meer haar soort gelegenheid dan het zijne. Ze gaan naar binnen. Calum blijft staan en maakt een afweging. Er lopen veel mensen in en uit. Ze kunnen daar wel urenlang blijven. Als hij naar binnen gaat, weet hij zeker dat hij wordt gezien door de beveiligingscamera's. Dat risico kan hij niet nemen. Hij kan buiten blijven wachten, maar dan moet hij op straat blijven staan. Hij ziet nergens een plek waar hij zijn auto kan parkeren en een man die urenlang op de stoep staat, trekt de aandacht. Het heeft geen zin om hier te blijven rondhangen. Hij kan beter teruggaan naar hun huis.

Hij zit in zijn auto, netjes geparkeerd verderop in de straat, schuin tegenover Winters huis. Leuke straat, comfortabele huizen. Het verbaast hem dat Winter met zijn handeltje genoeg verdient om zich een leuk huis in een leuk deel van de stad te kunnen veroorloven. Of misschien is dat niet zo. Er zijn genoeg mensen in de business die flink boven hun stand leven. Calum niet, die doet eerder het tegenovergestelde. Hij zou het huis graag vanbinnen willen zien. Niet om te kijken waaraan Winter zijn geld uitgeeft, maar om de indeling te zien. Als je in een huis moet zijn, kun je er maar beter de weg weten. Hij gaat niet eens proberen er in te breken. Hij heeft wel eens ergens ingebroken, twee of drie keer, maar hij doet het alleen als het echt niet anders kan. Hij beschouwt inbreken niet als een van zijn grootste talenten. En je moet nooit meer sporen achterlaten dan nodig is. Geen risico's nemen die je kunt vermijden, ook al lijken ze nog zoveel voordeel op te leveren. Het huis lijkt hem de geschiktste plek voor de liquidatie. Hij ziet wel hoe de indeling is als hij eenmaal binnen is. Het is niet zo groot dat hij erin zal verdwalen.

Het is bijna twee uur als er een taxi voor het huis stopt. De eerste die uitstapt is een man die Calum niet herkent. Hij lijkt jonger. In elk geval te jong om Winter te kunnen zijn. Het voorste portier gaat open. Deze keer is het Winter. Achter uit de taxi stappen twee vrouwen. De ene vrouw is Cope, de andere kent Calum niet. De partner van de jongere man, blijkbaar. Ze hebben alle vier genoeg gedronken om onvast op hun benen te staan. Cope leunt op Winter, die probeert te doen alsof hij zich vermaakt, maar daar niet in slaagt. De andere drie lachen. Iemand zegt iets. Drie keer lallend gelach, en een stille Winter. Hij zoekt in zijn zak naar de sleutel van de voordeur. Het kost hem heel wat moeite om die in het slot te krijgen. Het duurt meer dan een halve minuut voordat hij de deur open heeft, en dan gaan de vier naar binnen.

Calum blijft in de auto zitten en wacht nog een uur. De woonkamer is aan de straatkant. Het licht gaat aan en blijft aan. Na een halfuur gaat boven het licht aan. Het licht in de woonkamer brandt ook nog. Waarschijnlijk blijft het de hele nacht branden. Vier dronken mensen. Een paar boven, een paar beneden. Het licht blijft voorlopig aan. Hij wordt er niets wijzer van. Na een uur start hij de auto en rijdt naar huis. Hij is de afgelopen avond een hoop over Winter te weten gekomen. Een doordeweekse drinker, wordt meegesleept naar clubs waar hij niet thuishoort. Drinkt meer dan hij aankan. Neemt plakkers mee naar huis. Er zijn obstakels. Er zijn ook zwakke plekken, heel grote.

10

Hij is thuis en denkt na. Hij heeft een welverdiende en heel aangename nacht slaap achter de rug en heeft nu nog een uur thuis voordat hij weer aan het werk gaat. Denk na over wat je hebt gezien. Neem elk detail apart door. Het eerste probleem is duidelijk. Te veel mensen. De afgelopen avond het slachtoffer plus drie anderen. Vanavond kunnen dat er nog veel meer zijn. Als het een gewoonte van ze is om mensen mee naar huis te nemen, is het huis een minder geschikte plek voor de executie. Maar waar dan? Als het het huis niet wordt, is het nog niet zo eenvoudig om een plek te bedenken waar je het plan kunt uitvoeren terwijl je controle blijft houden op de omstandigheden. Ergens in het openbaar kun je dat niet, nooit. Dan moet je vertrouwen op te veel onzekere factoren. Hopen dat die je niet op je nek springen.

Het huis. Het moet het huis worden. Als ze weer op stap gaan is het doodsimpel. Als ze samen zijn, kan hij alles onder controle houden. Ze komen dronken thuis en het is geen probleem. Dronken mensen zijn onvoorspelbaar, maar ze zijn verzwakt. Het beoordelingsvermogen is aangetast. De fysieke weerbaarheid is er niet meer. Als ze stomdronken zijn, weten ze niet wat ze overkomt voordat het te laat is. Je leert snel genoeg wat een vriend alcohol kan zijn. En wat een vijand die kan zijn. Alcohol heeft al heel wat goede mensen de das omgedaan. In deze business. In deze stad. De vloek van de huurmoordenaar, zeggen ze. Lange periodes thuiszitten tussen je klussen door. Wat doe je? Mensen gaan zich vervelen. Ze grijpen naar de fles. Calum niet. Nog niet.

Winter drinkt om zich naar Cope te schikken. Dat is zijn zwakke plek. Daar pak je hem op.

Calum kent de locatie. Hij weet – als er vandaag geen rare dingen gebeuren waardoor hij van gedachten verandert – wanneer hij het gaat doen. Nog één dag observeren. Daarna een dag rust, om afstand te nemen. Dan, de volgende avond, de executie. De locatie, het tijdstip. Het beeld ervan vormt zich in zijn hoofd. Het ziet er overtuigend en verrassend simpel uit. Afgezien van dat ene probleem. Als er meer mensen in huis zijn, moet hij misschien overwegen een extra man mee te brengen. Dat hoeft geen andere huurmoordenaar te zijn, zolang hij zijn werk maar kan doen. Ze brengen alleen Winter om. Dood nooit iemand die je doelwit niet is. Nooit. Eén moord wekt de interesse van de politie, van twee moorden raken ze opgewonden. Misschien alleen een paar extra handen om de getuigen op een afstand te houden. Het moet iemand zijn die hij vertrouwt. Ze bestaan, hoewel het er maar weinig zijn. Eerste indruk: redelijk gemakkelijk, afgezien van dat ene probleem.

Hij observeert Winter een tweede dag. Die verloopt min of meer hetzelfde als de eerste. Geen nieuwe feiten. Winter ging langs bij een van dezelfde junks als de dag daarvoor. Hij gaf hem iets, waarschijnlijk handel om te verkopen. Dan door naar een volgende afspraak, deze keer met iemand die er wat netter uitzag. Mogelijk een leverancier. Middelgroot. Ze namen geen voorzorgsmaatregelen die een grote leverancier zou nemen. Calum weet niet eens van wie Winter zijn spullen betrekt. Dat is niet belangrijk, zolang het maar niet iemand is die hem zal missen. Soms krijg je reacties uit onverwachte hoek. Je brengt iemand om die belangrijker blijkt te zijn dan je opdrachtgever dacht. Iemand die connecties met belangrijke mensen heeft. De belangrijke persoon ziet de moord op hun man als een aanval op zichzelf en vindt dat hij erop moet reageren. Het gebeurt niet vaak. De meeste mensen in de business weten wel wie connecties met wie heeft. Maar het komt voor.

Wat hem doet denken aan zijn ontmoeting met Jamieson. De

suggestie dat Winter connecties zou hebben met grotere mensen in de business. Breng hem om voordat het contact tot stand is gebracht en ze zullen hem waarschijnlijk als te onbelangrijk beschouwen om zijn dood te wreken. Breng je hem om als de connecties zichtbaar zijn, dan zullen ze zijn dood misschien als een aanval op henzelf zien. Wie ze ook zijn. Wie zouden het zijn? Van wie is het het meest aannemelijk dat ze zich inlaten met iemand als Winter? Iemand die niet in staat is connecties te leggen met een bekendere, meer succesvolle dealer. Iemand die nieuw is in de business, of nieuw is in de stad. Als het een van deze twee is, hoef je je niet te veel zorgen te maken. Nieuw in de business betekent weinig support. Nieuw in de stad betekent helemaal geen support.

Winter luncht weer buiten de deur. Hij had naar huis kunnen gaan, lijkt zeeën van tijd te hebben, maar hij kiest ervoor dat niet te doen. Interessant. Wat zegt dit over zijn relatie met Cope? Te veel van het goede, misschien. Nadat hij in een café heeft gegeten, gaat hij naar een pub. Een louche tent, een echte gribus. Calum wacht voor de deur. Winter was daar niet om te drinken. Hij was daar om zaken te doen. Om iets te organiseren, of een of andere deal te sluiten. Misschien wel met de baas van de pub. Om de pub als verkooppunt te gebruiken. Met Winter als enige leverancier. Of hij heeft gewoon afgesproken met iemand ín de pub. Hij blijft bijna een uur binnen. Moeizaam gesprek, blijkbaar. Misschien probeert hij iemand ervan te overtuigen dat zijn ster rijzende is. Dat zal zijn grootste uitdaging zijn: mensen ervan overtuigen dat hij serieus genomen moet worden.

Als Winter de pub uit komt, zo te zien broodnuchter, bedenkt Calum dat dit allemaal nogal plotseling gebeurt. Er duikt iemand op en Winter krijgt de opdracht om Jamieson last te bezorgen. Winter wordt ervan overtuigd dat er grote dingen te gebeuren staan en dat hij daar deel van kan uitmaken. Jamieson wordt ervan overtuigd dat er grote dingen te gebeuren staan en dat hij zijn boeltje moet pakken. Waarom wordt Jamieson onder vuur genomen? Omdat hij nog niet met de top meedraait, daarom. Hij is al belangrijk en hij verdient een hoop geld, maar hij is nog niet zo groot dat hij niet gevloerd kan worden. Het moet iemand met aanzien zijn. Iemand die zo groot is dat Peter Jamieson verplicht is onmiddellijk in actie te komen. Om tot deze drastische oplossing te komen.

Winter schijnt klaar te zijn voor vandaag, dus hij gaat naar huis. Hij ziet er niet uit als iemand die blij is met zijn nieuwe zakelijke kansen. Hij ziet eruit als iemand die onder zorgen gebukt gaat, alsof hij nog niet overtuigd is van de positieve kant van de nieuwe ontwikkelingen. Alsof hij niet gelooft dat hij uiteindelijk beloond zal worden. Misschien wil hij het nog niet geloven, zolang er nog van alles mis kan gaan. Na de vele mislukkingen die hij achter de rug heeft, lijkt dat waarschijnlijker. Zijn behoedzaamheid is begrijpelijk. Hij rijdt naar huis en gaat naar binnen. Calum installeert zich verderop in de straat en hoopt het stel over een paar uur weer naar buiten te zien komen. Ga alsjeblieft uit. Giet je vol. Kom in het holst van de nacht thuis. Wees het soort mensen dat alleen plezier kan maken met drank op. Dat garandeert een simpele liquidatie.

Ze stellen hem niet teleur. Er stopt een taxi voor het huis, later dan de avond tevoren. Ze komen het huis uit, zien er allebei wat verhit uit. Alsof ze ruzie hebben gehad. Zo te zien hebben ze op het laatste moment besloten toch nog op stap te gaan. Calum vermoedt dat het Copes idee is geweest. Winter ziet er uitgewrongen uit. Hij doet hetzelfde als gisteravond. Draait de voordeur op slot en haast zich het tuinpad af om het achterportier van de taxi te openen voor zijn vrouw. Ze stappen allebei in en de taxi rijdt weg. Calum wacht een paar tellen tot de afstand groot genoeg is en rijdt ze dan achterna. Net als de vorige avond. Ze rijden naar de binnenstad. De taxi zet ze af bij een club, een andere dan die van de avond ervoor. Parkeren in de buurt is wel mogelijk, maar Calum vindt het de moeite niet waard. Hij rijdt terug naar het huis en wacht daar op ze.

Hij hoopt dat ze alleen thuiskomen. Hij tikt met zijn vingers op het stuur en denkt na. Wat voor feestje zouden ze de afgelopen nacht hebben gebouwd toen ze dat jonge stel hadden meegebracht? Iets seksueels? Je kunt de situatie gemakkelijk in de hand houden als ze allemaal met de broek om de enkels staan. Ze waren alle vier zo dronken dat je je moeilijk kunt voorstellen dat zo'n seksueel avontuur is geëindigd in iets anders dan een chaotische bende. Maar het is mogelijk. Mensen proberen de vreemdste dingen als ze dronken zijn. Drugs? Waarschijnlijk niet. Misschien Cope, misschien het jonge stel, maar het lijkt hem sterk dat Winter zijn eigen handelswaar zou gebruiken. Hij zou het niet zo lang hebben uitgehouden als hij dat deed. De meeste dealers die ook maar een beetje slim zijn, raken hun handel niet aan. Als je trapt in de val die je voor anderen legt, red je het niet lang. De drank is al erg genoeg.

De taxi stopt voor het huis. Calum kijkt op het dashboardklokje: twintig over twaalf. Vroeger dan de avond ervoor. De achterportieren gaan open en Winter en Cope stappen uit. Verder niemand. De portieren gaan dicht en de taxi rijdt weg. De twee lopen het tuinpad naar de voordeur op. Ze heeft haar jas uitgetrokken. Ze ziet er goed uit; geen wonder dat ze steeds iemand vindt om haar klauwen in te slaan. Er wordt vanavond niet gelachen. Samen zijn ze niet in staat elkaar aan het lachen te maken; daar hebben ze de hulp van anderen voor nodig. Ze zijn dronken, maar niet zo erg als de vorige avond. Een korter uitje, en er is minder gedronken. Winter haalt moeiteloos de sleutel uit zijn broekzak en steekt hem in één keer in het slot. Ze gaan het huis binnen. Beneden gaat het licht aan. Na een minuut of tien gaat ook boven het licht aan. Een van de twee is naar boven gegaan, de ander is nog beneden. Tien minuten later wordt beneden het licht uitgedaan en kort daarna wordt het ook boven donker. Een rustige avond voor het stel. Calum rijdt naar huis.

11

George Daly wacht tot de man opstaat. Rob nog iets, zo heet de andere man. Robert. De achternaam kan hij zich niet herinneren. Maakt niet uit.

'Dus je vindt het oké om geld aan te pakken en het dan niet terug te betalen, Robert, zit het zo?' vraagt George hem. Met kalme stem, trage bewegingen.

Toen hij voor Peter Jamieson met dit werk begon, had hij de neiging het te doen zoals alle nieuwkomers het doen. Het windt je op. Je laat je meeslepen door de adrenaline in je bloed. Soms ga je te ver, of zeg je te veel. Vaak wek je de indruk dat je gestoord bent. George is dat niet. Hij geniet niet van het werk dat hij doet, maar het brengt brood op de plank en hij weet dat hij er goed in is. Slim genoeg om goed te zijn in het spierballenwerk. Slim genoeg om te weten dat hij niet verder wil gaan dan dit. Hij wil niet het werk doen dat Calum doet. Hij wil die verantwoordelijkheid niet.

George is achtentwintig, maar hij ziet er iets jonger uit. Krullend zwart haar dat hem een jongensachtige uitstraling geeft. Hij doet het spierballenwerk. De intimidatie, zou je het kunnen noemen. Afpersing, misschien. Een pak slaag. Dreigementen. Hoe je het maar wilt noemen. Hij is nog geen één meter tachtig lang en niet overdreven gespierd. Pezig, maar je kunt zien dat hij sterk is. Soms zijn het grote mensen die het spierballenwerk doen, maar het zijn zelden sportschooltypes. Mannen die zeeën van tijd in de sportschool doorbrengen om hun spieren op te pompen, zijn meestal ongeschikt voor dit werk. Het vergt namelijk subtiliteit, en een zekere hoeveelheid hersens. Je moet weten hoe ver je kunt gaan, en die grens nooit overschrijden. Domme spierbonken hoeven niet te solliciteren. Die worden meestal portier of zoiets.

Deze Rob, die probeert overeind te krabbelen, waarbij zijn hand wegglijdt op het linoleum van zijn kale keuken, heeft geld geleend. Niet van een bank. Van een kredietverstrekker van minder officiële statuur. Van een kredietverstrekker die voor Jamieson werkt. Tegen een rente van rond de vijfduizend procent. Nog niet eens de hoogste in de stad. Een val waar je gemakkelijk in trapt. Mensen hebben geld nodig. Je leent het en stelt geen vragen. Ze denken niet na over de voorwaarden. Ze begrijpen de consequenties niet. Misschien leen je honderd pond om je kinderen, die de rest van het jaar niets krijgen, een leuke kerst te kunnen geven. Je leent honderd en het eind van het liedje is dat je een paar duizend pond moet terugbetalen. Natuurlijk kunnen de meeste mensen dat niet, dus moet er iets anders worden verzonnen. Je komt terecht in een afbetalingsregeling. Als je een jonge, aantrekkelijke vrouw bent, zijn er andere manieren om van je schuld af te komen.

Rob heeft al een paar maanden zijn aflossingen niet betaald. Hij heeft vijfhonderd geleend om een andere schuld af te betalen. Hij staat nu zesduizend in het rood, en hij heeft geen geld. Iets anders heeft hij ook niet te bieden.

'Sta op, Robert.'

George wacht tot hij overeind komt. Hij heeft hem maar twee klappen gegeven, maar Robert staat niet al te vast op zijn benen. Hij is nu niet dronken of high, maar dat is een zeldzaamheid. Daarom is George hier. De kredietverstrekker is bang dat hij niet lang genoeg zal leven om de hele schuld te kunnen terugbetalen. Ze hadden hem sowieso niets moeten lenen. Dat zouden ze ook niet hebben gedaan als ze hadden geweten dat zijn leven zo'n puinhoop was.

'Ah... kan niets betalen,' mompelt Robert terwijl hij opkrabbelt.

Nee, dat kan hij niet. Te onbetrouwbaar om zaken mee te doen. Te stom om een baan te hebben. Als hij geen geld heeft, heeft hij niets in het leven.

Alle kredietverstrekkers zijn tuig. In dit geval is het iemand die Marty wordt genoemd. Marty is niet alleen een gewetenloze boef, maar ook een luidruchtig, irritant mannetje. Hangt altijd rond in Jamiesons club, probeert zich omhoog te werken. Het is dat George zich zo goed kan beheersen, want hij zou Marty dolgraag op zijn irritante gezicht timmeren. Hij is er zo aan gewend om mensen in elkaar te slaan, dat het hem niets meer doet. Hij haat deze mensen niet, heeft niet eens een hekel aan ze. Meestal heeft hij te doen met degenen op wie hij af wordt gestuurd. Maar het is zijn werk, en hij heeft geleerd er niet te veel over na te denken. Hij zou aanzienlijk meer plezier aan zijn werk beleven als Marty het doelwit was. Helaas. Misschien, ooit. Mensen vallen wel vaker uit de gratie. Maar tot nu toe heeft Marty altijd genoeg geld opgeleverd om populair te blijven.

Niet alleen geld. Ook vrouwen. Voor Jamieson en mensen van zijn slag is Marty een prima leverancier. Hij weet overal jonge vrouwen vandaan te halen, beschikt over goede ontmoetingsplaatsen en geeft de beste feestjes. Om stoom af te blazen, je te laten gaan, gewoon, omdat je het je kunt veroorloven. Marty levert. Zo leeft de andere helft. Waar Robert, die eindelijk opkrabbelt, niet bij hoort. Een kleine, grauwe flat, vrijwel zonder meubels. Wat een leven. En nu heeft hij George op bezoek, om het allemaal nog veel erger te maken.

'Ik... ik kan aan geld komen.'

George slaakt een zucht. Dat zeggen ze allemaal. Ze zeggen het, ongeacht hoe beroerd de omstandigheden zijn, omdat ze denken dat hij dit wil horen. Maar het is niet genoeg. Marty heeft al gezegd dat deze gast geen geld heeft, en dat de kans dat hij het ooit zal krijgen minimaal is. Dit moet zijn laatste waarschuwing zijn.

Hij wacht tot Robert rechtop staat. Dan brengt hij zijn hand omhoog en wacht net lang genoeg om Robert de kans te geven iets weg te duiken. Hij raakt hem op zijn oor en Robert valt weer op de grond. Het is geen harde klap; dat vindt George niet nodig. De boodschap is duidelijk.

'Je krijgt één week. Vandaag over een week komt er iemand bij je langs. Zorg dat je dan geld hebt.'

George loopt de flat uit en loopt snel de vieze trappen naar de uitgang van het gebouw af. Een doodgewone klus. Robert zal ergens geld vandaan halen, op welke manier ook. Hij zal het ergens stelen. Het lenen van een andere woekeraar. Misschien niet alles wat Marty beweert van hem te krijgen, maar genoeg om de ergste straf te ontlopen. Om zich tijdens dat proces nog dieper in de nesten te werken. Wat een leven, denkt George terwijl hij in zijn auto stapt.

Hij parkeert voor de ingang van zijn flat. Geen ander werk vandaag, voor zover hij weet. Klaar tegen lunchtijd. Als er nog iets is, bellen ze hem wel. De rest van de dag is voor hem. Wat Jamieson hem betaalt is geen vetpot, maar het is genoeg om van te leven en dat bevalt hem. Een relaxed leven, zonder veel verantwoordelijkheid en met een hoop lol. Hij loopt de trappen op, ziet iemand op de bovenste tree zitten als hij de hoek om komt, en blijft staan. Je houdt altijd met alles rekening. Hij bekleedt misschien geen sleutelfunctie, maar je kunt altijd een doelwit zijn. Het zijn mensen als hij, mensen bij wie je gemakkelijk in de buurt kunt komen, die er het eerst aan gaan. Een wraakactie tegen Jamieson, op iemand die denkt geen bescherming nodig te hebben. Als kleine waarschuwing voor degenen hoger op de ladder. Gemakkelijker te pakken dan iemand die erop rekent dat hij gepakt zal worden.

'Hé, Cal, wat kom je doen?' vraagt hij, maar hij weet het antwoord al.

Ze kennen elkaar nu acht of negen jaar. Calum is een jaar ouder dan George, maar hij zit een jaar korter in de business. Zijn ster is snel gerezen, terwijl George tevreden was met zijn plek in de laagste regionen. Ze hebben in het verleden diverse keren samengewerkt. Als Jamieson Calum inschakelde en Calum had hulp nodig, koos hij altijd voor George. George is de enige vriend die hij heeft onder de mensen die voor Jamieson werken. Hij is ook de enige vriend die hij om hulp zal vragen wanneer hij een klus voor Jamieson doet. Calum is niet iemand die onaangekondigd langskomt als hij daar geen goede reden voor heeft. Daar is hij te welgemanierd voor. Te voorkomend. Hij is hier omdat hij hulp nodig heeft bij een klus, en hij wil dat George die hulp is. En George kan geen nee zeggen. Het is zijn taak. Calum weet dat. Hij denkt dat George het wel leuk vindt om hem te helpen, dus hij vraagt het aan hem. Hij weet ook dat George geen keus heeft. George kan niet Young of Jamieson bellen om te vragen of hij het moet doen. Hij wéét dat hij het moet doen. Als hij probeert eronderuit te komen, zal dat onaangename vragen opleveren.

'Mag ik binnenkomen?' vraagt Calum, en hij staat op.

'Ja, natuurlijk,' zegt George, en hij knikt. Hij laat zijn vriend niet voor de deur staan, wat de reden van zijn komst ook is. Dit is werk, geen sociaal bezoek. Dit is werk dat hij liever niet doet. Maar het is werk dat hij uiteindelijk wel zal doen. Hij opent de deur en weet dat hij, als hij Calum binnenlaat, de klus accepteert. Hij houdt de deur open en Calum gaat naar binnen. Calum loopt meteen door naar de keuken en gaat aan de keukentafel zitten. Dat is het rare van deze flat, iets wat George altijd heeft verwonderd. Mensen die komen praten, willen dat altijd in de keuken in plaats van in de woonkamer doen. Hij heeft blijkbaar een gezellige keuken, of een ongezellige woonkamer. Hij vraagt zich af welke van de twee het is.

12

George maakt voor allebei een kop koffie. Calum vraagt nooit om iets te drinken, wil niemand tot last zijn. George probeert tijd te rekken, want hij wil pas op het allerlaatste moment weten wat de klus inhoudt. Dat is de kant van het werk waar hij een hekel aan heeft, dat je erover gaat nadenken. Nadenken over wat er allemaal mis kan gaan. Er zijn genoeg mensen in de business die zo stom zijn dat ze nooit aandacht besteden aan wat er kan misgaan. Hun intellectuele vermogen is zo beperkt dat ze alleen kunnen denken aan wat er goed kan gaan, wat het positieve resultaat zal zijn. De uitkomst. Dat is waar iedereen aan denkt. Waar iedereen aan wíl denken. Alleen de slimmere mensen houden er rekening mee dat als de uitkomst zich aandient, zij misschien niet in de positie zullen zijn om ervan te kunnen genieten.

'Ik heb een klus,' zegt Calum als George tegenover hem zit.

Er valt veel zonlicht naar binnen... misschien geven mensen daarom de voorkeur aan de keuken. 'O ja?'

'Ja. Misschien heb ik wat hulp nodig. Heb je interesse?'

George haalt zijn schouders op. Hij kan niet zeggen dat hij geen interesse heeft. 'Ik denk het wel. Wat moet ik doen?'

'Ik heb een doelwit. Er zijn misschien een paar mensen bij hem als ik tot actie overga, dus ik heb iemand nodig om ze uit de buurt te houden.' Geen concrete informatie. Houd het vaag totdat je een definitief akkoord hebt. Hij vertrouwt George, maar dat betekent niet dat je meteen alles op tafel legt. Hij doet dat niet omdat George een vriend is, en een vriend geef je pas details als je zeker weet dat het oké is. Om George de kans te geven te ontkennen dat hem iets is gevraagd.

'Wat kan ik doen?' vraagt George, en hij leunt achterover op zijn stoel om de details te horen.

'Weet je wie Lewis Winter is?'

'Ja.' George knikt, graaft in zijn geheugen. 'Dealer. Drugs. Handel van niets, voor zover je het een handel kunt noemen. Ik heb een van zijn luizige straatdealertjes wel eens de stuipen op het lijf gejaagd, herinner ik me. Is hij het doelwit?' vraagt hij met oprechte verbazing.

'Yep, hij is het doelwit. Hij loopt mensen voor de voeten, schijnt het. Ze denken dat hij iets groots van plan is, en ze willen hem stoppen.'

George snuift. 'Winter heeft nog nooit iets groots van de grond gekregen. Hij zou niet weten hoe.' Het is gebruikelijk om de motieven van je opdrachtgevers in twijfel te trekken, om neerbuigend te doen over hun beweegredenen. Iedereen denkt dat zijn baas paranoïde is, omdat iedere baas in deze business zijn beweegredenen heeft om dat te zijn. Maar in dit geval meent George wat hij zegt.

'Het schijnt dat hij back-up heeft van een paar grotere mensen. Of binnenkort krijgt. Hopelijk nog niet.'

'Aye,' zegt George, en hij knikt. 'Laten we het hopen.'

Hoorbaar cynisme. Het zijn mensen als Calum en George die door hun bazen voor de leeuwen worden geworpen, worden geofferd. Die op pad worden gestuurd voor een klus die zo riskant is dat ze er zelf hun vingers niet aan willen branden. Zo werkt het nu eenmaal. Calum en George zijn vervangbaar. Winter kan solide back-up hebben, van mensen die hun leven tot een hel kunnen maken. Dat kan Jamieson niets schelen, zolang hij maar buiten schot blijft.

'Heb je hem geschaduwd?'

'Yep. De afgelopen paar dagen. Werkt voornamelijk op straat. Ontmoet mensen in pubs.'

'Handel van niets.'

‘Precies. De plaats om hem te pakken is thuis. Hij en die chick van hem gaan elke avond op stap. Komen dronken thuis. Soms brengen ze mensen mee.’

‘O, aye.’

‘Soms komen ze samen thuis. Ik ga het morgenavond doen. Als ze dronken zijn moet het niet al te moeilijk zijn.’

Dat hebben ze allebei al veel vaker gehoord. Zijn ze ladderzat, dan stelt het niets voor. Maar soms heb je de neiging erop te vertrouwen dat de drank de helft van het werk voor je doet, en laat die drank het afweten. Mensen kunnen razendsnel ontnuchteren. Ze signaleren gevaar, in hun hoofd wordt een knop omgezet en opeens maakt de drank geen verschil meer. En soms zijn ze minder dronken dan ze eruitzien. Je hebt ook mensen die zo vaak dronken zijn dat ze ondanks de drank nog redelijk normaal kunnen nadenken en handelen. Bovendien is er de onvoorspelbaarheid. Sommige mensen gaan zich in beschonken toestand op een manier gedragen die je niet van ze verwacht. Sommigen geven blijk van een moed die ze nooit eerder hebben getoond. Sommigen worden opeens besluitvaardiger dan ze ooit zijn geweest. Ze gaan in de tegenaanval en doen domme dingen. Ze nemen enorme risico’s wat betreft hun veiligheid. Vertrouw nooit op hun dronkenschap. Nooit.

‘Winter is nooit zo’n drinker geweest,’ zegt George tegen Calum. ‘Een gematigd mens, deed geen wilde dingen. Totdat hij haar leerde kennen.’

‘Ja, nou, zo te zien is zij degene die elke avond op stap wil. Ze gaan naar nachtclubs. Hij is geen man voor nachtclubs. Ze komen flink beschonken thuis. Ik weet niet of ze iemand zullen meebrengen. Misschien wel. Misschien niet. In het gunstigste scenario zijn het alleen Winter en Cope. In het slechtste komen ze met meer mensen thuis.’

‘Hoe wil je het doen? Wachten tot ze zijn ingedut?’

‘Nee, ik wil niet dat ze al in bed liggen. We laten ze naar binnen gaan. Kloppen op de deur en gaan ze achterna. Jij drijft de rest de ene kamer in, ik zet Winter apart in de andere. We doen het snel. Ik wil niet langer dan twee minuten binnen zijn. Jij houdt ze daar vast tot we weggaan. Ik wil niet dat er iemand gekke dingen gaat doen. Geen complicaties.'

George knikt. Geen complicaties is wishful thinking, maar het komt voor. Soms stuit je op allerlei onvoorziene obstakels. Soms gaat alles precies zoals je had gehoopt. George is niet bij veel liquidaties aanwezig geweest – vier in de afgelopen acht jaar, afgezien van deze – maar hij heeft er genoeg over gehoord. Van mensen als Calum. Mensen die het voor hun brood doen. Vier of vijf per jaar. Allerlei soorten liquidaties. Hij weet nog hoe Calum vroeger was, toen ze elkaar pas kenden. Toen was Calum een rare snoeshaan. Het ontbrak hem aan zelfvertrouwen en hij was zo stil dat de anderen hem asociaal vonden. De meeste mensen mochten hem niet. Het waren de mensen met de grote monden, de feestvierders. Ze doken met vrouwen in bed en gebruikten veel drugs. Het was een gewelddadig, spannend en voor sommigen kort leven. De slimmere mensen deden dat niet.

Calum en George hadden er tot op zekere hoogte aan meegedaan. Ze hadden nu en dan een vrouw gehad en hadden zich best vermaakt. Maar het was niet wat ze dreef. Veel mensen kwamen in de business terecht nadat ze die levensstijl hadden gezien en die zelf ook wilden. Mensen in clubs die jongemannen van hun leeftijd zagen feesten met mooie meiden en zagen hoe ze met geld smeten. Het was dit soort jongens dat nieuwe rekruten aantrok. Toch waren het niet deze jongens die later de grote successen zouden boeken. Ze zouden hun geld verdienen, dat wel, zolang ze zich nuttig maakten. Maar ze zouden nooit echte verantwoordelijkheid dragen. Klussen zoals Calum die deed zouden ze nooit krijgen. Dat soort klussen geef je niet aan mensen met een grote mond. Uitslovers worden uiteindelijk door de verkeerde mensen gezien. Maar ze trekken nieuwe mensen aan. Geen mensen als Calum en George, die waren niet vanwege de levensstijl in de business terechtgekomen.

Voor George was de business een kans om iets onregelmatigs te doen. Hij kon niet aarden in gewoon werk. In een gewoon leven ook niet. Sommige mensen zijn zo. Geen rust in hun kont. Hij deed wat hem werd opgedragen, verdiende genoeg geld om van te leven en maakte zich verder niet druk. Hij was tevreden. Hij hoefde niet meer dan hij had. Hij droomde niet van zakken geld. Droomde niet van een volmaakt leven. Hij had het goed, en goed was voor hem goed genoeg. Calum had soortgelijke motieven. Hij ging in de business en deed werk dat leek op dat van George. Met dit verschil dat George voor Jamieson werkte en Calum in principe freelancer was. Hij kreeg klussen die erger en veel gevaarlijker waren. Hij had geen vangnet. Veel mensen waren van hem onder de indruk. Algauw deed hij zijn eerste liquidatie. Na verloop van tijd was iedereen het erover eens dat hij een groot talent was. Maar hij bleef freelancer. Hij nam niet meer werk aan dan nodig was. Zolang hij maar genoeg geld had en genoeg ervaring opdeed. Hij zag het goed.

Uiteindelijk blijft Calum een paar uur bij George. Geen van beiden heeft vandaag nog iets te doen. Calum wil op afstand van Winter blijven, geeft hem de kans om de laatste dag van zijn leven in vrede door te brengen. Ze praten over alles behalve werk. De klus zal niet al te moeilijk zijn, en ze hebben dit werk vaak genoeg gedaan om te weten wat er van ze wordt verlangd. Van George wordt heel weinig verlangd, als alles goed gaat, zolang hij er maar is, en wat Calum nog moet doen is ook relatief simpel. Simpel voor hem. Simpel voor iemand die het al zo vaak heeft gedaan. Ze praten als vrienden, niet als collega's. Niet over zaken. Ze maken elkaar aan het lachen. Brengen de spanning wat omlaag. Want het maakt niet uit hoeveel klussen je al hebt gedaan, er moet altijd een zekere spanning worden bezworen.

13

Mensen bereiden zich op uiteenlopende manieren voor. Sommigen drinken zich een stuk in de kraag. Sommigen gaan uit en zoeken een vrouw. Zodat de spanning zich kan ontladen. Anderen sluiten zich af voor de buitenwereld. Ze moeten zich concentreren op de klus, willen niet worden afgeleid. Voor Calum bestaat de beste voorbereiding uit doen wat hij altijd doet. Het is werk, en je moet niet doen alsof het iets anders is. Gewoon, een klus. Sommige mensen staan op, gaan de deur uit en zitten de hele dag op kantoor. Sommige mensen bouwen dingen. Andere mensen rijden de hele dag rond. Dat is hun werk. Ze denken er niet over na, ze doen het gewoon. Calums werk is mensen ombrengen. Hij bereidt zich voor en op de dag van de executie voert hij zijn plan uit. En dan, naderhand, schakelt hij terug naar doen wat hij altijd doet. Geen gekke dingen, niets bijzonders.

Hij moet nog een paar dingen doen. Hij heeft wapens nodig. Meervoud. Eén voor hem, één voor George. George zal het zijne niet gebruiken als het niet nodig is. Toch heeft hij een goed werkend wapen nodig. Je houdt rekening met het somberste scenario. Calum heeft er natuurlijk ook een nodig. Een goed bruikbaar wapen. Iets waarop hij kan vertrouwen. Hij zal het zeker gebruiken, wat er ook gebeurt. Hij heeft zich aan de klus verplicht en dat betekent dat hij die zal afronden, ongeacht de obstakels die hij onderweg tegenkomt. Wapens regelen is altijd een enerverend gedoe. Ze van iemand betrekken kan net zo gevaarlijk zijn als ze gebruiken. Er zijn genoeg plekken waar je wapens kunt kopen, maar er zijn heel weinig plekken die je kunt vertrouwen. Veel wapenleveranciers zijn mensen die zich in de marge van de business ophouden, die er niet echt in meedraaien. Ze kunnen aan wapens komen en dat maakt ze bruikbaar. Het maakt ze niet populair. Het zijn geen insiders.

Sommige tussenpersonen betrekken hun wapens uit legitieme bronnen. Je zoekt iemand met een legaal wapen en koopt het van hem. Maar de meesten doen dat niet. Wapens worden meestal verkregen door diefstal, of ze zijn afkomstig uit een onwaarschijnlijke bron. Of je zoekt iemand met een legaal wapen en je steelt het van hem. Dat gebeurt. Of je zoekt iemand die met wapens werkt en je koopt hem om. Dat gebeurt vaker. Soldaten vormen een goede bron. Er verdwijnen wapens uit legerkazernes. Daar zijn veel wapens, dus er kunnen er best een paar zoekraken. Altijd vuistwapens. Alleen idioten en uitslovers kiezen voor iets wat meer is dan dat. Je kunt grotere, zwaardere wapens kopen. Automatische wapens. Maar waarom zou je? Je hebt in de business geen automatische wapens of geweren nodig, tenzij je een complete oorlog verwacht. Je wilt niet iets wat moeilijk te verstoppen en naderhand te dumpen is.

De meest gebruikte bron is die van het hergebruik. Een tussenpersoon koopt een wapen van iemand die het voor een klus heeft gebruikt. Hij verkoopt het door aan iemand anders. Op die manier worden er meer wapens tweedehands gekocht en weer doorverkocht. Talloze wapens gaan van de een naar de ander. Ze zijn gebruikt voor diverse klussen door verschillende mensen, en zijn door de handen van meerdere tussenpersonen gegaan. Het is een lucratieve handel, een handel waar Calum regelmatig gebruik van maakt. Hij gaat altijd naar dezelfde tussenpersoon, omdat hij de enige is die hij tot nu toe heeft leren vertrouwen. Sommigen maken gebruik van verschillende tussenpersonen, om te voorkomen dat één tussenpersoon weet hoeveel klussen je doet, maar dan moet je meer dan één persoon vertrouwen. Zoiets vergt tijd. Tot nu toe gaat hij steeds naar dezelfde persoon. De prijzen zijn redelijk en na gebruik verkoop je het wapen weer aan hem terug. Eigenlijk is het een soort verhuur, maar je koopt het wapen omdat het nodig kan zijn dat je het tijdens een klus dumpt. Gemiddelde kosten: vier- tot vijfhonderd pond. Een bedrag dat ruimschoots gecompenseerd zal worden door wat Jamieson aan Calum betaalt.

Er is nog een bron om aan wapens te komen. Veel wapens komen van overzee, uit Noord-Ierland, om hier in Schotland gebruikt te worden. Er komen ook veel Noord-Ieren van overzee, om hier hun criminele vaardigheden te gelde te maken. Sommige mensen vinden dat leuk en verwelkomen ze. Anderen vinden dat niet. Jamieson bijvoorbeeld, en Calum zeer zeker. Er zijn er genoeg die beweren dat zij Calums klussen kunnen doen, ook al is dit een heel andere omgeving dan die waar zij hun mensen ombrengen. Het zijn buitenstaanders die denken dat ze hier thuis zijn. Ze horen hier niet, maar dat beseffen ze zelf niet. Ze hebben te veel vrienden die ze hebben binnengehaald en die ze de kans hebben gegeven om wortel te schieten. Ze hebben massa's wapens te koop en er zijn genoeg mensen die ze kopen. Calum niet. Nooit. Ze zijn een ander soort criminelen. Een ander soort mensen.

Vroeg in de avond gaat hij naar zijn tussenpersoon. Zonder aankondiging. Staat opeens voor zijn deur. Hij bewaart zijn wapens op de vliering, heeft er nooit meer dan twee of drie in huis. Als die worden gevonden, zijn het er maar twee of drie en zullen ze alleen denken dat ze met een kleine – hoewel gevaarlijke – boef te maken hebben. Maar hoeveel honderden zullen er door zijn handen zijn gegaan in de dertig jaar dat hij in het vak zit? Het is bekend dat hij vele huurmoordenaars diverse keren van wapens heeft voorzien. Hij heeft zich altijd op de achtergrond gehouden en houdt zijn mond stijf dicht, en misschien is dat wel het belangrijkste voor een leverancier. Als je eenmaal een naam hebt en er wordt over je gepraat, kun je wel inpakken.

Ze zeggen weinig tegen elkaar. Hij weet waarvoor Calum is gekomen. Hij haalt de wapens tevoorschijn, het geld wisselt van eigenaar en Calum vertrekt. Twee kleine vuistwapens. Geen toeters en bellen. Geen geluiddemper, bijvoorbeeld. Niet nodig bij een klus die is bedoeld om een signaal af te geven. Te duur, te zwaar en te groot. Heel weinig huurmoordenaars gebruiken ze... ze maken je schot lastiger. Het werk is verdorie al moeilijk genoeg.

Op straat met twee vuurwapens in je zak. Tricky moment. Calum rijdt rechtstreeks naar huis. Hij verstopt de wapens achter een luchtrooster van een ongebruikte schoorsteen in zijn slaapkamer. Nu moet hij nog één ding doen, maar dat kan wachten. Hij heeft meer dan vierentwintig uur de tijd voordat hij het gaat doen. Dat ene ding heeft hij gepland voor de volgende ochtend, en daar heeft hij de hulp van zijn oudere broer bij nodig. Een van de diverse voorzorgsmaatregelen die hij neemt. Daar schuilt echter een gevaar in. Het gevaar dat je te veel voorzorgsmaatregelen neemt. Als je van alles aan jezelf verandert, kan dat mensen opvallen. Als je voorafgaande aan elke klus rigoureus dingen aan jezelf en je leven verandert, zal dat mensen zeker opvallen. En er zijn mensen die één en één bij elkaar optellen. Doe dus niets wat de aandacht trekt.

De volgende ochtend belt hij zijn broer William in de garage waarvan die mede-eigenaar is. Zijn broer, twee jaar ouder dan hij – maar zeker niet twee jaar wijzer – weet hoogstwaarschijnlijk wat voor werk hij doet. Hij weet in elk geval dat Calum in de business werkt. Hij moet de rest ook wel weten. William heeft zelf veel contacten in de business. Hij heeft Calum bij diverse mensen geïntroduceerd. William runt nu een semilegitieme garage aan de oostkant van de stad. Klein bedrijf, niets bijzonders. Hij verdient redelijk en vult zijn verdiensten aan door auto's beschikbaar te stellen aan mensen in de business. Je helpt mensen die je vertrouwt en daar krijg je geld voor. Niet veel, en niet te vaak. Met Calum ligt dat anders.

William helpt Calum altijd, bij elke klus. Calum komt bij hem omdat hij zijn broer is en hij hem kan vertrouwen. William gaat liever de gevangenis in dan dat hij zijn broertje afvalt. Hij vermoedt wat voor werk Calum doet en waar hij de auto's voor nodig heeft. Best, dan levert hij ze. Over wat ze precies doen praten ze nooit. Hij drukt hem hooguit op het hart om voorzichtig te zijn. Want hij maakt zich zorgen om Calum. Het is een business waarin het moeilijk is alles foutloos te doen. En een klein foutje betekent een zware straf. Wat zou het met hun moeder doen als haar jongste zoon voor de rest van zijn leven achter de tralies verdween? Dus helpt hij Calum, altijd, maar met steeds meer tegenzin. Hoe meer klussen zijn broer doet, hoe groter de kans dat hij wordt gepakt. Waarschuwt William hem daarvoor? Zegt hij iets over de business en breekt hij met de ongeschreven afspraak dat ze nooit met elkaar over dit soort zaken praten? Tot nu toe heeft hij dat niet gedaan.

Calum arriveert in zijn eigen auto, maar hij zal er niet in vertrekken. Mensen brengen hun auto in goed vertrouwen naar de garage. Ze leveren hem af voor een reparatie of een beurt en krijgen te horen dat ze hem de volgende dag kunnen komen ophalen. Ze weten niet dat hij wordt gebruikt voor een criminele klus. Er was ooit een tijd dat dergelijke voorzorgsmaatregelen niet nodig waren. Nu, door CCTV, zijn ze dat wel. Calum wil niet dat zijn eigen auto in de buurt van Winters huis wordt gezien. Dus gebruikt hij de auto van een of andere arme, onwetende ziel, iemand van wie de politie geen enkele reden heeft om hem of haar te wantrouwen. De auto wordt gebruikt en teruggebracht. De dag daarna geeft zijn broer hem terug aan de eigenaar en is iedereen blij. Toch zit er een risico aan. De kans blijft bestaan dat de politie zich in die specifieke auto vastbijt. Ze zien hem op CCTV en besluiten dieper te graven. Gaan met de eigenaar praten. Krijgen te horen dat de auto op dat moment naar de garage was. Maar het risico is kleiner dan wanneer hij zijn eigen auto gebruikt.

'Hoe gaat het, broertje?' William glimlacht als Calum de garage binnenkomt. Een andere monteur is onder de brug bezig met een auto en bij het kantoortje achter in de garage staat een klant. 'Ik kom zo bij je, moet even iets met die man afhandelen.'

Calum knikt en wacht. William loopt naar de klant en vertelt hem hoe hij de schade die de auto heeft opgelopen in de toekomst kan voorkomen. Calum luistert niet mee, weet nauwelijks iets van auto's. De klant loopt de garage uit met zijn autosleutels in de hand en een geschrokken blik in de ogen van de rekening die hij heeft gekregen. William loopt naar zijn broer toe en schudt zijn hoofd. 'Sommige mensen zouden van de rijweg moeten blijven. En, wat kom je doen?' Hij klinkt opgewekt, maar hij weet dat het over zaken zal gaan.

'Kunnen we even praten?' vraagt Calum, en hij knikt naar de deur van het kantoortje.

Ze gaan het kantoortje in en Calum doet de deur dicht. Het is piepklein. Er is een achterdeur die uitkomt op het steegje achter de garage, een bureau met een computer en stapels papieren, en aan de muur hangt een Pirelli-kalender. Door de ramen kun je in de garage kijken.

'Ik heb een auto nodig voor vanavond laat. Ik kan hem vannacht terugbrengen, of morgenochtend vroeg.'

William knikt. 'Ik heb wel iets. Kans op schade?' Hij vraagt het uit gewoonte. Die kans is er vrijwel nooit. Hij wil alleen weten of zijn broer van plan is er ver mee te rijden, misschien over buitenwegen. Of iets anders waaraan je kunt zien dat de auto de garage uit is geweest. Hij kan de teller terugzetten als het nodig is.

'Nee. Ik ga de stad niet uit, geen bijzonderheden.'

'Goed dan,' zegt William tegen zijn jongere broer. 'Ik heb een Corsa voor je, lekker onopvallend. Wordt morgenmiddag opgehaald, dus als hij dan maar terug is.' Hij haalt een paar sleutels van het rek en geeft ze aan Calum.

'Ben je voorzichtig?' vraagt William als Calum het kantoortje uit wil lopen.

'Op het werk, of met de bloemetjes en de bijtjes?'

William grinnikt. 'Jezus, als ik je nu nog over de bloemetjes en de bijtjes moet vertellen... Je werk, natuurlijk. Pas je een beetje op? Pas je op voor wie je werkt, bedoel ik.'

Calum haalt zijn schouders op. 'Ik ben altijd voorzichtig met wat ik doe, dat weet je. Hoezo? Vanwaar die bezorgdheid?'

William haalt ook zijn schouders op. 'Ik weet het niet. Ik hoor dingen. Ik hoor steeds meer mensen praten over veranderingen. Er schijnen nieuwe mensen in de stad te zijn.'

'Er komen voortdurend nieuwe mensen naar de stad. Ik blijf bij de gevestigde orde.'

'Hm.. Die nieuwe mensen hebben het juist voorzien op de gevestigde orde, dus sta jij misschien aan de verkeerde kant. Weet je, pas nou maar een beetje op. Zorg ervoor dat die veranderingen jou niet de kop kosten.'

Het is vreemd om zijn broer zo te horen praten. Hij weet dat William veel om hem geeft, net zoals hij veel om William geeft. Als kind waren ze niet bijzonder close geweest; Calum had altijd het idee dat hij zijn broer irriteerde. Hij wist niet precies waarom. Toen ze wat ouder waren kwamen ze erachter dat ze veel meer gemeen hadden dan ze aanvankelijk dachten. Er ontstond een band. Toen hun vader overleed, werd die band sterker. Ze voelden zich allebei verantwoordelijk voor hun moeder, wisten dat ze haar moesten helpen. Niet dat ze invalide was, maar ze was zestig jaar oud en voor het eerst in haar leven alleen, en ze deden allebei hun best om haar leven wat te veraangenamen. Ze waren nu meer broers dan ze ooit waren geweest. Daarom vindt hij het des te verontrustender wat zijn broer tegen hem zegt.

Ze praten niet over zaken. Nooit. Ze praten over van alles, maar over zaken praten vinden ze niet nodig. Ze weten van elkaar wat ze doen, weten waar de ander zich mee bezighoudt. Calum heeft niet de behoefte om met William over diens betrokkenheid bij de business te praten, omdat die betrokkenheid minimaal is. Hij weet wat zijn oudere broer doet om zijn inkomen wat op te krikken. Hij doet het goed. Hij houdt zijn betrokkenheid bij de business beperkt. En William weet wat zijn jongere broer doet. De details hoeft hij niet te weten. Het is meestal beter dat je dat soort dingen niet weet. Hij vraagt er nooit naar. Dit is de allereerste keer dat hij erover begint. Hij weet al bijna acht jaar wat Calum doet, en dit is zijn eerste waarschuwing. Daar schrikt Calum een beetje van. Wat is de reden? De nieuwe mensen in de stad? Er komen altijd nieuwe mensen naar de stad en de gevestigde orde wordt voortdurend onder vuur genomen. Op zich zijn dat geen dingen die de waarschuwing rechtvaardigen. William moet iets anders weten. Hij moet iets specifieks weten, iets wat hij liever niet uitspreekt. Ze praten niet over details. Maar hij weet iets wat relevant is voor Calum, iets wat hem zorgen baart.

14

Een routinegesprek. Tenminste, routine voor Young. Misschien niet voor de smeris met wie hij heeft afgesproken. Een van de moeilijkste dingen in de business. Young heeft dat altijd gezegd, en hij heeft het anderen ook horen zeggen. Haal een smeris aan boord. Zet er een op je loonlijst en zorg ervoor dat hij erop blijft staan. Gemakkelijker gezegd dan gedaan. Je moet de situatie precies goed inschatten. Je moet er zeker van zijn dat je de juiste persoon op het juiste moment benadert. Als je weet dat ze interesse hebben, moet je ze op de juiste manier bespelen. Je lokt ze uit hun tent, je overtuigt ze en vervolgens sla je ze aan de haak. Heb je ze eenmaal binnengehaald, dan verandert alles. Je maakt ze goed bang, zodat ze wat minder zeker van hun zaak zijn. Maar als ze zelfdestructief zijn, kunnen ze je toch nog de kop kosten. Ze kunnen je het leven ondraaglijk maken. Je kunt meer last dan plezier van ze hebben. Je moet ervoor zorgen dat ze gelukkig zijn met de situatie en dat ze zich veilig wanen. Je geeft ze het gevoel dat ze niets verkeerds doen. Ze hoeven niet te weten hoe belangrijk ze zijn. Als ze je willen spreken, ga je naar ze toe. Willen ze je op afstand houden, dan blijf je op afstand.

Het is Young in de loop der jaren gelukt twee smerissen in de boeken te krijgen. Hij houdt ze op een armlengte afstand, maar ze weten heel goed wie hij is en voor wie hij werkt. Ze weten dat hij voor Jamieson werkt, ook al hebben ze hem geen van beiden ooit ontmoet. Het zijn allebei mannen, uniformagenten. De ene zal dat altijd blijven. Young heeft Paul Greig jaren geleden aan boord gehaald, maar de man is zo uitgesproken corrupt dat hij voor iedereen onbetrouwbaar is. Zelfs naar criminele maatstaven is hij niet te vertrouwen. Hij pakt geld aan van talloze criminele onderneminkjes in de stad en helpt ze af en toe uit de brand. Hij lijkt geboren te zijn met de behoefte anderen het leven zuur te maken. Young houdt hem inderdaad op veilige afstand. Hij wordt alleen gebruikt als het echt nodig is. Een laatste redmiddel. In noodgevallen, bel Greig. Hij was de eerste smeris die Young had ingepalmd, wat een hele prestatie had geleken. Maar in de jaren daarna was Young zijn vertrouwen in hem kwijtgeraakt. Hij was ervan overtuigd dat Greig informatie over Jamiesons organisatie aan andere criminele figuren had verkocht. Daarom had hij een tweede man nodig.

Hij had door diverse mensen in de business over Joe Higgins horen praten. Joe's familie werd geplaagd door allerlei onaangename zaken waar ze liever over zwegen. Zijn ouders waren geld schuldig aan mensen die je beter uit de weg kon gaan. Zijn zus van zeventien was vrijwillig terechtgekomen in een metier waaruit ze onmiddellijk gered diende te worden. Je kon vraagtekens zetten bij de legaliteit van diverse dingen die de familie had gedaan, en bij dingen die Joe had gedaan. Een lekker stel. John Young regelde een afspraak met de jongeman. Een drieëntwintig jaar oude smeris. Iemand van wie het ondenkbaar was dat hij bij de politie zou gaan, maar die het best goed scheen te doen. Na afloop van het gesprek was Young vertrokken met de indruk dat Higgins niet alleen een opmerkelijke smeris was, maar ook een opmerkelijk lid van zijn eigen familie. De rest van de familie was grof, luidruchtig en onaangenaam. De jongen was nerveus, beleefd en meegaand.

Young had alle opties op tafel gelegd. Hij was openhartig tegen de jongen geweest, ervan uitgaande dat dit de beste manier was om hem te benaderen. Maak hem niet bang en doe ook niet alsof je zijn beste vriend bent. De jongen had hulp nodig, of hij zich daar nu bewust van was of niet. Young beloofde hem dat hij ervoor zou zorgen dat alle woekeraars de familie met rust zouden laten. Hij beloofde ook dat zijn zus nergens meer aan het werk zou komen in haar huidige beroep en dat ze op zoek zouden gaan naar een waardiger levensinvulling. Hij zou de jongen helpen, en het enige wat agent Higgins daarvoor hoefde te doen was hem voorzien van de laatste nieuwtjes. Geen grote, riskante dingen. Young wilde alleen weten wat er zoal werd gezegd, wat er over de anderen werd gezegd. Geruchten. Politieroddels. Niets waarmee hij zijn carrière op het spel zou zetten. De jongen was akkoord gegaan. Dat was drie jaar geleden.

Hij heeft nooit veel van Higgins verlangd. Als er risico's moeten worden genomen, laat hij dat door anderen doen. Voorlopig is hij hun relatie aan het cultiveren. De jongen moet zich bij hem op zijn gemak voelen. Dit is een gewone ontmoeting... soms eens per maand, soms eens per zes weken. Dan praten ze gewoon wat, heel ontspannen. Young zet hem nooit onder druk. Als de jongen iets interessants te vertellen heeft, gaat Young met interessante info naar huis. Zo niet, ook goed. Volgende keer beter. Geen druk. Nooit. Deze keer is Young wel heel benieuwd naar bepaalde details, maar hij kan de druk niet opeens gaan opvoeren. Hij vraagt zelden naar specifieke details, en alleen als het iets is waar Higgins redelijk gemakkelijk achter kan komen. Geen druk. Wat hij vandaag van plan is, zal een stap vooruit zijn.

Ze ontmoeten elkaar in een kleine flat die eigendom is van Jamieson, in een rustig deel van de stad. De ingang is aan de zijkant en niet direct te zien vanaf de straat. Een stille, veilige locatie. Young arriveert er altijd als eerste, gaat naar binnen en wacht. Hij gaat altijd alleen. Altijd. Higgins zou schrikken als er iemand bij hem was. Hij heeft de jongen nooit bij iemand anders van de business geïntroduceerd. Als hij het kan vermijden, zal hij dat ook nooit doen. Higgins is intelligent en ijverig, en hij heeft goede manieren. Hij heeft het in zich om promotie te maken. Dat is de droom van Young: een rechercheur op de loonlijst. Of iemand die misschien nog hoger is. Iemand met controle over politieonderzoek. Iemand die de aandacht van het politieapparaat af kan leiden van Jamiesons organisatie. Ooit, op een dag, misschien. Het zijn grote ambities. Voorlopig is Higgins goed bruikbaar. Voorlopig kan hij kleine dingen te weten komen die Young voor iets groters kan gebruiken. Young installeert zich en wacht op Higgins.

Een weerloze prooi. Daar moet hij aan denken elke keer als hij in de flat op Higgins zit te wachten. Als Higgins op de deur klopt en zes collega's bij zich heeft, dan is het afgelopen met Young. Dan kan hij geen kant op. Dat is het risico als je je met een smeris inlaat. Er wordt op de deur geklopt. Young staat op, loopt door de gang naar de deur en kijkt door het spionnetje. Hij ziet alleen Higgins. Hij doet open, knikt de zesentwintigjarige agent gedag en laat hem binnen. Een stille jongen, maar een imposante verschijning. Een jeugdig gezicht, maar groot, met brede schouders. Nu jong en atletisch, maar met aanleg om dik te worden en rugklachten te krijgen.

'Wil je een kop koffie, of iets anders?' vraagt Young als ze naar de woonkamer met de grote open keuken lopen.

'Nee, bedankt. Ik hoef niets.' Higgins is gekleed in een spijkerbroek en een sweatshirt met capuchon. Casual. Het is zijn vrije dag. Ze spreken nooit af als hij dienst heeft. Dat zou uit crimineel oogpunt onverantwoordelijk zijn.

Ze gaan zitten en Young informeert naar zijn familie. Dat doet hij elke keer. Om interesse te tonen. En om de jongen eraan te herinneren dat de financiële zekerheid van zijn ouders en het wel en wee van zijn zus aan hem te danken zijn. Ze is nu schoonheidsconsulente, wat dat ook mag zijn. Young heeft geen idee. Dat wilde ze, dus dat heeft ze gekregen. Ze bakt er niets van, schijnt het, maar Jamieson is voor de helft eigenaar van de winkel en haar broer is bruikbaar, dus houdt ze haar baan. Higgins geeft beleefd antwoord, zoals altijd. Hij is slim genoeg om niet nog meer familieproblemen aan Young voor te leggen. Slim genoeg om geen nog dieper gat voor zichzelf te graven. Nog niet. Maar gezien de gang van zaken bij de familie, zal hij dat binnenkort waarschijnlijk moeten doen. Young weet dat, maar hij zegt er niets over.

'Nog iets relevants gehoord?' vraagt Young. De standaardvraag. Die inhoudt: heb je iets gehoord waar Jamieson en ik ons zorgen over moeten maken? Tot nu toe is het antwoord steeds nee geweest, en Young gaat ervan uit dat Higgins slim genoeg is om hem onmiddellijk te waarschuwen als hij iets van belang heeft gehoord.

'Nee, er gebeurt weinig interessants. Het merendeel van de aandacht is nog steeds op de outsiders gericht.'

Altijd goed om te horen. Outsiders zijn lastpakken, zowel voor de politie als voor de gevestigde criminele organisaties. De politie, of ze zich daar nu van bewust is of niet, hanteert de benadering van 'liever het kwaad dat ze kent'. De outsiders zijn prioriteit geworden. Wat de aandacht afleidt van de gevestigde orde. Zo nu en dan onderneemt de politie opeens iets tegen de gevestigde mensen, maar dat komt niet vaak voor. Een van de voordelen van een smeris op je loonlijst is dat je weet wanneer de politie haar aandacht weer op de gevestigde orde richt. Je bereidt je zo goed mogelijk voor, doet alles wat je kunt om van de radar te blijven. Je hebt een betere kans als je vooraf bent gewaarschuwd.

Young stuurt het gesprek en stelt allerlei vragen over dingen die voor geen van beiden bijzonder interessant zijn. Higgins praat hem bij over de in het oog springende misdaden die de afgelopen weken zijn gepleegd. Een paar moorden, een inval in een drugspand, een oplichtingszaak. Young is van al deze dingen al op de hoogte, weet er waarschijnlijk meer over dan de politie, maar hij hoort het beleefd knikkend aan. Laat de smeris niet merken dat je meer weet dan hij. Laat hem in de waan dat *híj* degene met de waardevolle informatie is. Over Lewis Winter wordt geen woord gezegd. Young weet niet precies hoe lang Calum nodig heeft om deze specifieke liquidatie ten uitvoer te brengen. Hij heeft de neiging er iets meer tijd voor te nemen dan de meeste anderen in zijn beroepsgroep. Hij is voorzichtiger.

Grondiger. Succesvoller. Als het inmiddels gebeurd was, had Higgins er zeker iets over gezegd. Dus Calum wachtte nog af.

'Wat weet de politie over Hugh Francis?'

Higgins knippert met zijn ogen. 'Shug Francis? Niet zo gek veel. Houdt zich bezig met gestolen auto's. Hoewel de laatste tijd niet zoveel, aangezien het moeilijker is geworden om auto's te stelen. Een lastpak, maar volgens mij geniet hij geen prioriteit. Gebruikt geen geweld. De meeste mensen weten amper wie hij is. Het laatste wat ik heb gehoord is dat hij een soort racewagen heeft gekocht.' Higgins zegt het met een glimlach.

'Ja, zo'n gestroomlijnd ding,' zegt Young knikkend. Hij kent alle kleurrijke verhalen over Shugs autogekte. 'Hebben jullie zijn organisatie wel eens goed onder de loep genomen?'

Higgins haalt zijn schouders op. 'Ik heb iemand horen zeggen dat ze dat een paar jaar geleden hebben gedaan. Toen was er niet veel te vinden. Een slimme gast, dat weet je. Verbergt alles heel goed. Ik geloof dat ze hem toen hebben doorgelicht om te zien of hij er niet iets naast doet, of hij de autohandel niet gebruikt als façade voor iets anders. Volgens mij was dat niet zo, anders hadden we wel maatregelen getroffen. Hij heeft een degelijke legitieme handel waar hij al het andere achter verstopt.'

Young trekt zijn ene wenkbrauw op. Hij is niet van plan er meer over te zeggen.

'Denk je dat we hem grondiger moeten doorlichten?'

Young denkt daar even over na. 'Misschien is het de moeite waard. Het kan binnenkort relevant worden. Meer kan ik er niet over zeggen.'

Hij kan er niet meer over zeggen omdat hij niet helemaal zeker van zijn zaak is. Het irriteert hem mateloos als hij ergens niet zeker van is. Iemand onderneemt stappen tegen Jamieson en ondanks het feit dat sommige anderen er niet in geloven, weet Young zeker dat het Shug Francis is. Hij heeft de middelen. Hij is slim genoeg om het juiste doelwit te kiezen. Jamieson ís het juiste doelwit. Als je een plek op de markt wilt veroveren, moet je het aandeel van iemand anders overnemen. Je pikt het marktaandeel van iemand die de moeite van het bestelen waard is. Je pikt het niet van iemand die zo groot is dat hij je in één klap kan vermorzelen. Jamieson is een rijzende ster, dus hij is niet geliefd bij de grote jongens. Gerespecteerd, ja. Gevreesd, absoluut. Maar geliefd is hij niet, omdat ze inzien dat hij hun handel bedreigt. Als iemand het hem moeilijk maakt, zullen de grote jongens dat niet erg vinden. En één ding waar Shug Francis altijd goed in is geweest, is het zich binnen slijmen bij de mensen die ertoe doen.

Ze maken een eind aan het gesprek. Of Higgins het belang inziet van wat Young hem over Francis heeft gevraagd, kan Young niet beoordelen. Hij schijnt het op te vatten als een normaal gesprek, laat niet blijken dat hij heeft gemerkt dat er iets is veranderd. Young heeft geen specifieke details aangekaart. Heeft ook niet om specifieke informatie gevraagd. Hij heeft deze keer iets nieuws geprobeerd, maar of het heeft gewerkt, weet hij niet. Door over Shug Francis te beginnen, heeft hij Higgins laten blijken dat hij in hem geïnteresseerd is. Hij wil dat Higgins weggaat en erover nadenkt. Hij wil dat Higgins kijkt wat de politie al over Francis weet, en dat hij die informatie aan hem doorgeeft. Maar Higgins is jong en onervaren. Misschien begrijpt hij niet wat er van hem wordt verwacht.

De smeris vertrekt als eerste. Young wacht twintig tergend lange minuten voordat hij de flat verlaat, om er zeker van te zijn dat er genoeg afstand tussen hem en Higgins is. Hij gaat naar de club, weet dat Jamieson daar zal zijn. Ze hebben het al zo vaak over dit onderwerp gehad. Iemand is iets van plan. Ze moeten te weten zien te komen wie dat precies is. Je brengt jezelf grote schade toe en het is ronduit gênant als je je op de verkeerde vijand werpt. Ze weten nog niet wie ze precies de schuld moeten geven. Jamieson staat met iemand te snookeren als hij binnenkomt. Hij wacht geduldig tot de frame ten einde is en dan trekken ze zich terug in Jamiesons kantoor. Het is opvallend hoe relaxed Jamieson eronder blijft. Young loopt zich druk te maken en vraagt zich voortdurend af wie hun belager is. Ze weten dat die persoon Winter gebruikt. Als Winter wordt omgebracht, zal dat een niet mis te verstane boodschap zijn. Hij hoopt dat ze met die boodschap de ware schuldige uit zijn tent zullen lokken.

'De jongen weet niets over Francis,' zegt Young als ze op hun gebruikelijke plekken zitten.

'Misschien valt er niets te weten.' Jamieson kent Francis. Weet dat hij slim is. Dat hij geen risico's neemt.

'Ik ben ervan overtuigd dat hij het is. Waarom is het zo moeilijk om iets over zijn doen en laten te weten te komen? Omdat hij iets te verbergen heeft. Hij heeft alles potdicht gegooid. Dat heeft hij nooit eerder gedaan. Geloof mij maar, hij is iets van plan. Is het niet tegen ons, dan is het wel tegen een ander, en ik heb niemand anders kunnen vinden die onder vuur wordt genomen.'

Jamieson tikt op het bureaublad. 'Dus?'

'Dus wachten we af en kijken hoe er op Winters dood wordt gereageerd. Als hij wordt omgebracht, zal er zeker iets gebeuren. Degene die hem steun heeft toegezegd, zal iemand anders moeten benaderen. Ze zullen zich moeten blootgeven, al is het maar een beetje. Dan weten we het.'

'Is Winter nog niet dood?'

'Nee, nog niet. Binnenkort.'

15

Hij houdt niet van vrijdagen. De drukste dag van de week, wat werk betreft. Mensen kopen in voor het weekend. De echte gebruikers kopen elke dag. De meeste weekendgebruikers kopen alleen op vrijdag. Hij moet ervoor zorgen dat zijn mensen genoeg voorraad hebben om aan de vraag te kunnen voldoen. Daar is hij het merendeel van de ochtend mee bezig. Hij gaat langs bij al zijn zes dealers. Vijf van de zes zijn zelf gebruikers; die zijn altijd het moeilijkst te vinden. Onbetrouwbaar. Kunnen overal zijn. Leiden een chaotisch leven. Hij bevoorraadt er vier, plus de enige betrouwbare dealer die hij heeft. Misschien moet hij in de toekomst meer werk aan die niet-gebruiker delegeren. Als de zaken goed gaan, kan hij die jongen misschien een aanbod doen. Hij is werkloos, misschien wat onhandig, maar ook niet echt dom. En hij is clean, dat is het belangrijkst. En dan nog die ene gebruikende dealer. Die stomme hufter die niets van zijn spul aan de man weet te brengen. Hij is nergens te vinden. Wordt vermist, mét het spul dat hij nog had. Heeft het gestolen voor eigen gebruik. Dat vraagt om een passende straf. De anderen moeten zien dat hij is gestraft. Hij zal dat niet zelf doen, maar hij zal iemand betalen om het voor hem te doen. Om het spul terug te halen dat hij nog heeft, wat waarschijnlijk niets meer zal zijn. En nooit meer gebruik van hem maken.

Er is nog een reden waarom Lewis Winter een hekel aan vrijdagen heeft. Zara wil elke vrijdag feesten. Dan moeten ze uit. Daarover valt niet te discussiëren. Ze gáán uit. Ze gaan drinken en dansen, tot diep in de nacht. Twintig jaar geleden zou hij het leuk hebben gevonden. Nu vindt hij het vreselijk, elke seconde ervan. Hij vindt het niet prettig om dronken te zijn; hij wordt er onzeker en huilerig van. Het vergroot zijn haat jegens de mensen die Zara aantrekt. Die allemaal heel jong en vreselijk trendy zijn. Mannen draaien om haar heen. Hij probeert mee te doen, maar hij mist de overtuiging. Zij wil dansen. Hij weet hoe stompzinnig hij eruitziet als hij danst. Het lijkt wel of ze met haar oom naar de club is gekomen. De mensen gedragen zich nu anders. Er lijkt meer agressie te zitten in de manier waarop ze zich vermaken. Ze flirten doodleuk met je vriendin, ook als je naast haar staat. De oude regels schijnen niet meer te bestaan. Soms gaat ze erop in.

Hij wenst dat ze ermee ophoudt steeds mensen mee naar huis te slepen. Die hebben daar niets te zoeken. Hij wil ze niet in huis; zij wel. Het is zijn huis. Het is hun huis. Hij heeft rekening met haar wensen te houden. Of hij dat nu leuk vindt of niet. Ze moeten echt eens om de tafel gaan zitten om erover te praten. Hun relatie moet toch een keer op een punt komen waarop hij zich minder ellendig voelt. Want zo voelt hij zich. Omdat ze over hem heen loopt. Hij gaat er iets van zeggen. Niet vanavond. Ze heeft natuurlijk al plannen gemaakt voor vanavond. Waarschijnlijk heeft ze een paar vriendinnen gebeld en afgesproken om allemaal naar dezelfde club te komen. Een groepsuitje, om de avond te beginnen. Sommigen zullen hun vriendje meebrengen, anderen zijn vrijgezel. Ze zijn allemaal een stuk jonger dan hij. Ze zullen zich allemaal vermaken, behalve hij. Hij is er alleen bij om de drankjes te bestellen. Om een taxi te bellen als ze naar huis willen. Een soort chaperonne.

Het is na vieren als hij thuiskomt. Beneden is niemand. Van boven komt harde muziek. Hij loopt de trap op en klopt op de deur van de slaapkamer. Zara roept hem binnen. Hij opent de deur. Zara is met een vriendin. Ook weer zo'n gebruind blondje met een nietszeggende blik in de ogen. Voor hem lijken ze allemaal op elkaar. De vriendin zit op het bed met een glas wijn in de hand, omringd door kledingstukken. Zara staat voor de manshoge spiegel en bekijkt zichzelf. Ze heeft haar party-outfit al aan. Op de ladekast staat een wijnfles met een halfvol glas ernaast.

'Hai, schatje,' zegt ze poeslief. Ze praat alleen op deze kinderlijke, mierzoete toon tegen hem als er anderen bij zijn. Om de schijn op te houden. 'Nee,' zegt ze resoluut. Ze trekt het korte jurkje over haar hoofd en gooit het bij de rest op het bed. Ze staat nu alleen in een slipje voor de spiegel. Ze staat graag in het middelpunt van de belangstelling als ze heeft gedronken.

Ze drinkt veel, heeft Winter gemerkt. Dat was al zo toen ze elkaar leerden kennen, want het is een levensstijl waarvoor ze ooit heeft gekozen. Ze is een gezelligheidsdrinker. Ze wordt er vrolijk van. Het was toen te vroeg in hun relatie om er iets van te zeggen. En naarmate de tijd verstreek, moest zijn verlangen om erover te beginnen het steeds vaker afleggen tegen zijn verlangen om haar bij zich te houden. Hij vindt haar niet leuk als ze dronken is. Maar hij tolereert het.

'Kom je me helpen een sexy jurkje voor vanavond uit te zoeken?' vraagt ze met een glimlach.

Hij kan niet ontkennen dat ze beeldschoon is als ze zo naar hem lacht. Ondeugend. Duivels. 'Dat kunnen jullie beter beoordelen dan ik, denk ik,' zegt hij zacht. En vrijwel meteen is hij bang dat hij de verkeerde toon heeft aangeslagen, dat ze hem misschien een saaie oude man vindt. 'Je ziet er mooi uit wat je ook aantrekt.' Dat is de juiste toon. Zij en haar vriendin beginnen te lachen, en de vriendin zegt dat hij daar helemaal gelijk in heeft. 'Ik ga iets te eten maken,' zegt hij, wetende dat voor hem het moment gekomen is om weer te vertrekken. Dan kunnen ze doorgaan met kleding passen. 'Willen jullie iets?' Ze bedanken allebei, ze hoeven niets. Hij weet dat ze geen trek hebben omdat ze al ruim een uur aan de wijn zitten en van plan zijn de hele avond door te drinken.

Hij maakt een broodje bacon voor zichzelf. Het is niet veel, maar als ze de hele avond uitgaan, wil hij dat niet met een volle maag. Hij zucht vaker dan een gezond mens doet als hij een kop thee maakt voor bij zijn avondeten. Hij is de relatie van meet af aan verkeerd begonnen. Hij had moeten weten dat hij de onderliggende partij zou zijn en er bijtijds een punt achter moeten zetten. Het waren gevoelens van angst en wanhoop die de dingen de kans hebben gegeven zich te ontwikkelen tot wat ze nu zijn, en hij heeft het gevoel dat het inmiddels te laat is. Het zou erop lijken dat hij probeert haar te veranderen. Zij zal ertegen inbrengen dat ze een deel van haar leven aan hem heeft gegeven en dat hij niet het recht heeft haar te kneden tot iemand die ze niet is. Hij kent mannen die relaties als deze tot een succes weten te maken. Het is een feit dat de business vrouwen aantrekt. Hij kent mannen die moeiteloos van de ene vrouw naar de andere stappen en die er geen minuut van wakker liggen als ze er een kwijtraken. Hij kent ook mannen die getrouwd zijn, maar die zich toch goed schijnen te vermaken in het leven. Ze doen het allemaal zoveel beter dan hij.

Hij wast zijn bord af als Zara naar beneden komt voor nog een fles wijn en tegen hem zegt dat er nog een paar vriendinnen langskomen voordat ze straks de stad in gaan. 'Dat vind je toch niet erg?' vraagt ze poeslief.

'Natuurlijk niet,' zegt hij zacht.

Ze heeft een topje aan, maar verder alleen een slipje. Ze drukt zich tegen hem aan en kust hem vol passie op de mond. 'Het wordt leuk,' zegt ze met een glimlach. 'Dat beloof ik je.' Ze pakt een nieuwe fles wijn en gaat weer naar boven.

Hij twijfelt er geen moment aan dat het voor haar leuk zal worden. Zij vermaakt zich altijd wel. Hij probeert zich te herinneren wanneer ze voor het laatst iets hebben gedaan wat leuk was voor hém, maar het lukt hem niet.

16

Calum zit op de bank en speelt een computergame. *Gran Turismo* 5, als je het per se wilt weten. Het boeit hem, hoewel het racen hem niet zo goed afgaat. Hij kijkt op de klok. Het is een paar minuten over vijf. Hij voelt het eerste kriebelen van zenuwen in zijn buik. Het maakt niet uit hoeveel klussen je al hebt gedaan. Het maakt ook niet uit hoe goed je erin bent. Zolang je nog iets menselijks in je hebt, al is het nog zo weinig, zul je de zenuwen voelen. Over een paar uur gaat hij op pad om een man om te brengen. Het lijkt een simpele klus te worden. Hij weet dat hij goed is in zijn werk. Het maakt geen verschil. Je gaat iemand van het leven beroven, en daar mag je je best een beetje nerveus over maken.

Zes uur. Hij sluit de game af. Hij moet iets anders gaan doen. Hij zal pas na tien uur de flat verlaten. George en hij zullen na elf uur langs Winters huis rijden om de situatie te checken. Zien ze geen teken van leven, dan rijden ze door en komen na middernacht terug. Calum heeft er alle vertrouwen in dat ze dan nog niet thuis zullen zijn. Dus blijven George en hij in de auto wachten tot ze thuiskomen. Nog vier uur de tijd voordat hij iets gaat doen. Hij loopt de keuken in. Opent de deur van de koelkast. Hij moet iets eten. Niet veel, want door de zenuwen zal het niet goed vallen. Hij kijkt wat erin ligt. Heel weinig. Hij is niet zo'n eter. Hij haalt er een pakje bacon uit en zet een pan op het gas. Hij heeft vers brood, dus het wordt een broodje bacon met een kop thee.

Twintig over zeven. Hij zet de tv aan, maar er is niets wat zijn aandacht vasthoudt. Het is heel moeilijk om je nu op iets anders te concentreren. Hij moet de tijd zien door te komen. Hij loopt een rondje door de flat. Hij heeft te veel energie. Je wilt geen overdaad aan nerveuze energie in je lijf hebben op het moment dat je de klus gaat doen; dan neemt de kans toe dat je een fout maakt. Sommige mensen kennen manieren om die energie te temperen. Calum kent een huurmoordenaar die zweert bij seks voordat hij op pad gaat. De beste seks die je ooit hebt gehad, schijnt het. En als hij geen jonge vrouw kan vinden met wie hij die opwinding kan delen, bevredigt hij zichzelf. Alles om de zenuwen tot bedaren te brengen. Calum wil er niets van weten. Want erger dan te veel energie is het tegenovergestelde. Hij weet dat hij eerder een fout zal maken wanneer hij moe en sloom is dan wanneer hij op scherp staat.

Hij ijsbeert door de kleine flat. Begint een lichte vermoeidheid in zijn benen te voelen. Hij weet dat hij iets moet doen. Zich omkleden doet hij altijd op het laatste moment, om dan in elk geval iets te doen te hebben. Een zwarte spijkerbroek, een effen zwart sweatshirt. Beide kledingstukken maanden geleden gekocht... misschien wel meer dan een jaar geleden. Nooit eerder gedragen, en hij zal ze ook nooit meer dragen. Ze worden zorgvuldig gedumpt bij het gewone vuilnis van iemand anders. Niet het vuilnis dat wordt gerecycled. Dan komen ze weer ergens tevoorschijn. Er zijn mensen die hun kleding bij kringloopwinkels dumpen, of in de grote containers voor afgedankte kleding die soms bij supermarkten staan. Sommigen doen dat. Calum vindt het geen prettig idee dat zijn kleding in omloop blijft, mogelijk met zijn DNA erop. De kans dat ze ooit wordt gevonden is minimaal, maar toch weigert hij het risico te nemen.

Hij heeft twee bivakmutsen. Dat zijn lastige dingen. Je kunt je niet veroorloven regelmatig bivakmutsen te kopen. Dat brengt natuurlijk risico's met zich mee. Een paar jaar geleden heeft hij een hele doos op het internet gekocht. Hij heeft ze laten bezorgen bij het huis van een vriend, en heeft ze daar opgehaald. Maar het blijft riskant. Je koopt iets wat vrijwel uitsluitend voor criminele zaken wordt gebruikt. Je koopt ze met een valse creditcard. Je laat ze bezorgen op een adres waarvan de bewoner bereid is vol te houden dat hij ze nooit heeft besteld. Vervolgens verstop je de doos op de zolder van het huis van je moeder, zonder iets tegen haar te zeggen. Dan zou ze zich maar zorgen gaan maken. Ze zou willen weten wat je ermee van plan bent. Moeilijke vragen. Ongeveer een maand geleden heeft hij er drie uit de doos gehaald, in de veronderstelling dat hij er binnenkort wel eens een nodig zou kunnen hebben. Hij heeft er twee nodig. George heeft er zelf geen een.

Niet elke klus vereist speciale kleding. Soms weet je zeker dat er geen getuigen zullen zijn. Soms vormt het geen risico dat ze je gezicht zien. Het is soms zelfs nodig dat ze je gezicht zien, als je dicht in hun buurt wilt komen. Maar deze keer is dat niet zo. Nu zullen er getuigen zijn. Getuigen die door de politie verhoord zullen worden. Alle voorzorgsmaatregelen zullen moeten worden genomen. Calum weet dat, en hij vertrouwt erop dat George zo professioneel is dat hij het ook weet. In het huis wordt niet gepraat. Geen slordigheden die tot identificatie kunnen leiden.

Calum propt de twee bivakmutsen in zijn zak. Een man, helemaal in het zwart gekleed, met een derde kledingstuk waarachter hij zijn gezicht kan verbergen. Als hij wordt aangehouden door de politie, in een auto die niet van hem is, wordt hij gearresteerd. Als hij wordt gearresteerd met een vuurwapen, kijkt hij hoe dan ook tegen gevangenisstraf aan. De rit naar en van het doelwit kan verraderlijk zijn voor mensen in zijn beroepsgroep. Hij haalt de wapens uit hun bergplaats en schuift het luchtrooster in de schoorsteen dicht. Hij doet dat altijd heel voorzichtig, om het laagje stof op het rooster niet te verstoren, ervan overtuigd dat het er dan zal uitzien alsof het niet is aangeraakt. Ze zouden het kunnen zien, hield hij zichzelf voor. Als ze goed keken, zouden ze het zien. Dus moest je ze geen reden geven er goed naar te kijken. Daarom vormt werken voor iemand als Jamieson een risico. Kom je te dicht bij een organisatie die zeker in de gaten wordt gehouden, dan vergroot je de kans dat je zelf in de gaten zal worden gehouden. De twijfel flitst weer door zijn hoofd.

Hij heeft het licht in de woonkamer van de flat aan gelaten, en de tv ook. Het geluid staat niet te hard... net hard genoeg om het te kunnen horen als je je oor tegen de deur drukt. Hij stapt nu in de auto. Die voelt onwennig aan en het rijden gaat niet al te soepel. De auto heeft de neiging vooruit te springen als je het gaspedaal aanraakt, en vervolgens heeft de motor niet de power om echt snelheid te maken. Maar hij is niet van plan om te racen naar de plek waar George staat te wachten, dus is snelheid niet van belang. Wat wel van belang is, is het optrekken bij stoplichten, de angst dat de motor afslaat en een langsrijdende politiewagen vraagt of je hulp nodig hebt. De dreiging om betrokken te raken bij een of andere lichte aanrijding, omdat je de auto niet helemaal onder controle hebt. Alles wat de aandacht zou kunnen trekken.

Calum pikt George op bij een bouwplaats. Een neutrale ontmoetingsplek zonder beveiligingscamera's. Je haalt iemand niet thuis op, want dan neem je een risico. Je spreekt af op een willekeurige plek. Een plek waar je niet wordt gezien. George opent het portier en ploft neer in de passagiersstoel.

'Leuke kar,' zegt hij met een glimlach. Het is zo'n klein, wezenloos autootje waarin je oude dametjes ziet rijden. Niets wat de aandacht kan trekken.

'Goed genoeg,' zegt Calum. Ze rijden de straat in en gaan op weg naar Winters huis. Calum kijkt op het dashboardklokje. Het is bijna elf uur; een paar minuten over elf als ze daar aankomen. Hij verwacht dat het huis in het duister gehuld zal zijn. Hij hoopt dat dat zo is. Geen verrassingen. Alsjeblieft geen verrassingen.

17

Hij moet even gaan zitten. Het kan hem niet schelen dat hij dan oud lijkt, hij moet gewoon even gaan zitten. Zijn benen voelen alsof ze in brand staan en hij weet dat zijn gezicht vuurrood is. Het zweet druipt uit zijn grijzende haar, waardoor het op zijn voorhoofd plakt. De hoofdpijn van de stampende muziek is inmiddels zo vertrouwd dat hij er geen acht meer op slaat. Hij kan zich amper herinneren dat hij ooit een leven zónder hoofdpijn heeft geleid. Maar eerst gaat hij naar de bar. Voor nog een flesje bier. Duur, maar wat kan het hem schelen. Het is op dit moment het enige wat hem nog op de been houdt. Winter is net dronken genoeg om zijn geduld te kunnen bewaren. En hij voelt zich net ellendig genoeg om niet boos te worden. Hij vindt een vrij tafeltje bij de muur en gaat daar zitten. Neemt een paar flinke teugen uit het flesje. Hoeveel heeft hij er al op? Kan het iemand iets schelen?

Af en toe komt er een kleine opening in de groep dansende mensen en kan hij haar zien. Ze staat nog steeds met dezelfde man te dansen. De vriendinnen met wie ze zijn binnengekomen, hebben zich in diverse richtingen verspreid, en een paar zijn al naar huis. Winter heeft geprobeerd haar tempo bij te houden, of in elk geval in haar buurt te blijven. Maar zelfs dat is hem niet gelukt. Een of andere jonge hengst met een hoofd vol gel en wilde plannen heeft zich dansend een weg naar haar gebaand. Hij hoefde niet eens iets te zeggen. Hij begon gewoon tegen haar aan te dansen. Winter heeft er tien vernederende minuten lang bij gestaan en is toen een biertje gaan halen.

Er zijn mannen in de business die wel weten hoe je met zo'n gladjanus omgaat. Ze laten zo iemand met hun vrouw dansen zo lang hij maar wil. Ze wachten tot hij de club verlaat, gaan hem dan achterna en slaan hem helemaal verrot. Het ziekenhuis in. Voor het leven getekend. Dan is de boodschap wel duidelijk. Ze laten niet over zich lopen. Hij wel. Deze jonge gast – twee-, drieentwintig jaar oud – heeft zich aan zijn meisje opgedrongen en heeft hem voor joker gezet. Daarom is hij nu toch boos. Hij haalt nog een biertje. Gaat weer aan het tafeltje zitten. Hij is zelfs nog nooit zo boos geweest. Hoe meer hij drinkt, hoe meer hij ervan overtuigd raakt dat zijn woede een goede zaak is.

Een paar dansende mensen gaan opzij. Hij kan haar nu goed zien. Ze heeft zich tegen die jonge gast aan gedrukt. Hij zegt iets in haar oor. Ze lacht. Ze heeft haar armen om zijn nek geslagen en danst met hem alsof ze de enige mensen in de club zijn. Het is net een jong, verliefd stel. Zijn hand zakt omlaag. Blijft rusten op haar bil. Ze doet alsof ze het niet merkt en danst door. Ze blijft haar heupen bewegen alsof die hand er niet op ligt. Hoeveel mensen hier weten dat zij en ik samenwonen? Voor hoeveel mensen word ik hier vernederd? Alweer. Het is zeker niet de eerste keer. Een jongen half zo oud als hij. Die haar laat lachen zoals hij dat niet kan.

Hij wil opstaan en naar ze toe gaan. Om er iets van te zeggen? Misschien wel. Of misschien om haar bij hem weg te trekken en haar te dwingen voor de verandering met haar eigen man te dansen. Ze zou het niet begrijpen. Ze zou zeggen dat hij zich aanstelt. Zeggen dat hij háár voor schut zet. Wat een lachertje. Maar ze zou het wel zeggen. En ze zou het zelf geloven. Hoe kan het dat ze nog niet doodmoe zijn? Hij wil maar één ding: naar huis. Hij haalt nog een flesje bier. Duur. Moet hij zich beklagen? Nee, gewoon opdrinken. Alles verdoven. De wereld uitvlakken totdat hij er geen deel meer van uitmaakt. Laat ze hun gang maar gaan. Laat ze maar lachen. Voor hem is er niets aan. Hij hoort hier niet. Hoe laat zou het zijn? Hij komt er niet toe om op zijn horloge te kijken. De tijd is tijdloos.

Er komt iemand naar zijn tafeltje. Een vrouw. Niet zo jong als Zara. Ook niet zo mooi. Deze vrouw is begin dertig. Ze doet te veel haar best. Ze heeft geverfd haar dat een paar centimeter is uitgegroeid. De bruine teint van haar gezicht is zeker niet afkomstig van de zon boven Glasgow. Ze draagt kleding die Zara zou kunnen dragen. Kleding die Zara flatteert, want haar lichaam is mooier dan het kleine beetje kleding dat het bedekt. Bij deze vrouw is dat niet het geval. *Less is more* gaat hier niet op.

'Ben je alleen?' vraagt ze aan Winter terwijl ze naast hem komt zitten. Ze ziet er sympathiek uit. Ze ziet eruit alsof ze naar liefde smacht.

Winter steekt zijn hand uit en raakt de hare even aan. Wees een heer. Een vrouw met gevoel. Het maakt niet uit dat ze niet perfect is. Hoe heb je ooit kunnen denken dat je perfectie verdient? Hoe kom je aan het waanidee dat je een perfecte vrouw als de jouwe kunt aanhouden?

De vrouw praat een paar minuten tegen hem. Ze is niet zo dronken als hij, maar dronken genoeg om er pas na enige tijd achter te komen dat hij nauwelijks meer kan praten. Ze slaakt een zucht. Weer mislukt. Hij had er bezweet maar netjes uitgezien. Een man van een leeftijd waartoe ze zich aangetrokken voelde.

'Ik ga weer,' zegt ze tegen hem, en ze legt haar hand even op de zijne.

'Nee. Niet doen. Niet jij ook. Zo gaat zij met me om. Niet jij.'

De vrouw slaakt nog een zucht. Weer een complete loser. Ze weet ze wel uit te kiezen. Ze kan er niet meer om lachen. Nou ja, één troost: ze is in elk geval niet het zieligste wezen in deze club. Er zijn er altijd die er nog beroerder aan toe zijn.

Is hij in slaap gevallen? Hij weet het niet zeker, maar hij heeft het gevoel dat er iets is veranderd. Dat er tijd is verstreken terwijl hij er niet bij was. Nee, hij kan toch niet in slaap gevallen zijn? In deze pestherrie? Dat bestaat niet. De vrouw is weg. Er was een vrouw naast hem komen zitten. Nu is ze weg. Of heeft hij het gedroomd? Een aardige vrouw. Een vrouw met gevoel. Hij moet het gedroomd hebben. Zulke dingen gebeuren niet in zijn leven. Alleen als hij slaapt. Misschien is hij toch in slaap gevallen. Hij kijkt naar de dansvloer. Staan ze te zoenen, Zara en die jonge gast? Zijn beide handen liggen op haar billen. Winter staat op van zijn stoel bij het tafeltje. Ga ernaartoe en zeg er iets van. Schiet op. Zeg ze wat je ervan vindt. Geef die jonge blaag een flink pak slaag. Dan staat hij voor schut in plaats van jij. Laat haar zien dat je een kerel bent, meer dan die jonge gast met wie ze staat te flikflooien. De bar is dichterbij. Eerst nog een biertje.

Hij heeft geen idee hoe laat het is. Hij weet dat hij naar de wc moet. Hij kijkt om zich heen. Stroboscoopverlichting. Zijn benen voelen aan alsof ze van rubber zijn. Hij gaat weer zitten. Hij houdt het wel op totdat ze thuis zijn. Zo lang kan het toch niet meer duren voordat ze naar huis gaan? Hoe laat zou het zijn? Als hij dat nu eens wist. Op de dansvloer wordt nog steeds gedanst. Hij ziet haar niet meer. Ze zal er wel tussen staan. Dansen tot diep in de nacht. Dansen met een andere man. Zoenen met een andere man. Een andere man die ze mee naar huis zal willen nemen. Dat weet Winter nu al. Ze zal erop staan dat hij meegaat. Voor een 'afzakkertje'. Zoals altijd, verdomme. Maar deze keer zegt hij nee. Deze keer houdt hij zijn poot stijf.

18

Hij heet Stewart. Zijn achternaam weet ze niet. Ze zijn naar de andere kant van de dansvloer gegaan en hebben daar een tafeltje gevonden. Ze hebben een minuut of tien zitten praten. Aardige jongen. Minder dom dan de meesten. Hij heeft drankjes voor haar gehaald. Hij heeft met zijn hand over haar dij gewreven. Ze heeft hem zijn gang laten gaan. Nadat ze nog een keer hadden gedanst, was hij degene die voorstelde om naar huis te gaan.

'Best,' had ze gezegd. 'We kunnen naar mijn huis gaan. Ik woon met iemand samen, maar die vindt dat niet erg. Ik zal tegen hem zeggen dat je meegaat voor een afzakkertje. Dan gaat hij naar bed. Hij zit daar. Kom, we gaan hem halen en nemen een taxi.'

Zara neemt Stewart aan de hand mee over de dansvloer naar de plek waar ze Lewis heeft zien zitten. Het is al een paar uur geleden dat hij daar is gaan zitten. Hij heeft veel gedronken, en hij kan de laatste tijd niet goed tegen drank.

Hij ziet er meelijwekkend uit, alleen aan dat tafeltje vol lege bierflesjes. Een zielige, oude man in een verkeerde omgeving. Ze schaamt zich voor hem. Zo te zien zit hij half te slapen. Ze gaat naast hem zitten en schudt hem ruw wakker.

'Lewis, dit is Stewart. Hij gaat mee naar huis voor een afzakkertje. Kom op, opstaan, we gaan.'

Ze kijkt op naar Stewart en schudt haar hoofd. Hij knikt begrijpend. Dit mooie meisje woont samen met een drankorgel. Geen wonder dat ze haar eigen gang gaat en zich vermaakt. Hij behandelt haar waarschijnlijk als een stuk vuil. Alcoholisten zijn altijd pure egoïsten. De oude man mompelt iets. Hij probeert zijn stem te verheffen, maar er komen alleen klinkers en spetters speeksel uit zijn mond.

'Jezus christus,' zegt Zara. 'Help me hem in de taxi te krijgen, wil je?' vraagt ze aan Stewart. Helpen is het enige wat hij kan doen.

Die ouwe kan amper op zijn benen staan, moet in de juiste richting worden gestuurd en af en toe rechtop worden gezet. Stewart loopt aan zijn ene kant, Zara aan de andere. Ze lijkt boos te zijn en Stewart vermoedt dat er van het beloofde vertier niet veel terecht zal komen. Niet dat ze dat heeft gezegd, dus hij blijft bij haar. Trouwens, wat zou ze van hem denken als hij haar met deze zuiplap liet barsten en er niet eens voor zorgde dat ze veilig thuiskwam? Zoiets doe je gewoon niet. Er stopt een taxi voor de club. Zara helpt Winter met instappen. Ze neemt Stewart mee naar de andere kant en zij stappen ook in. Stewart zit in het midden, tussen de twee in. Hij kijkt opzij naar Lewis. Hij is minder oud dan hij er in de club uitzag, maar wel te oud voor Zara. Misschien vormen ze geen stel. Misschien wonen ze alleen in hetzelfde huis. Maar hij kan beter niet te nieuwsgierig zijn. Zich niet met het leven van anderen bemoeien.

'Met hem alles oké?' vraagt de chauffeur terwijl hij omkijkt naar Winter. Hij wil niet dat hij in zijn taxi kotst.

'Ja, niets aan de hand,' zegt Zara stellig, en ze geeft hem een straatnaam.

Als ze het centrum van de stad uit rijden, kijkt Stewart opzij naar Winter. De oudere man kan zijn ogen amper openhouden. Hij doet zijn best wakker te blijven en weigert een van de anderen aan te kijken. Hij zit met zijn halfopen ogen uit het raampje te staren en zijn hoofd deint zachtjes op en neer. Wat een ramp om met zo iemand samen te leven. Dan voelt Stewart dat ze haar hand op zijn dij legt en even heen en weer beweegt, verder niets. Hij draait zijn hoofd en kijkt opzij. Ook zij zit uit het raampje te staren, schijnbaar zonder iets te zien. Ze maakt een serene indruk.

Schijnt zich er niet van bewust te zijn dat haar hand op zijn dij ligt. Dan schuift de hand op naar zijn kruis. Ze knijpt er licht in en begint knedende bewegingen te maken. Ondertussen blijft ze uit het raampje staren. Het beloofde vertier gaat blijkbaar toch plaatsvinden.

De taxi rijdt een straat in een leuke woonwijk in en stopt. Stewart, gezeten tussen de andere twee, heeft geen idee waar hij is. Hij is met zijn gedachten bij andere dingen. De taxichauffeur kijkt over zijn schouder en noemt Zara een bedrag. Ze haalt een biljet van twintig uit haar tas, gooit het naar hem toe en opent het portier. Ze schijnt in een slecht humeur te zijn. Toch weigert ze Stewart te laten gaan. Vrouwen zijn soms raar in die dingen. Ze heeft waarschijnlijk zwaar de smoor in vanwege haar dronken partner. Daardoor handelt ze nogal irrationeel.

Zara loopt om de taxi heen en opent het portier aan de andere kant. Winter valt bijna naar buiten. Ze grijpt hem ruw vast. Stewart moet aan de andere kant uitstappen en omlopen om haar te helpen. Samen trekken ze Winter naar buiten en zetten hem overeind. Zodra het portier dicht is, rijdt de taxi weg.

Het tuinpad op lopen kost tijd. Winter staat minder vast op zijn benen dan daarvoor. De koele nachtlucht heeft hem kennelijk niet ontnuchterd. Heeft hem eerder nog slaperiger gemaakt. Ze komen bij de voordeur.

'De sleutel, Lewis,' snauwt ze naar hem. 'Waar is de huissleutel?'

Hij mompelt iets als antwoord. Het zijn geen verstaanbare woorden, het is alleen onsamenhangend gekreun. Ze voelt aan zijn broekzakken, steekt haar hand in de ene en rommelt erin. Hij reageert met een kreun en probeert zich te verzetten. Ze vindt wat ze zoekt en terwijl ze een hele reeks verwensingen mompelt, draait ze de voordeur van het slot. Ze duwt hem naar binnen en Stewart moet zijn best doen om te voorkomen dat de man omvalt. Nu ze in het huis zijn, schijnt het haar helemaal niet meer te kunnen schelen.

De voordeur gaat dicht. Stewart houdt Winter nog steeds vast.

Zara legt de sleutel op het tafeltje in de hal. Dan draait ze zich om en kijkt hem aan.

'Je hoeft hem niet overeind te houden; laat hem maar gewoon op de vloer vallen.' Het klinkt hard en verwijtend. Het is duidelijk dat ze de man haat. Hij moet haar wel erg slecht behandelen.

'Nee, dat wil ik niet,' zegt Stewart. 'Is er geen bed of zoiets waar we hem op kunnen leggen?'

Ze slaakt een diepe zucht. Het is vast niet voor het eerst dat ze dit meemaakt. 'Ja, boven. Kom mee.'

Het beklimmen van de trap duurt lang en verloopt moeizaam. Winter verzet zich. Hij probeert Stewart van zich af te duwen. Hij wil niet naar boven; hij wil naar beneden. Zijn verzet is zinloos. Ze krijgen hem boven. Tenminste, Stewart krijgt hem boven. Zara doet zelf niets, wijst alleen de weg. Het arme kind.

Iemand doet het licht aan. De slaapkamer. Ze zijn in de slaapkamer. Winter reageert. Hij weet het. Hij heeft een helder moment. Op de een of andere manier weet hij de kracht op te brengen om Stewart van zich af te duwen. Hij roept iets, maar zijn stem klinkt minder hard dan hij wil. Wat hij voortbrengt is een onsamenhangende brij van woorden. Als Zara en Stewart goed hadden geluisterd, hadden ze misschien het woord 'vernederd' herkend. En de woorden 'de laatste keer'. Maar ze verstaan hem niet, want tegen de tijd dat de woorden zijn mond uit komen, zijn ze zo misvormd dat ze onherkenbaar zijn. Winter schreeuwt ze uit en ze verdwijnen in het niets. Het klinkt als dronkenmansgelal en verder niets. Het is gênant om een volwassen man zo te moeten horen praten.

Dan doet Winter iets wat tamelijk verrassend is. Hoewel hij er duidelijk niet toe in staat is, probeert hij Stewart een mep te verkopen. Een halfslachtige, zielige poging. De uithaal mist Stewart op een meter. Die gaat gepaard met een rochelend gegrom dat suggereert dat hij op het punt staat te gaan kotsen. Winter valt voorover. Stewart reageert snel, grijpt hem bij zijn jasje en weet hem overeind te houden. Hij kijkt naar Zara. Hij ziet haar naar Winter kijken, ziet haar blik omlaag gaan en ziet de walging op haar gezicht. Stewart kijkt ook omlaag. Winter heeft in zijn broek geplast.

'Leg hem op bed,' zegt Zara. 'Gooi hem op het bed en laat hem.'

Stewart legt Winter op zijn rug op het bed, probeert het voorzichtig te doen. 'Redt hij het zo wel?' vraagt hij aan Zara, die al bij de deur staat.

'Dat is zijn probleem,' zegt ze, en ze doet het licht uit.

Ze lopen de trap af en gaan naar de woonkamer. Stewart vraagt zich af wat er nu gaat gebeuren. Hij blijft in de deuropening staan. Zara loopt door naar de drankkast. Ze schenkt een whisky voor zichzelf in en vraagt Stewart niet of hij er ook een wil. Ze slaat het glas in twee slokken achterover en doet de kast weer dicht.

'God, daar was ik aan toe,' zegt ze tegen hem, en ze trekt haar topje over haar hoofd. Als ze haar beha losmaakt, gebaart ze hem met een hoofdknik dat hij de kamer in moet komen. Stewart begint zich uit te kleden, zijn enthousiasme neemt weer toe. Met snelle bewegingen trekt ze haar korte rokje en slipje uit en komt naar hem toe om hem te helpen.

19

Calum en George zitten in de auto. Ze zwijgen. Ze weten wat ze moeten doen. Het is nu een kwestie van geduld. Calum denkt vooruit, keer op keer, stelt zich alle mogelijke scenario's voor. Hij denkt aan alle dingen die hij misschien anders had moeten doen. Alle extra voorzorgsmaatregelen die hij had kunnen nemen. Hij weet dat anderen daar soms heel ver in gaan. Hij kent een huurmoordenaar die altijd te grote schoenen aantrekt als hij een klus doet. Als de politie dan een voetafdruk vindt, is die niet naar hem te herleiden. Dat lijkt een goed idee. De politie zoekt tegenwoordig altijd naar voetsporen. Het is een van de trucjes van hun vak. Maar Calum past het niet toe. Vindt het een tikje overdreven. Nu heeft hij zijn twijfels.

George begint ongeduldig te worden; hij wil aan de slag. Hij wil iets zeggen. Hij wil een paar grappen maken om de spanning te breken, maar hij weet dat Calum daar niet van houdt. Ze hebben ieder hun eigen manier om met spanning om te gaan. Dat is oké. Calum zit gewoon naar het huis te kijken en denkt na over wat er te gebeuren staat. Best. Hij is degene die het vuile werk moet opknappen. Toch zou George willen dat ze wat konden praten. Dat de spanning niet zo hoog opliep. Hij geeft de voorkeur aan meer relaxede klussen. Een beetje lachen mag best. Vooral omdat hij niet van plan is iemand om te brengen. Hij kan het zich veroorloven relaxed te zijn. Het enige wat hij hoeft te doen is eventuele ooggetuigen weghouden van de plaats van de daad. Een taak die je relatief relaxed moet aanpakken.

Het is tien over een. Een taxi draait de straat in, mindert vaart en stopt voor Winters huis. Er gebeurt even niets. Dan gaat een van de achterportieren open. Twee blote benen worden naar buiten gezwaaid. Gevolgd door Zara, in een kort rokje en een topje. George ademt net hoorbaar in. Goedkeuring. Ze loopt om de taxi heen. Ze hopen allebei dat alleen Winter zal uitstappen. Ze trekt het portier open. Ze zien iemand achterin zitten, maar hij stapt nog niet uit. Ze zien wel iemand aan de andere kant uitstappen. Verdomme... het is een jongeman. Hij ziet er niet al te dronken uit. Hij ziet er zelfs gezond uit.

'Ken je hem?' vraagt George. Het is een kleine stad. Je komt mensen tegen.

'Nee,' antwoordt Calum. Ze zijn allebei blij dat ze hem niet herkennen. Ze zouden niet graag willen dat het iemand uit de business was.

De jongeman loopt om de taxi heen om Zara te helpen. Het is duidelijk dat zij de leiding heeft. En zo te zien heeft ze flink de smoor in. De jongeman helpt Winter uit de auto. Hij kan amper op zijn benen staan. Hij heeft meer gedronken dan goed voor hem is. Een dronken doelwit. Een doelwit dat zo dronken is dat het zich niet kan verzetten. Een prettige bijkomstigheid, die echter wordt tenietgedaan door het feit dat de jongeman erbij is. De taxi rijdt weg en de jongeman staat met Winter aan het begin van het tuinpad. Het lopen gaat moeizaam. Ze komen bij de voordeur. Ze kunnen nog net zien dat Zara haar hand in Winters broekzak steekt. Daarna zijn ze niet goed meer te zien. Zara opent de voordeur. Ze gaan naar binnen. De deur gaat dicht.

Ze wachten. In stilte. Het licht in de hal gaat aan. Ze wachten. Er gaat nog een licht aan. De trap. Wachten. Het licht in de slaapkamer. Dat even later weer uitgaat. Er zijn vijf minuten verstreken sinds ze naar binnen zijn gegaan. Wachten. Het licht in de woonkamer. Nog eens drie minuten. Je weet nooit waar je in terechtkomt. Je weet nooit wat het ideale moment is. Je kunt dat niet beoordelen; het blijft gokken. Calum trekt de bivakmuts over zijn hoofd. George volgt zijn voorbeeld. Calum trekt een paar dunne latex chirurgenhandschoenen aan. George doet hetzelfde. Calum opent het portier van de auto en stapt uit. Hij sluit de auto niet af en laat de sleutel in het contactslot zitten. Een klein risico, maar het kan je een hoop tijd besparen. Je weet nooit of je die kostbare extra seconden nodig zult hebben. George stapt ook uit. Ze staan op de rijweg. Allebei met een pistool in de hand, tegen het dijbeen gedrukt. Calum draait zich om en knikt.

Ze steken de straat over en lopen het tuinpad naar het huis op. Geen teken van leven in de andere huizen in de straat. Er kunnen mensen kijken. Mensen die het gordijn opzij doen en in het duister turen. Mensen zijn nieuwsgierig. Mensen zien dingen. Een oud dametje dat aan slapeloosheid lijdt en niets beters te doen heeft. Het maakt niet meer uit. Het werk is begonnen. Er is geen weg meer terug. Calum klopt op de deur. Een stevige klop. Hard genoeg om binnen gehoord te worden. Niet zo hard dat de buren het horen. In ieder geval niet als ze liggen te slapen. Het licht in de woonkamer brandt nog. Er komt niemand naar de deur. Ze kunnen hier niet te lang blijven wachten.

Kloppen vormt een risico. Mensen horen het en raden wie er voor de deur staat. Ze slaan op de vlucht. Zoveel tijd mag je ze niet geven. Er wordt niet meer geklopt. Calum knikt naar George. Ze doen allebei een stap achteruit. George trekt zijn been op en geeft een harde trap tegen de deur, net onder het slot. De deur kraakt in zijn sponningen. Hij trapt nog een keer. Het hout versplintert. De deur vliegt open en slaat tegen de muur. Ze gaan meteen naar binnen. Er is niemand in de hal. Aan het eind van de gang is een donkere keuken. Halverwege is licht. De woonkamer. Calum opent de deur en richt het pistool. Je weet nooit waar je in terechtkomt.

George snuift en houdt zijn lach in. Calum staat roerloos, met het pistool gericht, en laat zijn blik door de kamer gaan. De jongeman staat rechtop, naakt, met zijn handen voor zijn kruis, in een poging iets te verbergen wat zich niet wil laten verbergen.

Zara staat op van de bank. Ook zij is naakt, ze zweet. Er is schrik in haar ogen te lezen, maar ook een grimmige ernst. Ze begrijpt het. Ze weet wat er gaat gebeuren. Misschien denkt ze dat het nog erger gaat worden. Dat ze haar ook zullen ombrengen. De jongeman opent zijn mond, wil iets zeggen. De woorden halen het niet van zijn hersens naar zijn mond. Ze stuiten halverwege op een obstakel van angst. Paniek heeft hem bij de strot gegrepen en hij barst bijna in tranen uit. Zara staat daar en kijkt, doet geen poging haar kleren te pakken. Calum kijkt opzij naar George, ziet zijn schouders licht schokken van geluidloos gelach. Je weet nooit waar je in terechtkomt.

Dan doet de jongeman iets doms. Naakt als op de dag dat hij werd geboren probeert hij naar de deur te rennen. Dat is geen slimme zet, maar die kan ongedaan worden gemaakt. George heeft zijn hele werkende leven te maken gehad met mensen die proberen naar deuren te rennen. Goed, het merendeel van die mensen was gekleed, maar het feit dat de jongeman naakt is maakt het alleen maar gemakkelijker. George heeft in het verleden trouwens wel vaker met naakte mensen te maken gehad. Als je ergens een huis binnenvalt, doe je dat midden in de nacht, om ze de schrik van hun leven te bezorgen. Ze komen slaapdronken uit bed. Geen enkel verzet. Als de jongeman twee passen heeft gedaan, stuit hij op George. Hij ziet de flitsende beweging van Georges hand niet. Hij ziet het pistool in Georges hand niet. Hij merkt het pas op als het de zijkant van zijn hoofd raakt, tussen het oor en het voorhoofd. Opeens is er geen grond meer onder zijn voeten. Hij valt opzij. Komt in botsing met een stoel en tuimelt eroverheen. Daarna blijft hij kreunend op de vloer liggen.

George richt het pistool op hem. De veiligheidspal is niet omgezet, maar dat weten de anderen niet. Zara slaat haar armen over elkaar en kijkt naar de twee mannen in het zwart. Ze slaakt een zucht. Ze probeert er superieur uit te zien, wat niet meevalt in de huidige situatie. Calum kijkt haar aan. Houdt haar blik vast. Hij weet dat ze geen weerstand zal bieden. Het enige wat ze nu wil, is deze nacht overleven. De dingen die drie minuten geleden belangrijk voor haar waren, hebben niets meer te betekenen. Het gaat nu om overleven. Doe aardig tegen de mannen met de wapens. Doe wat ze willen, wat het ook is. Alles beter dan de kogel. Het zijn profs. Dat weet ze omdat ze zo kalm zijn. Ze hebben dit vaker gedaan. De ene is zelfs zo relaxed dat hij bijna in de lach schiet. Geen nerveus gelach. Hij vermaakt zich. De andere kijkt haar aan. Kijkt haar recht in de ogen. Schat haar in.

Calum kijkt naar de man op de vloer. Hij ademt zwaar maar verroert zich niet. Als versteend van angst, hij wil maar één ding: overleven. Van hem zullen ze ook niet veel last hebben. Calum ziet alleen zijn benen en een deel van zijn rug. Hij zal waarschijnlijk dolgraag willen dat het allemaal voorbij is. Hij was hiernaartoe gekomen voor een wilde nacht met een mooie vrouw. En nu dit. Calum heeft met hem te doen, maar verder dan de klap op zijn hoofd zal het voor hem niet gaan, tenminste, als hij blijft liggen waar hij ligt. Gebruik je verstand, jongen. Hij kijkt op naar George. Hij lacht niet meer. Hij kijkt naar de jongeman op de vloer en heeft een positie ingenomen vanwaaruit hij zowel hem als Cope in de gaten kan houden. Professioneel.

Er zijn diverse mensen in de business die hij in een situatie als deze niet graag met de getuigen alleen zou laten. Een mooie vrouw, naakt en weerloos. Een jongeman die al aangeslagen is en die vreest voor zijn leven. Er zijn er die de verleiding niet zouden kunnen weerstaan. Die eraan zouden toegeven. Die te ver zouden gaan. George niet. Hij kent zijn taak. Hij weet wat hij moet doen. Geen gerotzooi. Niets zeggen. Niets doen wat je niet hoeft te doen. Hij is hier voor de klus. Lol maken doe je maar in je eigen tijd. Je doet niets waar je later misschien spijt van krijgt. Daarom kan Calum hem met een gerust hart alleen laten.

Het is duidelijk dat Winter zich niet in de woonkamer bevindt. Het is niet zo moeilijk om te raden wat er is gebeurd. Zoals ze hem binnenbrachten, de lichten die aan- en uitgingen. Ze hebben hem naar boven gebracht. Ze hebben hem in de slaapkamer gedumpt en zijn weer naar beneden gegaan. Ze wilden alleen zijn. Hij moest weg. Hij is op zichzelf aangewezen. Afgezonderd. Ideaal voor wat Calum gaat doen. Zonder iets te zeggen draait hij zich om en loopt de woonkamer uit. Je neemt niets als vanzelfsprekend aan. Je weet nooit wat er achter de eerstvolgende deur op je wacht. Hij verwacht dat Winter knock-out is. Hij verwacht een probleemloze liquidatie. Maar hij gaat er niet van uit.

De trap op. Het pistool in de hand geklemd, maar niet te strak; je hand mag niet verkrampen. Het is donker. Hij luistert, speurt naar verdachte geluiden, of welk geluid dan ook. Misschien heeft Winter gehoord dat ze de deur hebben ingetrapt. Als dat zo is, heeft hij twee minuten de tijd gehad om zich op je komst voor te bereiden. Genoeg tijd om een pistool te pakken, als hij er een heeft. Genoeg tijd om een of ander wapen te zoeken en in een hinderlaag te gaan zitten. Als hij de deur heeft gehoord. Als. Calum komt boven aan de trap. Blijft staan. Geeft zijn ogen de tijd om aan het duister te wennen. Twee deuren links van hem, één rechts van hem. En een deur aan het eind van de gang, recht tegenover hem. Hij ziet geen licht onder een van de deuren. Ten minste één deur moet van een badkamer zijn. Twee van de andere drie deuren moeten van slaapkamers zijn. Zie voor je waar je bent. Het licht dat hij boven aan en uit zag gaan, was aan de voorkant links. Dat zou dus de tweede deur links moeten zijn. Denk je.

George is beneden. Hij zwijgt. Hij is alleen met de twee getuigen. Zeg niets. Doe niets wat je identiteit kan verraden. Let heel goed op. Hij hield het pistool gericht, zodat Cope het goed kon zien. Laat zijn hand nu wat zakken; het is niet nodig om je arm te belasten als er geen onmiddellijk gevaar dreigt. Hij is drie passen achteruitgegaan, naar de deur toe, waar hij een beter zicht op de jongeman heeft. Van Cope verwacht hij geen problemen. Ze staat nog steeds bij de bank, met haar armen over elkaar. Ze heeft geen enkele poging gedaan om haar naaktheid te bedekken. Daar is het nu ook wat laat voor.

Ze heeft eerst gedaan alsof ze verontwaardigd was. Nu doet ze alsof het hele gedoe haar verveelt. Ze probeert de indruk te wekken dat ze dit soort dingen dagelijks meemaakt, dat het allemaal niets voorstelt. Ze is niet onder de indruk. Niet bang. Maar hoe meer ze haar best doet, hoe angstiger ze eruitziet. Ze is heel aantrekkelijk. George heeft zich nooit bemoeid met de vrouwen die in de business rondhangen, is ze altijd uit de weg gegaan, maar voor deze zou hij best een uitzondering willen maken. Hij zou tegen haar willen zeggen dat ze zich geen zorgen hoeft te maken, maar dat kan hij niet doen. Niets wat zijn identiteit kan verraden. Jammer. Tegen de jongeman op de vloer zou hij willen zeggen dat hij moet ophouden met huilen en zich een beetje moet vermannen, maar ook dat is uitgesloten. Dus hij zwijgt. Geniet van het uitzicht. Blijf in positie. Houd je twee doelwitten in het oog en wacht af.

Tweede deur links. Calum duwt hem langzaam open. Binnen is het donker. Pistool in de aanslag. Hij wacht. Als Winter de herrie heeft gehoord, kan hij achter de deur staan. Stilte. Dan... gesnurk. Een zacht, ronkend gesnurk. Het gesnurk van een oudere, iets te dikke man die te veel heeft gedronken. Met toegenomen zelfvertrouwen doet hij een stapje de kamer in. Met zijn door latex beschermde hand voelt hij naast de deurpost en vindt de lichtschakelaar. Winter ligt op het bed, op zijn rug. Met zijn armen gespreid. Onrustig te snurken. Hij heeft een boze uitdrukking op zijn gezicht. Calum ruikt urine. Hij loopt naar het bed, met het pistool tegen zijn dijbeen gedrukt, en kijkt neer op het doelwit. Soms heb je het gevoel dat je ze een plezier doet. Je weet hoe ze leven, hebt een indruk van wat ze dagelijks zoal meemaken, en je hebt het idee dat je ze helpt.

Doe het altijd op een andere manier. Dat is Calums benadering. Er zijn mensen die hun doelwit altijd op dezelfde manier ombrengen. Bijna alsof ze een signatuur achterlaten. Waarom zou je dat doen? Soms kiest Calum voor de zijkant van het hoofd, soms voor het voorhoofd, soms van onder de kin omhoog en soms vanaf de kruin omlaag. Soms schiet je één keer en soms meerdere keren. Dat laatste doe je soms ook als het niet nodig is, alleen om de indruk te wekken dat er een wanhopige dader aan het werk is geweest. Deze keer, met het doelwit knock-out op zijn rug, is de keus eenvoudig. Een enkele kogel, van onder de kin omhoog. Hij zal er niets van merken. Winter kreunt pathetisch en gaat door met snurken. Hij kijkt nog steeds boos. Je doet hem een plezier.

Calum drukt de loop onder de kin. Het vlees is daar zacht. Hij wacht even, draait zijn hoofd iets opzij en drukt af. De knal is altijd ontregelend. Het maakt niet uit hoeveel keer je die hebt gehoord. Er komt wat bloed uit de kin, niet veel. Winters lichaam schokt en blijft dan stil liggen. Calum kijkt naar het hoofd. Geen uitgangswond. De kogel zit er nog in. Soms – als er wel een uitgangswond is – kun je de kogel opzoeken en meenemen. Niet dat ze dan niet zullen uitzoeken wat voor wapen er is gebruikt, maar het kost ze meer tijd. Nu is dat niet nodig. Hij blijft even staan en kijkt neer op Winter. Het is geen moment van reflectie, hij staat daar alleen om er zeker van te zijn. Dat hij dood is.

Ze horen alle drie de knal. Cope kijkt naar de deur en wendt daarna haar blik af. Ze wist dat het ging gebeuren. Toch, nu ze het hoort, doet het pijn. De jongeman maakt geen geluid meer. Zijn ergste angsten zijn waarheid geworden. Hij denkt dat hij nu aan de beurt is. George weet dat het werk is gedaan. Nu moeten ze wegwezen. Zijn hand met het pistool komt een fractie omhoog. Hij begint iets meer gespannen te raken. De aftocht is altijd het deel waar het mis kan gaan. Mensen horen het schot, doen domme dingen en brengen hun leven in gevaar. Het gerichte pistool is een waarschuwing. Heb geduld. Ook al is het nog zo moeilijk. Of misschien hebben de buren het schot gehoord. Je werkt nu niet meer binnen je eigen tijdsplanning. Hij hoort voetstappen op de trap. Een laatste, onlogische zorg. Stel dat Winter de trap af komt nadat hij Calum heeft overmeesterd. George kijkt over zijn schouder, verliest Cope en de jongeman even uit het oog.

Calum doet het licht uit en loopt de slaapkamer uit. Hij loopt doelbewust. Voor hem is het ergste voorbij. Het doelwit is dood.

Ze moeten nu maken dat ze wegkomen. Er is nog steeds een kans dat ze worden gepakt, maar direct levensgevaar dreigt er niet meer, of nauwelijks. Hij loopt de trap af. George staat bij de open deur, met zijn pistool gericht, en kijkt achterom. Calum knikt. Tijd om te gaan. George draait zich om en kijkt naar Cope, maakt oogcontact met haar. Hij bedoelt het als een teken dat het gevaar voor haar voorbij is. Maar zij denkt dat hij haar gaat doodschieten. Haar ogen worden groot. Haar armen hangen hulpeloos langs haar lichaam. George ziet in dat hij een foutje heeft gemaakt. Maakt niet uit. Hij draait zich om, volgt Calum het huis uit en trekt de deur achter zich dicht. De deur gaat weer open, het slot is kapot.

20

Dat ene moment dacht ze dat ze eraan zou gaan. Toen ze het huis kwamen binnenstormen, wist ze dat het voor Winter was. Ze wist niet wie ze waren, of waar het precies om ging, maar wel dat het voor hem was. Hij had met zijn uitbreidingsplannen de verkeerde mensen tegen de schenen geschopt. Dat kon gebeuren. In de business was dat gevaar er altijd. Ze was bang geweest, maar niet omdat ze dacht dat ze doodgeschoten zou worden. Je kon meteen zien dat het profs waren. Ze zouden haar niet doden als dat niet nodig was. Toen Stewart probeerde naar de deur te vluchten, had ze hem binnensmonds vervloekt. Dom. Onvergeeflijk dom. Hem zouden ze zeker niet doodschieten als het niet nodig was, maar hij gaf ze wel een aanleiding. Haar angst gold iets anders.

Er zijn zoveel mannen in de business die zich nauwelijks van beesten onderscheiden. Die helemaal niets om andere mensen geven. Die spelen met het leven van anderen en dat leven verwoesten als ze daar zin in hebben. Ze was naakt. Zij hadden de macht. Een van de twee ging naar boven. De ander bleef in de kamer en keek naar haar. Ze merkte heus wel dat hij meer naar haar keek dan naar Stewart, ook al was het Stewart die probeerde te ontsnappen. Hij had alles met haar kunnen doen. Ze had hem niets kunnen weigeren. Dat zou ze ook niet hebben gedaan. Hij had een pistool. Hij was een prof. Je doet wat nodig is om in leven te blijven. Maar hij deed niets. Een echte prof. Geen beest zoals al die anderen. Deze mensen verstonden hun vak. Tegen de tijd dat ze vertrokken, was het haar duidelijk hoe professioneel ze waren.

Er was geen woord gezegd. Het enige wat ze had gehoord was het gekerm van de naakte Stewart achter de stoel. Ze hoefden niet eens te vragen waar Winter was. Ze wisten het al. Op de een of andere manier hadden ze ontdekt waar hij zich precies in huis bevond. Misschien kenden ze de indeling van het huis. Misschien waren ze hier een keer binnen geweest. Konden het mensen zijn die ze al eens had ontmoet? Best mogelijk. Ze had in de loop der jaren al zoveel mensen uit de business leren kennen. Ze had ze niet herkend. Toen het pistoolschot. Ze had erop gewacht, maar toch was ze ervan geschrokken. Ze wist dat Lewis dood boven lag. Hij was degene met wie ze zich had willen settelen, die daar het meest voor in aanmerking kwam. Ze had al haar kaarten op hem gezet. Nu moest ze weer opnieuw beginnen. Uiteindelijk kwam de moordenaar de trap af en knikte hij naar de andere man. Die draaide zich om en keek haar aan. Waarom zou hij dat doen als hij niet nog één laatste klusje te klaren had? Het was op dat ene moment tijdens het hele gebeuren dat ze zeker had geweten dat ze ging sterven. Toen gingen ze weg. Was ze weer veilig.

Nu zijn alleen zij en Stewart er nog. Hij ligt nog steeds op de vloer, heeft sinds het pistoolschot geen geluid meer gemaakt. Zara draait zich om en gaat op de bank zitten. Ze moet wel gaan zitten, voordat ze omvalt. Ze is opeens doodmoe, heeft geen kracht meer. Niet slaperig, alleen moe. Ze wil huilen. Ze vindt dat ze dat zou moeten doen. Maar er komt niets. Wel emoties, maar geen tranen. Ze ziet vanuit haar ooghoek iets bewegen. Zijn ze teruggekomen? Nee, het is Stewart. Hij richt zich op. Zijn gezicht is heel bleek en hij ziet eruit alsof hij elk moment in tranen kan uitbarsten. Wat is er geworden van de zelfverzekerde jongen die door de meute op de dansvloer naar haar toe was gedanst en haar bij Lewis had weggedreven? Zo vol van zichzelf. Die was er niet meer.

Stewart staat op. Hij schudt zijn hoofd. Wat zeg je eigenlijk in een situatie als deze? Hij wil weten of de kust veilig is. Of er een kans is dat ze terugkomen. Hij kan het niet vragen, dan zou hij een laffe indruk maken. Hij mag nu niet alleen aan zichzelf denken. Hij heeft een beeld van de oudere man met wie ze in de club aan het dansen was. Hij had zich al dansend naar haar toe bewogen, ervan overtuigd dat de man haar partner niet kon zijn. Toen had ze hem uitgenodigd voor een afzakkertje bij haar thuis. Tot dan toe was alles prima. Meer dan prima zelfs. En nu dit. De ergste ervaring van zijn leven. Maar tegelijkertijd, ergens achter in zijn hoofd, vertelt een iel stemmetje hem het tegendeel. Want wat een verhaal. Wat een geschiedenis om aan de jongens te vertellen. Je ligt een prachtige chick te wippen, er vallen twee gangsters het huis binnen en haar partner wordt vermoord.

'Alles oké met je?' vraagt hij aan haar. Hij beseft niet dat hij hiermee de stilte verbreekt. Gedurende de korte beproeving van zonet heeft hij alleen het bonzen van zijn hart gehoord. En zijn oren suizen van de klap die hij op zijn hoofd heeft gehad. Hij zou niet weten wat hij anders zou moeten vragen.

Zara kijkt naar hem op. Wat is ze toch mooi. 'Ja,' zegt ze, en ze knikt. 'Ze hebben me met geen vinger aangeraakt.'

De blik waarmee ze hem aankijkt. Ze is niet onder de indruk van de manier waarop hij zich heeft gedragen. Stewart geneert zich. Boven is een man vermoord en hij maakt zich zorgen dat hij er in haar ogen misschien niet stoer genoeg uitziet. Hij weet dat het fout is, maar zo voelt hij zich. Hij loopt naar de bank en gaat naast haar zitten. Hij legt zijn arm om haar heen en wrijft zachtjes over haar naakte schouder.

'Het komt goed,' zegt hij tegen haar.

Woorden die absoluut niets te betekenen hebben. Hij moet zelf ook weten hoe stompzinnig dit klinkt, denkt ze bij zichzelf. Hij zegt wat hij denkt dat hij moet zeggen. Hij weet helemaal niet of het goed komt. Dat kan hem ook niet schelen. Hij denkt nu alleen aan zichzelf. Ze kijkt hem van opzij aan. Hij wrijft over haar schouder. De cirkel die zijn hand beschrijft wordt steeds groter. Ze ziet dat hij opgewonden raakt.

'Je kunt je beter aankleden,' zegt ze op kille toon tegen hem.

Langzaam staat Stewart op van de bank. Waarschijnlijk is het geen slechte jongen. Hij is alleen niet iemand die haar iets te bieden heeft. Nu niet meer. Ze heeft behoefte aan veiligheid. Niet dat ze direct wordt bedreigd, maar ze wil zich gewoon veilig voelen. Daar gaat hij niet voor zorgen.

Snel trekt Stewart zijn kleren aan. Opeens laten zijn egoïstische gedachten zich niet meer tegenhouden.

'Moet je de politie niet bellen?' vraagt hij aan haar. Er zal een proces komen. In elk geval een uitgebreid politieonderzoek. Er is een man vermoord. Hij zal als getuige worden opgeroepen. Zijn naam zal in de krant en op tv komen. Ze zullen hem vragen wat hij daar deed. Het is nu opeens een stuk minder leuk. Ze zullen hem uitlachen in plaats van hem bewonderen. Dit kan zelfs zijn professionele carrière schaden. Ze zullen hem de rest van zijn leven met deze toestand in verband brengen. De paniek waaraan hij eerder ten prooi was komt terug. Niet zo sterk als zo-even, maar waarschijnlijk van langere duur.

Zara kijkt hem aan en begint na te denken. De politie. Ze zullen een keer moeten komen. Misschien zijn ze al door de buren gebeld. Denk na. Denk goed na. Wat moet je doen? Wat kun je doen om hier iets aan over te houden? Je hebt zelf geen geld. Alles wat je hebt is van Lewis. Hij zou niet gewild hebben dat je met niets op straat kwam te staan. Hoe krijg je het hier weg? Stewart... Misschien kan hij haar toch nog van nut zijn. Zou hij ertoe bereid zijn? Ze kan hem bereid maken. Ze staat op, zich bewust van haar naaktheid. Ze loopt snel naar hem toe en slaat haar armen om hem heen.

'Je moet me helpen,' zegt ze met een snik in haar stem. Ze kijkt hem in de ogen. Ze strekt zich en kust hem vol passie op de mond. Hij slaat zijn armen om haar middel. Zijn ene hand zakt af naar haar bil. God, wat is het toch gemakkelijk.

Zara duwt hem van zich af. 'We moeten jou erbuiten houden,' zegt ze tegen hem, gedreven door de passie van het moment, en door haar verlangen om hem te helpen. Wat een fantastische vrouw, zelfs in moeilijke tijden als deze. 'Er is geen bewijs dat je hier bent geweest,' zegt ze. 'Je kunt gewoon weggaan en niemand zal het te weten komen. Jij hoeft niet het slachtoffer van deze toestand te worden.' Dit is natuurlijk precies wat hij wil horen. Hij knikt gretig. Hij vindt haar helemaal geweldig. Ze denkt aan hem en niet aan zichzelf. Een vrouw als zij is er een uit duizenden. 'Je kunt door de achterdeur weggaan,' zegt ze. 'Als je over de schutting klimt, kom je in de tuin van het huis hierachter. Via het poortje links van het huis kom je in de straat hierachter en ben je veilig.' Ze kust hem weer. Zijn hart gaat als een bezetene tekeer. Dit is echt geweldig. Hij wil bij haar blijven, maar ze heeft gelijk, hij moet hier weg. Hij draait zich om naar de achterdeur. 'Wacht,' zegt ze. 'Jij kunt mij ook helpen.'

Stewart staat in de gang. Zara is de trap op gerend. Ze heeft tegen hem gezegd dat hij op haar moet wachten. Hij kijkt haar na als ze naakt de trap op rent. Zijn hart gaat nog steeds zo tekeer dat hij het kan horen. Boven ligt een lijk. De politie kan elk moment komen. Hij moet hier zo gauw mogelijk weg, als hem dat tenminste gaat lukken. Misschien moet hij gewoon gaan. Nee. Ze wil dat hij haar helpt. Haar helpen is het enige juiste wat hij kan doen. Deze goddelijke vrouw. Een vrouw die met een zuiplap heeft moeten samenleven. Een vrouw die net een traumatische ervaring heeft opgedaan. Het minste wat hij kan doen is haar helpen, op welke manier ook.

Zara is boven. Ze opent de deur van de slaapkamer en tast met haar hand naar de lichtschakelaar. Ze weet dat ze iets vreselijks te zien zal krijgen. Ze weet dat ze zich schrap moet zetten. Ze heeft vaker vreselijke dingen gezien. Je kunt niet jarenlang in de business meedraaien zonder er een paar te zien. Ze heeft gezien hoe Nate een man halfdood sloeg. In een steegje. Toen Nate klaar was, had het gezicht van de man niets menselijks meer. Zijn hoofd had niet eens meer de vorm van een hoofd. Toch had de man het overleefd. Op de een of andere manier. Ze weet dat ze een dode Lewis te zien zal krijgen. Dat het waarschijnlijk een gruwelijke aanblik zal zijn. Ze mocht hem. Daarom is het nu anders. Ze gaf echt om hem.

Het is minder erg dan ze had verwacht. Wat ze ruikt is niet bloed, maar urine. Het is geen bloederig tafereel dat ze ziet. Een klein stroompje, dat van zijn kin langs zijn hals loopt en daar in zijn kleding en het beddengoed verdwijnt. Het ziet er bijna onschuldig uit. Als ze niet had geweten dat het een kogelwond was, en dat de moordenaar een prof was, zou je denken dat hij het overleefd zou kunnen hebben. Het ziet er niet veel erger uit dan een wondje na het scheren. Maar er beweegt niets aan hem. Ze zou zijn ademhaling moeten horen. Of iets, wat dan ook. Het is de doodse stilte waar ze kippenvel van krijgt. Dat je bij iemand bent die geen enkel geluid maakt. De stilte van de dood.

Ze roept zichzelf tot de orde. Niet staan lummelen. Werk aan de winkel. Als de politie nu binnenkomt, zit je in de problemen. Sta je naakt in de slaapkamer bij een lijk. Met je minnaar beneden in de gang. Drugs in de kast. Ze loopt naar de kast en trekt de deuren open. Ze bukt zich en haalt een paneel uit de bodem. In de ruimte eronder liggen twee pakken bankbiljetten, een zak coke en een zak pillen waarvan ze niet meteen weet wat het zijn. Lewis wist dat. Hij bewaarde altijd maar een klein deel van zijn voorraad thuis, of meestal helemaal niets, maar hij had een probleem met een van zijn straatdealers gehad en had diens voorraad mee naar huis moeten nemen. Ze weet niet wat het allemaal waard is, maar alles bij elkaar, het geld en de drugs, moet het minstens een paar duizend pond zijn. Zara heeft verder weinig. Ze heeft dat geld nodig.

Ze legt het op de vloer en schuift het paneel weer op zijn plek. Ze pakt alles op en haast zich, bijna rennend, de kamer uit. Stewart staat onder aan de trap en ziet er nerveus uit. Hij ziet wat ze in haar handen heeft. Zijn ogen worden groot.

'Stewart, alsjeblieft, je moet me helpen,' zegt ze tegen hem. Smekend. Zielig. 'Als ze dit hier vinden, ga ik naar de gevangenis. Ik wil dat jij dit meeneemt. Geef me je adres. Ik kom bij je langs om het op te halen. Bewaar het gewoon een tijdje voor me.' Ze beseft dat ze te lang van stof is. Ze zegt te veel. Ze weet hoe ze hem moet overhalen. Ze strekt zich en kust hem weer. 'Geef me je adres. Ik kom naar je toe. Ik wil je niet kwijt.'

Ze is zo mooi. Ze is kwetsbaar. Ze heeft je nodig. Het is een vreemd maar heerlijk gevoel als iemand je nodig heeft. Zeker als dat iemand is naar wie jij ook verlangt. Ze heeft zo te lijden gehad van die man. Het is nauwelijks een verrassing om tot de ontdekking te komen dat die dronkenlap boven ook nog eens drugsdealer was. Het moet wel een dealer zijn. Zakken van dit formaat heb je niet in huis voor eigen gebruik. Stewarts drugsgebruik is altijd heel beperkt geweest, maar hij ziet heus wel het verschil tussen de hoeveelheid van een recreatieve gebruiker en die van een dealer. En het geld. Veel geld. Biljetten van twintig en vijftig, zo te zien. Een paar duizend pond, schat hij. Haar helpen? Ze kan je naam noemen, als je het niet doet. Dat zal ze niet doen, daar is hij van overtuigd. Daar is ze een te goed mens voor. Maar ze kan het wel.

'Natuurlijk help ik je,' zegt hij. Hij buigt zich naar voren en kust haar weer. Ze geeft hem de drugs en pakken bankbiljetten en hij stopt ze in de diverse zakken van zijn kleding, zodat ze uit het zicht zijn. Ze pakt een blaadje papier en een pen. Hij schrijft zijn adres op. Is dat verstandig? Hij kan haar vertrouwen. Die ogen. Die kan hij vertrouwen.

'Kom mee naar de achterdeur,' zegt ze zodra hij het blaadje papier heeft teruggegeven.

'Ja,' stamelt hij. De hemel zij gedankt voor haar tegenwoordigheid van geest, denkt hij als Zara hem voorgaat naar de achterdeur. Als zij dit niet had bedacht, zou Stewart hier nog zijn als de politie arriveert. Ze heeft zijn huid gered. En zichzelf. Ze draait de achterdeur van het slot.

'Rechtdoor, over de schutting, linksaf en je komt in de straat hierachter. Probeer zo stil mogelijk te doen.'

'Ja,' zegt hij, en hij knikt. Hij buigt zich naar voren. Ze kust hem weer. Hij loopt naar buiten en zij doet de deur achter hem dicht.

21

Ze haasten zich het tuinpad af en steken de straat over. Calum ploft neer achter het stuur van de auto. Hij heeft de contactsleutel al omgedraaid voordat George is ingestapt. Ze hebben de handschoenen nog aan en de bivakmutsen houden ze op. Totdat ze uit het zicht van mogelijke ooggetuigen zijn. De auto start en ze rijden weg. Nog steeds zonder een woord te zeggen. De wapens uit het zicht. Aan het eind van de straat slaan ze af. Uit het zicht van het huis, uit het zicht van de ooggetuigen. Snel trekken ze de bivakmutsen van hun hoofd. Nog een gelukje. Ze zijn geen auto's tegengekomen. Niemand heeft ze zien wegrijden met bivakmutsen op.

'Nog problemen met hem gehad?' vraagt George. Zijn stem klinkt ingehouden. Onnatuurlijk. Hij doet te veel zijn best om kalm te klinken.

'Nee, het was doodsimpel,' antwoordt Calum. Ook in zijn stem is de spanning hoorbaar. Hij probeert te verhullen dat hij eigenlijk niet wil praten. Hij praat niet graag na een klus.

'Ik ook niet,' zegt George, zonder dat hem iets is gevraagd. 'Ik had die knul neergeslagen en daarna is hij op de grond blijven liggen. Zij heeft zich de hele tijd niet verroerd. Het ging snel. Dat was goed. Ik weet niet wat ze zouden hebben gedaan als het veel langer had geduurd. Maar... knap werk. Heel clean.'

'Tot nu toe,' zegt Calum zacht, en hij concentreert zich op het autorijden.

'Aye.' George knikt.

Er gaan een paar minuten voorbij. Ze rijden nog steeds. Calum heeft zijn aandacht op de weg en George praat.

'Man, er was zoveel wat ik wilde zeggen toen we binnenkwamen. Jezus! Er ging zoveel door mijn hoofd toen ik ze zo zag.' George barst uit in gelach. Calum glimlacht; hij weet dat er een dag zal komen waarop hij erop terugkijkt en erom zal kunnen lachen. Nu niet. Het is nog te kort na de klus. 'De gezichtsuitdrukking van die jongen. Onbetaalbaar. Man, hij was niet alleen bang, hij was totaal verbijsterd. Zag je het ook, Cal? Het ene moment ligt hij een lekker wijf te wippen en het volgende krijgt hij een pistool tegen zijn hoofd. Jezus! Die arme knul. Zo'n wip zou niemand mogen verstoren. Het is niet te geloven wat zij bij een loser als Winter te zoeken had. Een prachtmeid die lage eisen stelt, blijkbaar. Daar hou ik wel van,' zegt George, en hij lacht weer luidkeels. Calum is zich bewust van de vele opmerkingen over de aantrekkelijkheid van Zara Cope, maar het is niet het moment om erop te reageren.

Na elf minuten komen ze bij de plek waar hij George heeft opgepikt. Het is uitgesloten dat hij George voor de deur van zijn flat afzet, dat zou gekkenwerk zijn. Hem anderhalve kilometer van zijn huis afzetten is echter ook niet zonder risico's. Hij moet een heel eind lopen, met zijn bivakmuts en zijn handschoenen, helemaal in het zwart gekleed. Daarmee zou je de aandacht kunnen trekken. Maar George is goed in dit soort dingen. Hij doet het zo vaak voor zijn eigen werk. Veel van zijn klussen – mensen intimideren of een pak slaag geven – doet hij 's nachts. Hij gaat er op eigen gelegenheid naartoe en naderhand op eigen gelegenheid naar huis. Niemand hoeft hem te vertellen hoe hij dat moet doen. Daarom kan hij zich al wat meer ontspannen. Voor hem is de klus afgelopen. Zijn eindstation is gelegen in een vergeten deel van de stad, een oud industriegebied waar nauwelijks nog industrie is. Calum stopt aan de kant van de weg.

Ze zullen elkaar een tijdje niet zien. Minstens een paar dagen, of misschien wel weken. Je blijft op afstand van elkaar. De mensen mogen jullie niet samen zien. De politie zal een vaag signalement van hun lichaamsbouw hebben. Dus blijf je bij elkaar uit de buurt. George opent het portier. Het lijkt vreemd om uit te stappen zonder afscheid te nemen, maar wat moet hij zeggen?

'Je hebt het goed gedaan, maat. Bel me als de wind is gaan liggen.' Hij zou meer willen zeggen, maar hij betwijfelt of Calum meer wil horen. Calum moet de auto terugbrengen, de wapens dumpen en ervoor zorgen dat hij thuis is voordat de zon opkomt en de mensen hem op straat kunnen zien. Te veel te doen om lang door te praten.

'Jij hebt het ook goed gedaan; ik stel het op prijs,' zegt Calum tegen hem. Het is het eerste wat hij zegt sinds ze het huis hebben verlaten dat niet geforceerd klinkt. Het eerste wat oprecht klinkt. George knikt en sluit het portier.

Hij laat George achter in een onbekende, donkere straat. Hij wordt getroffen door een plotseling, merkwaardig gevoel van kameraadschap. Meestal wil Calum na een klus meteen naar huis en alleen zijn. Het is een verlangen naar eenzaamheid, een verlangen dat al in zijn karakter zit en na een klus sterker wordt. Vannacht niet. Vannacht wilde hij George laten weten dat hij diens hulp op prijs heeft gesteld. Hij heeft opeens behoefte aan gezelschap. Het maakt niet uit van wie. Het zal de leeftijd wel zijn, concludeert hij. Hij is bijna dertig en begint opeens te verlangen naar iemand die bij hem is. Hij heeft zich er al eerder op betrapt, buiten het werk, het verlangen om zich te settelen. Maar hij heeft altijd helemaal voor zijn werk geleefd, dus heeft hij het verlangen de kop ingedrukt. Het is bijna twee jaar geleden dat hij een echte relatie heeft gehad... daarna alleen af en toe een afspraakje met willekeurige vrouwen. Het is een vreemd gevoel, bedenkt hij als hij de hoek om rijdt en George uit zijn achteruitkijkspiegel verdwijnt. Zijn werk moet hij alleen doen, dat is beter, maar daarnaast heeft hij behoefte aan meer mensen in zijn leven.

Er moet nog heel wat worden gedaan. Meer voorzorgsmaatregelen. Vroeger was alles een stuk simpeler. De oudere jongens zullen dat beamen. Het werk is nu moeilijker dan het ooit is geweest. Er was een tijd dat je je materiaal gewoon in de vuilnisbakken langs de weg kon dumpen. Nu niet meer. De camera's van CCTV kunnen je zien. En het vuilnis wordt niet meer gewoon op een vuilnisbelt gestort. Het merendeel gaat naar de recycling. Daar moet je mee oppassen. Hij besluit de bivakmuts nog even bij zich te houden. Hij heeft geen zin om nu, midden in de nacht, op zoek te gaan naar een veilige plek om zich ervan te ontdoen. Zijn vuilnis wordt 's maandags opgehaald. Het is een risico als hij hem zo lang bij zich houdt. En de andere kleding die hij aanheeft. Hij moet alles kwijt. Hij kan beter voor die tijd een plek zoeken. Hij ziet wel wat hij tegenkomt.

Maar nu eerst de auto en de wapens. Eerst de wapens. De verkoper weet dat hij ze terugbrengt. Hij weet niet wanneer, maar wel dat ze terugkomen. Hij heeft een systeem. Het schijnt veilig te zijn. Het bevalt Calum niet helemaal, maar de man zweert erbij. Hij past het al dertig jaar toe en het is nooit fout gegaan. Als je klaar bent met je wapens en het is een slecht moment om op de voordeur te kloppen, loop je langs het huis naar de achtertuin. Je gaat naar het schuurtje, trekt een van de panelen van een zijwand opzij en legt de wapens erachter. Je duwt het paneel weer op zijn plaats en gaat weg. Hij controleert de bergplaats elke dag. Hij haalt de wapens eruit en verstopt ze waarschijnlijk weer op zijn vliering. Een paar dagen later ga je naar hem toe, overdag, en betaalt hij je voor de wapens die je hebt teruggebracht. Hij betaalt je niet wat jij hem hebt betaald, maar je krijgt een deel van het geld terug. Calum vindt het systeem te riskant. Stel dat iemand hem volgt en bij het schuurtje gaat kijken. Stel dat het huis in de gaten wordt gehouden als hij daar de tuin in loopt.

Niet aan denken. Eerst die wapens dumpen. Breng ze naar het schuurtje. Ze kunnen beter daar worden gevonden dan in je eigen flat. Hij rijdt naar het huis. Het tijdstip is gunstig. Het mooie van Glasgow, als kleine stad, is dat je overal vrij snel bent. Hij stopt aan de overkant van het huis van de tussenpersoon. Zijn eigen wapen zit nog in zijn zak. George heeft het zijne in het dashboardkastje gelegd nadat hij was ingestapt. Calum haalt het eruit en stopt het in zijn andere zak. Het gewicht van de twee wapens verbaast hem. Hij gebruikt wapens alleen voor zijn werk, heeft er verder geen enkele affiniteit mee. Hij houdt er niet van om ermee te spelen en hij heeft ze ook niet graag bij zich. Hij kan er maar niet aan gewend raken. Maakt niet uit. Hij stapt uit de auto.

Hij steekt de straat over, opent het hekje aan de zijkant. Het mag niet knarsen. Maar de tussenpersoon is prof genoeg om de scharnieren regelmatig te oliën als zijn klanten erdoor naar binnen en naar buiten moeten. De man heeft genoeg ervaring om zo'n beginnersfout niet te maken. Stilte. Hij loopt over het tuinpad naar het schuurtje. Geen teken van leven in het huis van de tussenpersoon. Op straat evenmin. Nergens brandt licht. Er komen wat flarden maanlicht door de bewolking. Calum kijkt op zijn horloge. Het is bijna twee uur in de ochtend. Alles is snel en soepel verlopen. Om halfdrie is hij thuis. Eerder dan verwacht. Hij vindt het losse paneel en trekt het naar voren. Erachter is een ondiepe ruimte, die vanaf de binnenkant ook niet te zien is. Calum legt de twee pistolen zorgvuldig in de ruimte en duwt het paneel terug. Het past precies.

Calum zit weer in de auto en is op weg naar de garage van zijn broer. Als hij wordt gezien door een camera van CCTV, ziet het er misschien vreemd uit als hij midden in de nacht een auto bij een garage neerzet. Jammer dan. Het mag vreemd zijn, verboden is het niet. Je mag 's nachts autorijden als je dat wilt. William zou Calums auto in de parkeerhaven voor de garage neerzetten. En ervoor zorgen dat er voor de deur van de garage een parkeerplek is. Calum zal de geleende auto op die plek neerzetten, de sleutels achter de zonneklep verstoppen en overstappen in zijn eigen auto. Zíjn sleutels zitten ook achter de zonneklep verstopt. Dan kan hij naar huis.

Hij rijdt de straat in waar de garage is. Een stille, donkere straat. Ooit een en al bedrijvigheid, een en al leven. Nu niet meer.

De garage, een pakhuis en een legerdump. Er lopen twee mensen door de straat. Verdomme! Hij mag niet gezien worden als hij de auto's omruilt. Wie loopt er nou op dit uur van de nacht in deze buurt op straat. Het lijkt een keurig echtpaar, ziet hij als hij ze passeert. Aan het eind van de straat slaat hij links af en rijdt om het huizenblok heen. Tegen de tijd dat hij de straat voor de tweede keer in rijdt, ziet hij het echtpaar niet meer. Hij parkeert de auto op de afgesproken plek. Laat de sleutels achter de zonneklep glijden en stapt uit. Kijkt om zich heen... niemand te zien. Hij loopt naar de parkeerhaven en opent achteloos het portier van zijn auto. Hij start de motor en rijdt naar huis.

Het lijkt allemaal zo gemakkelijk te gaan. Calum lijdt aan een aangeboren cynisme. Als de dingen te gemakkelijk gaan, kun je erop wachten dat er opeens iets gebeurt wat je alsnog de das omdoet. Het kan gewoon niet dat alles zo soepel verloopt. Dit soort werk hoort niet zo gemakkelijk te zijn. En toch is het dat vaak wel. De meeste klussen die hij heeft gedaan zijn snel, efficiënt en probleemloos verlopen. Er gaat niets mis. Je stuit niet op kleine, akelige verrassingen. Het kan wel, het komt voor. Maar de klussen waarin iets fout is gegaan zijn sterk in de minderheid. Levensbedreigend, jawel, maar zeldzaam. Als Calum bij zijn flat aankomt, in zijn eigen auto, bedenkt hij dat dit werk niet zo gemakkelijk zou mogen zijn. Dat hij dat niet verdient.

22

Eerst prent ze Stewarts adres in haar geheugen, dan scheurt ze het blaadje aan snippers en verbrandt die in de asbak. Als hij heeft gelogen over het adres, is ze alles kwijt wat ze aan hem heeft gegeven. Nee, zo doortrapt is hij niet. Nu moet ze de politie bellen. Maar ze moet zich eerst inleven in haar rol, voldoende van streek klinken. Misschien hebben de buren al gebeld, en juist daarom moet zij ook bellen. Ze wil niet hoeven uitleggen waarom anderen wel hebben gebeld en zij dat blijkbaar niet nodig vond. De tijd dringt. De ruimte tussen het eventuele telefoontje van de buren en dat van haar mag niet te groot zijn. Ze heeft de telefoon al gepakt, loopt ermee naar de woonkamer en trekt alvast wat kleren aan terwijl het toestel van het alarmnummer overgaat. Een vrouw antwoordt en vraagt welke dienst Zara wil spreken. Zara valt meteen in haar rol. Ze acteert. Niet dat ze niet van streek en verdrietig is. Dat is ze, maar dat moet ze nu laten horen.

Ze zit op de bank en huilt in de telefoon. Ze heeft haar kleren inmiddels aangetrokken. Ze moet liegen, en het zijn geen gemakkelijke leugens die ze moet opdissen. De vrouw van het alarmnummer praat tegen haar, vrijwel doorlopend. Ze klinkt meelevend. Ze vraagt om informatie. Ze probeert Zara te kalmeren en Zara speelt mee. Ondertussen denkt ze na. Terwijl de vrouw aan het woord is, denkt Zara aan wat ze wel en niet kan zeggen. In hoeverre kan ze Stewart erbuiten houden? Ze kan niet ontkennen dat hij bij het huis is geweest, ongeacht wat ze tegen Stewart heeft gezegd. De taxichauffeur heeft hem gezien. Ze zullen zeker naar de taxichauffeur op zoek gaan en hem vragen of hij iemand heeft gezien toen hij ze bij het huis afzette. Ze moet toegeven dat hij er is geweest. Hij heeft haar geholpen Lewis naar de deur te brengen en is toen verdwenen.

Ze moet niet toegeven dat hij binnen is geweest. Ze moet zeggen dat ze hem zelf naar boven heeft gebracht. Daarna gaat ze naar beneden, schenkt een glas whisky voor zichzelf in en op dat moment wordt de voordeur ingetrapt. Twee mannen: de ene man houdt haar beneden onder schot, de andere gaat naar boven. Ze hoort een pistoolschot. Ze blijft een paar minuten wezenloos op de bank zitten. In shock. Dan belt ze het alarmnummer. Het is een goed verhaal. Het klinkt goed genoeg. Plausibel. Maar ze weet dat het niet zo simpel is. Ze heeft diverse mensen horen zeggen dat je niet goed kunt nadenken als je onder druk staat en je hart op hol is geslagen. Ze weet dat dit zo'n situatie is.

Er wordt op de voordeur geklopt. Ze hoort de deur opengaan, voetstappen in de gang. Een stem, die zachtjes iets tegen iemand zegt.

'Er is iemand in huis,' zegt Zara geschrokken in de telefoon. Ze doet het voorkomen alsof ze bang is dat de moordenaar is teruggekomen. Alsof zij het doodsbange slachtoffer is. Ze weet best dat het de politie is. Dat weet ze, maar ze zegt het pas als er iemand in de deuropening verschijnt. 'O, goddank,' zegt ze, schor van opluchting. 'Het is de politie. Goddank.' De vrouw aan de andere kant van de lijn zegt iets, maar Zara luistert al niet meer. Ze beëindigt het gesprek.

De ene smeris herkent ze niet. Jong, zelfverzekerd, ziet er slim uit. De andere kent ze. Het is Paul Greig. Veel mensen kennen Paul Greig. Nog meer mensen hebben van hem gehoord. Iedereen weet dat hij fout is. Ze heeft hem een paar keer ontmoet, maar dat was drie, vier jaar geleden. Hij is gemakkelijk te herkennen. Pezig, klein van stuk. Zwart haar, dat altijd wat aan de lange kant is. Spits, vals gezicht. En dat litteken. Acht centimeter lang, op zijn linkerwang, een rode bliksemschicht. Niemand weet hoe hij eraan is gekomen, maar iedereen herkent hem eraan. Het geeft hem een gevaarlijke uitstraling. Die van een boef in een politie-uniform. Er zijn mensen die zeggen dat hij dat ook is.

Zodra ze oogcontact maken, weet ze dat hij haar herkent. Ze hebben elkaar ontmoet toen ze met Nate samen was. Niemand heeft een goed woord te zeggen over de getekende smeris, alleen dat hij ze wel eens hielp. Hij deed dat voor geld; in hun goodwill was hij niet geïnteresseerd. Nate was altijd terughoudend met wat hij zei over mensen in de business, dus veel heeft ze niet over Greig gehoord. Maar ze weet dat hij fout is. Ze weet ook dat hij Nate wel eens heeft geholpen, in elk geval één keer. Misschien kan ze daar op de een of andere manier op inspelen. Misschien kan hij ervoor zorgen dat de politie haar niet te veel onder druk zet.

Ze weten dat Lewis drugsdealer is. Dat hij drugsdealer was. Ze willen natuurlijk dat zij de politie helpt. Dat ze namen noemt. Dat ze hun vertelt waar hij zijn geld bewaart. En zijn handel. Dat ze vertelt wie zijn leverancier is. Wie zijn straatdealers zijn. Een deel van deze dingen weet ze echt niet. Sommige andere dingen wel, maar ze is niet van plan die te vertellen. Je wilt niet degene zijn die gevaarlijke mensen verlinkt. Het maakt niet uit dat je een vrouw bent. Het maakt ook niet uit dat de politie je onder druk zet nadat je partner is geliquideerd. Wat uitmaakt is het verraad. Verraad leidt tot vergelding. Dat moet wel. Iedereen moet zien dat je terugvecht. Dus moet je zien te voorkomen dat de politie je lastige vragen stelt. Op dat punt kan Greig haar misschien helpen.

Zara komt naar voren en drukt zich tegen Greig aan. Hij doet een stapje achteruit, wil niet voor de sympathieke smeris door-gaan. Dat is meer iets voor zijn jonge partner.

'O, goddank dat jullie er zijn,' zegt ze tegen hem, zonder achteruit te gaan. 'Ik ben zo bang geweest. Ze gingen naar boven. Ik heb een schot gehoord. God, ik denk dat Lewis dood is.' Ze barst in tranen uit en drukt zich weer tegen Greig aan. Hij legt nu een hand op haar schouder.

'Oké, je bent safe,' zegt hij, op een wat norse toon. 'Wij zijn er nu, er kan je niets meer gebeuren.' Hij draait zich om naar de jonge smeris. 'Ga boven kijken... Wees voorzichtig.' De jonge smeris knikt en loopt de kamer uit.

Zodra Greig de voetstappen van de jonge smeris op de trap hoort, duwt hij Zara van zich af en kijkt haar recht aan. Hij heeft een cynische, onderzoekende blik in zijn ogen.

'Jij bent Zara, hè?'

'Ja, Zara Cope,' zegt ze, nog steeds zichtbaar verdrietig. Ze is niet van plan tegen hem te liegen; ze moet hem juist aan haar kant zien te krijgen.

'Wie is er boven?' vraagt hij dan.

'Lewis. Lewis Winter, mijn partner.'

Hij knikt. Hij weet wie Winter is. Hij weet wat Winter voor zijn brood doet. Hij weet waarschijnlijk ook al wat er hier heeft plaatsgevonden.

'Jij was toch ooit met Nate Colgan?' vraagt hij.

Lastige vraag. Misschien mag hij Nate. Misschien is hij Nate iets schuldig. Of misschien heeft hij de pest aan Nate en zou hij dolgraag iets doen wat hem van streek maakt.

'Ja,' zegt ze, niet zeker van de consequenties van haar antwoord. Hij knikt bevestigend.

De jonge smeris komt de trap af, pratend in een microfoontje dat op de revers van zijn jack is gespeld. Zara hoort hem iets zeggen over een lijk, maar de rest kan ze niet verstaan. Hij blijft in de gang staan en Greig loopt naar hem toe. Ze hebben iets te bespreken wat Zara niet hoeft te horen. Onder vier ogen. Politiezaken. Ze staat in het midden van de woonkamer. Nog steeds in de kleren die ze in de club aanhad, en ze weet dat ze er misplaatst uitziet. In een middenklassehuis in een rustige buitenwijk. Op de plaats delict van een moord. In beide gevallen misplaatst. Zo voelt ze zich ook. Maar ze schijnt geen keus te hebben. Ze moet zich uit deze toestand zien te redden en dan eens goed nadenken over wat ze daarna gaat doen. Ze kan niet doorgaan met deze manier van leven. Het voelt alsof ze in een neerwaartse spiraal zit.

Greig komt terug en zegt dat ze op de bank moet gaan zitten. De jonge smeris is door de voordeur naar buiten gegaan, de donkere nacht in. Greig gaat naast haar zitten.

'Mijn collega checkt het perceel rondom het huis,' zegt hij tegen haar. 'We moeten ons ervan overtuigen dat er geen verdere dreiging bestaat, en hij kijkt of hij zichtbare sporen kan vinden. We moeten ze zo gauw mogelijk zien te vinden, ze pakken voordat ze zich van het bewijsmateriaal en de rest kunnen ontdoen. Maar jij weet al hoe dit soort dingen werkt, is het niet, Zara?'

Een heel intimiderende vraag. Ze kijkt hem van opzij aan. Er speelt een glimlachje om zijn mond, alsof hij hiervan geniet. Alsof hij geniet van de macht die hij heeft. Hij maakt haar misselijk. Ze haalt haar schouders op.

Greig lacht, kort en snuivend. Hij buigt een stukje voorover en laat zijn ellebogen op zijn knieën rusten. 'Kijk, Zara, ik weet wie jij bent. Ik weet van Winter, wat hij doet. Deed. Ik weet ook dat het leven nogal hard voor je is geweest. Ik kan je helpen. Ik kan je tegen de ergste dingen beschermen. Ik weet zeker dat jij en ik een manier kunnen bedenken waarop we elkaar kunnen helpen.'

Hij kijkt haar in de ogen, glimlacht nog steeds. Ze probeert te bedenken wat hij in gedachten heeft. Greig is corrupt. Het is weinig verrassend dat hij wil proberen hier geld aan over te houden. Maar gaat het wel alleen om geld? Aan zijn stem te horen is dat niet zo. Ze weet niet of hij zijn macht ook misbruikt voor seks, maar hij zal de eerste niet zijn.

'Wat wil je van me?' vraagt ze. Soms moet je offers brengen.

Hij leunt achterover. Alles onder controle. Hij is in zijn element. 'Ik weet wat je partner voor zijn brood deed. Ik kan moeilijk geloven dat hij niet ergens geld heeft verstopt. Misschien op een bankrekening. Weet je wat er nu met dat geld gaat gebeuren? Dat pikken wij in. De wet van het uit misdaad verkregen geld. Werk je, Zara? Heb je zelf ergens een spaarpotje?'

'Nee,' zegt ze, 'niets.' Alleen het geld dat Stewart heeft meegenomen. Maar dat gaat ze hem niet vertellen. Als ze ook aan het geld van Winters bankrekening kan komen, is dat meegenomen. Maar het zal geen fortuin zijn, want hij heeft altijd de indruk gewekt dat hij maar net genoeg had. Aan de andere kant, iets is beter dan niets. Ze besluit opgelucht dat ze Greig kan omkopen met een deel van die opbrengst.

'Bovendien is er het huis,' zegt Greig. 'Als hij het aan jou heeft nagelaten, kun je het verkopen en de opbrengst houden. Tenzij mijn bazen besluiten het te confisqueren. Dan krijg je niets.'

Ze had nog niet eens aan het huis gedacht. Winter had een hypotheek, maar had er nog niet veel van afgelost. Hij liep altijd te klagen over de hoge maandlasten, dat hij die maar net kon opbrengen. Maar toch, misschien kan ze er nog iets aan overhouden. Het lijkt verkeerd om zo te denken. Om dit nu al met iemand te bespreken. Maar een tweede kans krijgt ze waarschijnlijk niet. Het is nu of nooit. Het is niet zo dat ze niets om Lewis heeft gegeven. Het doet haar pijn dat hij dood is. Ze zal nooit doen alsof ze smoorverliefd op hem was. Het was iets anders geweest. Een aangename, comfortabele verstandhouding. Niet perfect, maar best goed. Zij was zeker niet de perfecte partner geweest. Ze had hem vaak genoeg bedrogen. Waarschijnlijk was zij het die hem in de problemen heeft gebracht. Ze voelt zich niet schuldig, zo was de relatie nu eenmaal, en dat wist hij ook. Hij is er met open ogen in gestonken. Ze heeft hem enkele gelukkige momenten kunnen bezorgen, en ze vindt het jammer dat het er niet wat meer zijn geworden.

'Dus wat heb je daarop te zeggen?' vraagt Greig terwijl hij haar met een doordringende blik aankijkt. Hij kan zien dat ze niet naar hem heeft geluisterd. Het ergert hem dat ze zich op een moment als dit laat afleiden door andere zaken. Ze draait lang genoeg in de business mee om beter te weten.

'Als jij me daarmee kunt helpen, zal ik ervoor zorgen dat je je deel krijgt,' zegt ze tegen hem. Ook zij klinkt geërgerd. Hij heeft niet het recht om zo superieur tegen haar te doen.

'Goed dan,' zegt hij. Zijn stem klinkt nu boos. Alsof hij spijt heeft van zijn aanbod. Hij had gedacht dat ze beter zou weten. Gedacht dat ze iemand was die haar hersens gebruikte. Greig staat op en kijkt uit het raam. 'Bewaarde Winter iets in huis? Drugs? Geld? Iets anders wat je in de problemen kan brengen?'

'Nee,' zegt ze. 'Hij bewaarde nooit iets thuis. Daar was hij te voorzichtig voor.'

'Oké,' zegt Greig. 'Dat houdt in dat je niets hoeft weg te werken. Luister, ik kan proberen je uit de wind te houden. Ervoor te zorgen dat je geen lastige vragen over jouw rol in Winters werk hoeft te beantwoorden. Het hangt ervan af wie het onderzoek gaat doen. Ik kan ervoor zorgen dat je niet al het geld kwijtraakt dat hij had. Ik ben niet degene die je zal verhoren, dat doet iemand van de recherche. Maar daar hoef jij je geen zorgen over te maken. Ik meld me bij je als het moment er rijp voor is. We zullen elkaar in de toekomst vaker zien. Nou, vertel me nu maar eens wat er vannacht is gebeurd.'

23

Stewart draait zich om voor een laatste kus, maar ze doet de deur voor zijn neus dicht. Ze heeft natuurlijk gelijk; in deze situatie moet hij sneller. Hij heeft het gevoel dat er een eeuwigheid is verstreken sinds het moment waarop hij het pistoolschot hoorde. Dat de buren het ook hebben gehoord en de politie hebben gebeld. Als hij zo geruisloos mogelijk de achtertuin in loopt, heeft hij de tegenwoordigheid van geest om naar de huizen van de buren te kijken. In geen van beide brandt licht. Hij ziet nergens iets bewegen. Dat moet een goede zaak zijn. Hij komt aan het uiteinde van de tuin en ziet een stevige houten schutting, ongeveer twee meter hoog. Hij is zich sterk bewust van wat hij in zijn zakken heeft. Terwijl hij tegen de schutting op klimt en zich over de rand werkt, is hij bang dat er misschien iets uit zijn zakken valt. Dan laat hij een spoor achter. Dan kan hij zelf in de problemen komen. Dan brengt hij Zara in moeilijkheden.

Hij komt in een tweede, donkere tuin. Het is moeilijk om je er te oriënteren, zeker als je de omgeving niet kent. Vertrouw op Zara. Ze heeft gezegd dat hij linksaf moest gaan als hij over de schutting was. Loop links langs het huis en dan kom je in de straat hierachter. Vertrouw op haar. Hij loopt geruisloos door de tuin naar links. Maak in godsnaam de bewoners van het huis niet wakker. Denk verdorie aan de situatie waarin je verkeert. Je loopt stiekem door de tuin van mensen die je niet kent, al je zakken puilen uit van het geld en de drugs en je bent zojuist weggevlucht van de plaats delict van een moord. Oké, niet aan denken. Dat is niet goed voor je. Daar word je alleen maar nerveus van. Hij haalt het uiteinde van de tuin, loopt het hekje door en is op straat. Een goed verlichte straat. Niemand te zien.

Nu loopt hij als een goed geklede jongeman door een verlaten straat in een stille buitenwijk. Stewart weet dat dit beeld argwaan moet wekken. Hij voelt zich buitengewoon verdacht. Hij loopt de straat uit en vraagt zich af wat hij moet doen. Een taxi nemen? Er is nergens een taxi te zien. Hij kan er een bellen, maar hij kan ze niet vertellen waar ze hem moeten oppikken. Wil hij dat wel, dat een taxichauffeur hem oppikt vlak bij de plek waar een moord is gepleegd? Nou, nee. Zijn hart mag dan in zijn keel kloppen, nadenken kan hij nog wel. Hij is opgewonden. Hij geniet hiervan. Mijn god, het is echt waar. Stewart grinnikt zachtjes. Hij kan het bijna niet geloven, maar hij vindt dit leuk.

Hij hoort geen sirenes. Er rennen geen agenten door de straten om hem te arresteren. Hij loopt door, voor zijn gevoel urenlang, kilometerslang, totdat hij eindelijk iets ziet wat hem bekend voorkomt. Gebouwen die hij wel eens eerder heeft gezien. Hij kijkt op zijn horloge en kijkt weer om zich heen. Hij heeft geen idee hoe laat hij bij het huis is weggegaan, geen idee hoeveel tijd er is verstreken sinds het schot is gelost. Is het veilig om nu een taxi te bellen? Hij weet dat hij nog lang niet in de buurt van zijn huis is, een flat die hij met een vriend deelt, aan de westkant van de stad. Ze zijn op de kunstacademie bevriend geraakt. Ze hebben allebei grafische vormgeving gestudeerd. Toen ze met hun studie begonnen, hadden ze allebei hun pijlen gericht op de computergamesector. Tom, die veel getalenteerder is dan Stewart, heeft de baan gevonden die hij wilde. Stewart is echter blijven steken in de reclame. Maar hij is pas een jaar van de academie en heeft de hoop nog niet opgegeven.

In de straat waar hij doorheen loopt is een blinde muur met een bankje ervoor. Zeker voor oude mensen, neemt hij aan, om even uit te rusten, hoewel hij zich niet kan voorstellen wat die hier te zoeken zouden hebben. Het is een buurt met opslagloodsen en bedrijfsgebouwen, waar overdag hard wordt gewerkt. Het is de nacht van vrijdag op zaterdag en er rijden maar weinig auto's langs. Stewart gaat op het bankje zitten, haalt zijn mobiel tevoorschijn en zoekt in de telefoonlijst het nummer van een taxifirma. Hij belt die, zegt waar ze hem moeten oppikken en wacht. Elke auto die langsrijdt kan een politiewagen zijn. Elk geluid kan afkomstig zijn van iemand die het op je heeft gemunt. Het is zonder meer spannend. Hij glimlacht als er een taxi langs de stoeprand stopt.

Hij stapt uit de taxi en gaat de flat binnen. Maakt geen geluid. Hij wil niet dat zijn flatgenoot weet van het geld en de drugs. Veel te riskant. Misschien is het over een paar jaar een mooi verhaal om te vertellen. Nu nog niet. Hij vertrouwt Tom en hij wil hem niet in de problemen brengen. Geruisloos loopt Stewart door naar zijn slaapkamer. Zodra hij de deur achter zich heeft dichtgedaan, voelt hij de spanning wegebben en wordt hij overvallen door vermoeidheid. Hij heeft het afgelopen uur op de toppen van zijn zenuwen geleefd en dat heeft hem al zijn energie gekost. Hij heeft sterk de neiging om met zijn kleren aan op bed te gaan liggen en zijn ogen te sluiten. Nee. Verzet je ertegen. Je moet nog steeds voorzichtig zijn, hoe veilig je je ook waant.

Stewart haalt zijn zakken leeg en gooit alles op het bed. Eerst kijkt hij naar het geld, omdat hij weet wat het is en omdat hij weet om welk bedrag het gaat. Hij is niet van plan het te tellen, want beide bundels bestaan uit verschillende bankbiljetten. Toch heeft hij wel een idee van de totale waarde. Minstens duizend pond per bundel, met een doodgewoon elastiekje eromheen. Drugsgeld. Geld dat stinkt. Geld dat hij niet graag aanraakt. Hij wil niet met dat soort dingen geassocieerd worden. Stewart verdient zelf niet zoveel, maar hij is niet iemand die van geld opgewonden raakt, dus van deze twee bundels ook niet. Het zal Zara ook weinig doen. Hij is ervan overtuigd dat ze niet iemand is die door geldzucht wordt gedreven. Ze wilde het geld en de drugs alleen kwijt zijn om niet in de problemen te komen.

De drugs. Hij heeft geen idee wat de twee zakken waard zijn, hij heeft zelf nooit drugs gekocht. De paar experimenten die hij ooit heeft gedaan, hadden plaatsgevonden op kosten van iemand anders. De snuif coke, de roes erna, was hem best goed bevallen. Als iemand hem weer een lijntje zou aanbieden, zou hij dat waarschijnlijk wel aannemen, wist hij, maar hij was er ook niet zo van gecharmeerd dat hij zelf naar coke op zoek zou gaan. Nu ligt er een flinke zak op zijn bed en dat zit hem niet lekker. Eigenlijk vindt hij het vreselijk dat hij ermee opgescheept zit. Net zoals hij het vreselijk vindt dat Zara gedwongen was het uit haar huis te laten verdwijnen. Omdat het haar bedreigde. Omdat ze erdoor in de gevangenis zou kunnen belanden.

Hij loopt alsmaar aan haar te denken. Als hij in de slaapkamer om zich heen kijkt en zoekt naar een plek waar hij alles kan verstoppen, denkt hij aan haar. Hij denkt aan haar als hij zich strekt en de schoenendoos pakt die boven op zijn kledingkast staat. De doos bevat een paar nette schoenen. Ooit gekocht voor een trouwerij. Hij draagt ze nooit, want ze waren hem toen al te klein en hij had er een blaar op zijn grote teen aan overgehouden. Hij opent de doos, propt het geld in de ene schoen en de drugs in de andere. Geen geweldige bergplaats, maar een bergplaats is alleen slecht als iemand je kamer doorzoekt. Als iemand dat komt doen, maakt het niet zoveel uit waar hij het heeft verstopt. Hij weet in de flat ook geen andere plek waar hij twee bundels geld en twee zakken drugs kan laten verdwijnen. Kortom, als de politie komt, is hij de pineut.

Met trage bewegingen kleedt Stewart zich uit, blij dat hij zich van zijn kleren kan ontdoen. Opnieuw uit de kleren. Hij denkt aan Zara als hij onder de dekens kruipt. Aan wat ze ongeveer een uur geleden aan het doen waren. Op die bank. Zara die onder hem lag. God, wat een nacht! Hij begint te lachen. Zachtjes. Laat Tom je niet horen. Geef hem geen excuus om je morgenochtend lastige vragen te stellen. In Toms kamer is het doodstil. Stewart ligt op zijn rug en begint weer opgewonden te raken als hij aan

Zara denkt. Als hij denkt aan de twee huurmoordenaars die het huis kwamen binnenstormen. Vreemd dat hij daarvan opgewonden raakt. Die twee hadden hem kunnen vermoorden. Hij schrikt van het idee. Waarom windt een gevaarlijke situatie als die hem op? Of begint hij beter te begrijpen waarom zoveel mensen hun heil zoeken in een dergelijk duister leven?

Hij haalt zijn vingers door zijn haar en voelt een pijnscheut. Hij schrikt er meer van dan dat het echt pijn doet. Hij is door een van de moordenaars geslagen. Een klap tegen zijn hoofd, met een vuist, of met een wapen. Goeie god, hij is met een pistool tegen zijn hoofd geslagen. Dat had kunnen afgaan. Hij had hartstikke dood kunnen zijn. Shit! Hij voelt voorzichtig aan de bult. Het voelt niet alsof hij heeft gebloed. Geen snee. Alleen een bult. Hij stapt uit bed, doet een lamp aan en pakt zijn scheerspiegel uit de la. De bult gaat schuil onder zijn haar. Hij zal er morgenochtend in de spiegel van de badkamer nog eens goed naar kijken. Maar voorlopig lijkt het erop dat niemand de bult zal zien.

Dat hij huilend en kermend op de vloer heeft gelegen, is hij vergeten. Heeft hij verkozen te vergeten. Wat gênant was dat. Hij heeft Zara teleurgesteld. Hij heeft zich als een lafaard gedragen. Aan de andere kant hoeft niemand dat te weten. De twee huurmoordenaars zullen zeker nooit toegeven dat ze daar zijn geweest en zeggen wat ze hebben gezien. Zara zal hem niet vernederen door hem ermee om de oren te slaan. En zelf zal hij er zeker niet mee te koop lopen. Als hij weer in bed stapt en het licht uitdoet, denkt hij weer aan haar. Aan hoe ze naakt bij de achterdeur stond en hem een afscheidskus gaf. Deze keer raakt hij niet opgewonden maar maakt hij zich zorgen. Zorgen om haar. Waar zou ze nu zijn?

24

Ze zit in wat de slachtoffersuite wordt genoemd. Geen verhoorkamer, geen kille, formele inrichting. Ze is tenslotte een jonge vrouw die getuige is geweest van een gruwelijke misdaad. Zo iemand behandel je met mededogen en hartelijkheid. Zo iemand behandel je op een manier waarop niets aan te merken valt. Er is voortdurend een agente bij haar in de buurt. Die heeft een kop thee voor haar gemaakt en gevraagd of ze verder nog iets wil. Ze houdt een oogje op haar. Voor haar eigen bestwil en die van de politie.

'Ik wil me graag omkleden,' zegt Zara tegen haar. 'Ik voel me nogal stompzinnig in deze kleren.' En dat is ook zo. Ze draagt nog steeds de outfit van haar avondje uit en die lijkt in deze omgeving misplaatster dan ooit.

'Ik kan kijken of ik hier iets anders voor je kan vinden, of we kunnen iemand naar je huis sturen om iets op te halen.'

'Al mijn kleren zijn in de grote slaapkamer,' zegt Zara zacht, en ze begint weer te huilen.

Het zijn echte tranen. De schok van wat haar is overkomen. De angst voor wat er nu gaat gebeuren. Het besef dat Lewis er niet meer is. Voor altijd weg. Hoe moet ze verder zonder hem? Het is niet zo eenvoudig om iemand anders te vinden. Lewis was lief en geduldig geweest. Ze had van hem mogen leven zoals zij dat wilde. Ze had daar flink gebruik van gemaakt, en van zijn zachtaardige karakter. Wat misschien niet helemaal eerlijk was. Hoe moest ze iemand vinden die was zoals hij? In de business waren die dun gezaaid. Er waren maar twee mannen in haar leven geweest voor wie ze iets had gevoeld wat op liefde leek. De ene was Nate Colgan, maar de liefde voor hem was gepaard gegaan met angst. De andere was Lewis. Met hem was de liefde gepaard gegaan met verachting.

De agente weet dat het echte tranen zijn. Ze loopt lang genoeg mee om het verschil te kunnen zien. Ze heeft in dit vertrek meer dan genoeg krokodillentranen gezien. Ze kan het ook zien wanneer een slachtoffer in shock is, maar dat schijnt hier niet het geval te zijn. Zara Cope gaat met bewonderenswaardige zelfbeheersing met de situatie om, ondanks de tranen die onwillekeurig over haar wangen rollen. De suite bestaat uit een woonkamer met een open keukentje. Een bank, een tv en een airco. Een zinloze poging om de indruk te wekken dat je je op een plek bevindt waar je veilig en welkom bent. Maar tegelijkertijd vergeet je nooit dat je op een politiebureau bent. Dat je zo meteen verhoord zal worden.

De deur van de suite gaat open en er komt een man binnen. Goedkoop pak, sombere gezichtsuitdrukking. Het schijnt hem te verbazen dat hij op dit uur van de ochtend moet werken. Een al wat oudere man, halverwege de veertig, of misschien ouder. Of jonger. Hangt ervan af hoe goed hij voor zichzelf zorgt. Duidelijk een rechercheur. Heeft zeker net te horen gekregen dat dit zijn zaak is. Ga het doen. Nu meteen. Een liquidatie. Het meisje beneden is ooggetuige. De vriendin van het slachtoffer. Onderwereldzaken kunnen interessant zijn, maar je komt er moeilijk in. Het kost mensen jaren om hun informatie te verzamelen. Ze moeten eerst uitzoeken wie iedereen is en hoe alle relaties tussen de families en organisaties in elkaar steken. Daar gaat veel tijd in zitten.

Michael Fisher baalt ervan dat mensen hem als een stereotype zien. Een smeris die geobsedeerd is door zijn werk. Gescheiden. Geen kinderen. Geen andere afleiding. Drinkt te veel als hij niet aan het werk is. Wijkende haarlijn, grijzende slapen. Heeft moeite zijn buik binnen de perken te houden. Baalt van het cliché dat hij vertegenwoordigt. Het maakt het moeilijker om serieus genomen te worden. Hij wil zo niet zijn. Hij wil niet worden gezien als een of andere personage uit een derderangs politieserie. Hij is wat hij is. Een smeris die van zijn werk houdt. Iemand die in het leven nooit iets anders heeft gevonden wat belangrijk genoeg was om zich erdoor te laten afleiden.

Hij loopt de suite in en neemt plaats op de stoel tegenover de bank. Een eerste blik op Zara Cope. Mooi meisje. Heel mooi zelfs. Hoerig gekleed. Een stuk jonger dan het slachtoffer. Schoon strafblad, maar ze is geen onbekende. Hangt al een tijd rond in het criminele milieu. Gangsterliefje. Houdt van het geld, het gevaar, de goedkope opwinding. Dom kind. Hij heeft nu al een hekel aan haar.

'Zara, ik ben hoofdinspecteur Michael Fisher, maar je kunt me gewoon Michael noemen. Ik ben hier om je te helpen, op alle mogelijke manieren. Natuurlijk wil ik graag met je praten over wat er is gebeurd, maar pas als jij dat wilt. We praten er pas over als jij er klaar voor bent, oké?'

Zara knikt. Ze weten allebei dat hij liegt.

Hij wil het nu meteen van haar horen. Om twee redenen, die beide afhangen van haar rol in het gebeuren. Als ze een onschuldige toeschouwer was, een slachtoffer, wil hij haar verhaal horen nu de gebeurtenissen nog vers in haar geheugen zitten. Geef mensen de tijd om tot rust te komen en je geeft ze de tijd om dingen te vergeten. Zorg zo snel mogelijk voor een eerste verslag, en je hoort de dingen die op het moment zelf belangrijk leken te zijn. Wacht je, dan hoor je de dingen waarvan ze achteraf denken dat ze belangrijk waren. Doe het meteen en je hoort wat belangrijk was voor de getuige. Wacht en je hoort datgene waarvan ze denken dat het voor jou belangrijk is.

En dan is er de tweede reden. Stel dat ze geen onschuldige getuige is. Stel dat ze er op de een of andere manier bij betrokken is geweest en dat ze iets te verbergen heeft. Dat gebeurt vaak genoeg. Mensen maken gebruik van insiders. Iemand die ze in het huis binnenlaat. Goed dan, in dit geval niet, ze hebben de deur ingetrapt. Iemand die ze vertelt waar het doelwit zich bevindt. Kan best. Alhoewel, zo groot is het huis nu ook weer niet. Het is trouwens een theorie die meer kans maakt als het om één dader gaat, en hier waren het er blijkbaar twee. Eén voor de liquidatie en één om haar uit de buurt te houden. Dus misschien was zij de insider niet. Misschien was er helemaal geen insider. Maar misschien heeft ze geld aangepakt om ze op de een of andere manier te helpen. Misschien heeft ze iets te verbergen. Misschien weet ze wie het waren, maar wil ze dat niet zeggen.

Mensen in die sector leven zozeer in een wereld van angst dat ze niet meer als normale mensen kunnen denken. Ze verlinken nooit iemand. Nooit. Zelfs als er iemand is vermoord van wie ze zielsveel hielden en ze weten wie de dader is, houden ze hun mond. Want de prijs is te hoog; het kan je je leven kosten. Eerste instinct: overleven. Soms is het vrijwel onmogelijk om met dit soort mensen te werken. Daarom moet je ze zo snel mogelijk verhoren. Doe dat voordat ze een verhaal in elkaar sleutelen. Voordat ze hebben bedacht wat er verzwegen moet worden. Winter was drugsdealer. Dat moet ze hebben geweten. Ze moet nog veel meer weten, maar dat zal ze hem hoogstwaarschijnlijk niet willen vertellen. Spring haar meteen op de nek en misschien geeft ze iets prijs, voordat ze de kans heeft gehad erover na te denken.

'Ik laat het helemaal aan jou over,' zegt hij, waarmee hij de druk iets opvoert.

'Ik vind het niet erg,' zegt ze schouderophalend. Ze probeert te doen alsof ze niets te verbergen heeft, maar ze denkt aan een advocaat. Als ze haar lastige vragen gaan stellen, moet ze er misschien een in de arm nemen, als een soort bescherming.

'Als je nu een paar vragen zou willen beantwoorden, zouden we daar enorm mee geholpen zijn,' zegt hij tegen haar. 'Dan kunnen we meteen achter de mensen aan die dit hebben gedaan. Ik zal je niet te veel vragen, alleen het hoogstnodige.' Vrijblijvend genoeg om haar over de streep te trekken, of misschien wel haar vertrouwen te winnen.

'Ja,' zegt ze, met een schorre stem van het huilen. 'Oké.'

'Nou, vertel me eens wat je hebt gezien, wat je je herinnert. Maar maak jezelf niet van streek,' voegt hij eraan toe, en hij beseft hoe onzinnig het klinkt. 'Gewoon... eh... je weet wel, wat je je ervan herinnert, zoveel als je kunt.' Je moet zo voorzichtig met dit soort mensen omgaan. Er zijn erbij die dat niet verdienen en zij is er een van. Het snolletje van een dealer. Doe me een lol.

'We waren uit, in een club,' zegt ze, terwijl ze nadenkt over welke details ze hem kan vertellen en welke ze moet weglaten. 'Naderhand namen we een taxi naar huis. Er is iemand meegereden, een of andere jonge gast. Lewis was dronken. Die jongen heeft me geholpen hem naar de deur te brengen.'

Er zijn nu al honderd vragen die hij op haar wil afvuren. Onderbreek die stomme griet. Toe dan! Laat het protocol varen en stel de vragen die je wellicht een dader opleveren. Nee. Dat kan hij niet doen. Dan rijd je alleen jezelf in de wielen.

Ze vervolgt haar verhaal. Ze vertelt hem dat ze Lewis zelf de trap op heeft gebracht, dat hij nog net een beetje kon lopen. Boven had ze hem op het bed gedumpt.

'Ik hoorde hem al snurken voordat ik onder aan de trap was,' zegt ze. Ze onderdrukt een snik. De agente geeft haar nog een tissue. Fisher ruikt nu al onraad. Inconsistenties, en ze is nog maar net begonnen. Ze had wel iemand nodig om hem naar de deur te brengen en vervolgens sjouwt ze hem zelf de trap op? Kom nou. 'Ik ben naar beneden gegaan en heb een whisky voor mezelf ingeschonken,' vervolgt ze. 'Ik had lang niet zoveel gedronken als Lewis. Ik zat op de bank en hoorde een dreun. Het klonk alsof iemand iets tegen de deur gooide. Daarna nog een dreun, en toen hoorde ik de deur tegen de muur slaan. God!' roept ze, en ze slaat haar handen voor haar gezicht.

Misschien speelt ze geen toneel, denkt Fisher bij zichzelf. Doet ze dat wel, dan is ze verdomd goed. Dan weet ze het tot kunst te verheffen. Maar toneelspel of niet, ze is niet te vertrouwen.

'Ze kwamen binnen. Helemaal in het zwart gekleed. Ze hadden allebei een bivakmuts op. Allebei een pistool in de hand. De een bleef beneden en hield me onder schot. De ander liep meteen door naar boven. Alsof hij wist waar hij zijn moest. Ik... ik weet niet hoe hij dat wist. Hij was boven... ik heb geen idee hoe lang. Het leek een eeuwigheid, maar misschien was het maar twee minuten. Toen hoorde ik de knal.' Ze zwijgt even, voor het dramatische effect, denkt Fisher. 'Kort daarna kwam hij weer naar beneden en gingen ze weg. Wat ik toen heb gedaan weet ik niet precies meer. Ik herinner me dat ik even op de bank heb gezeten, en toen heb ik de politie gebeld.'

Het klinkt allemaal heel simpel. Twee mannen dringen het huis binnen, de ene man bewaakt de getuige en de andere pleegt de moord. Het klinkt alsof het waar kan zijn.

'Kun je je nog iets over die mannen herinneren waar wij mee aan de slag kunnen?' vraagt Fisher haar. 'Lengte, lichaamsbouw, een accent, wat dan ook?'

'Er werd niet gepraat,' zegt ze. 'Ze hebben geen van beiden een woord gezegd.'

Profs.

'De man die naar boven ging was groter dan degene die bij me bleef. Vrij lang. Meer dan één meter tachtig, schat ik. Maar ik weet het niet precies. Die andere was... hoe zeg je dat... van gemiddelde lengte. Ze zagen er allebei normaal uit. Niet dik of zo. Ik weet het niet. God, ik wou dat ik meer kon doen om te helpen.'

Ze vertelt een goed verhaal, en hij heeft het gevoel dat hij zo ver is gegaan als in deze omstandigheden mogelijk is. Toch... nog één laatste vraag. Nog eentje.

'Zara, ken je misschien iemand die je partner zou willen vermoorden? Iemand met wie hij problemen had?' Natuurlijk kent ze iemand. Winter was een stuk tuig. Een drugsdealer. Mensen genoeg die hem van het toneel wilden laten verdwijnen. Dat weet zij ook, maar ze zal het niet zeggen.

'Nee, ik heb geen idee,' zegt ze, weer met dat voorspelbare, lichte schouderophalen. Daar is ze goed in, in dat lichte schouderophalen. Zich voor te doen als het onschuldige meisje dat op het verkeerde moment op de verkeerde plek was.

'Goed dan, Zara,' zegt hij tegen haar. 'Hier laten we het voorlopig bij. Probeer maar wat tot rust te komen. Ik spreek je later.'

25

Op naar de plaats delict. Meer zal hij nu niet uit haar krijgen. Fisher weet voorlopig genoeg. Het was een professionele liquidatie. Een heel professionele. Ze wisten precies wat ze moesten weten en hebben zonder de geringste aarzeling gedaan wat ze van plan waren. Zonder ook maar iets tegen elkaar te zeggen. De meeste idioten die zich als huurmoordenaars voordoen zijn kwezels. Veel ambitie, weinig hersens. Ze zien liquidaties in films en denken dat het in het echt ook zo gaat. Ze stormen zwaaiend met hun pistool een huis binnen. Schreeuwen allerlei dreigementen. Ze willen de credits als ze de moord hebben gepleegd, willen een soort beroemdheden zijn. Zij zijn degenen die worden gepakt. De deprimerende waarheid is echter dat de huurmoordenaars die worden gepakt altijd de mindere zijn. De echt goede weten aan dat lot te ontkomen. De echte profs, zoals deze twee.

Het is inmiddels bijna vier uur in de ochtend. Fisher stapt uit de auto en laat zijn blik door de straat gaan. Het is niet zo moeilijk om je voor te stellen hoe ze het hebben gedaan. Ze parkeren de auto ergens in de straat en gaan zitten wachten. Ze zien ze thuiskomen. Wachten vijf minuten. Als zij hem naar boven brengt, gaat het licht in de slaapkamer aan. Even later gaat het weer uit, ze gaat naar beneden en doet het licht in de woonkamer aan. Ze weten hoeveel mensen er in huis zijn en waar ieder zich bevindt. Simpel. Ze moeten die taxichauffeur zien te vinden. Misschien heeft hij iets gezien. En degene die in de taxi is meegereden. Het zou leuk zijn als ze wisten wie dat was en dat zou heel interessant kunnen zijn.

Ze trappen de deur in. Ligt dat wel voor de hand? Hij denkt erover na als hij het tuinpad op loopt. Als je weet dat er maar twee mensen in huis zijn en een van de twee is beneden, is het dan nodig dat je de deur intrapt? Ze gaan er natuurlijk van uit dat hij boven is en zij beneden. Dan klop je toch gewoon op de deur? En als ze opendoet, dring je het huis binnen. Het ligt meer voor de hand dat ze het zo zouden doen. Om zo weinig mogelijk lawaai te maken totdat het pistoolschot valt. Zo zouden de profs het doen. Ze zei dat ze eerst een dreun tegen de voordeur hoorde, alsof er iets tegenaan werd gegooid. Dat was de eerste trap. Daarna nog een trap. Het klopt niet met de rest van hun professionele aanpak.

Hij gaat het huis binnen. Er is al een team van de technische recherche aan het werk. Een van de rechercheurs komt naar hem toe, schudt hem de hand en zegt waar hij het lijk kan vinden. Fisher knikt maar zegt niets terug. Hij wil zien wat zij hebben gezien. Ze komen binnen en lopen door naar de woonkamer. Daar zit zij een glas whisky te drinken. Hij ziet één whiskyglas staan. Oké. Dus de ene blijft bij haar en houdt haar onder schot met zijn pistool. Zij zit op de bank en verroert zich niet. Er wordt niets gezegd. En nummer twee gaat naar boven.

Fisher loopt de trap op. Het lijk is nog in huis en het zal het eerstvolgende uur niet worden weggehaald. Een enkele kogelwond, weet hij al. Hij ruikt iets als hij in de deuropening van de slaapkamer staat. Pis. Het lichaam ligt op het bed. Niet veel bloed. Een dun stroompje langs de hals, uit een wond onder de kin. De aanblik doet hem denken aan iemand die zichzelf met een licht wapen van het leven heeft beroofd. De man heeft het in zijn broek gedaan. Voor of na het schot? Het was in elk geval niet van angst, want het is uitgesloten dat hij wakker was toen hij werd vermoord. Tenzij er een tweede wond is, die hij niet ziet. Hij moet in deze houding op het bed hebben gelegen toen de moordenaar binnenkwam. Misschien heeft hij zijn urine laten lopen nadat hij was doodgeschoten. Dat gebeurt wel vaker.

Hij bekijkt de man eens goed. Typisch een al wat oudere, kleine dealer. Aan de zware kant. Niet al te aantrekkelijk. Als zijn info over Winter klopt, was hij geen grote speler. Zeker geen grootverdiener. Verbazingwekkend dat hij toch zo'n aardig huis heeft. En een mooie vriendin, die heus wel wat beters kan krijgen. Hij moet meer over hun relatie te weten zien te komen. Hoe lang ze bij elkaar waren, wat voor soort leven ze leidden... Hij laat zijn blik door de kamer gaan. Geen enkel spoor van een worsteling. Zelfs als je stomdronken bent, vecht je voor je leven. Hij was al knock-out. Het enige wat de moordenaar hoefde te doen, was het pistool onder de kin zetten en de trekker overhalen.

'De kogel zit nog in het hoofd,' zegt een van de rechercheurs, waarmee hij Fisher uit zijn overpeinzingen wekt.

Hij kijkt nog een keer om zich heen. Twee wijnglazen op de ladekast, met een lege wijnfles ernaast. Daar heeft ze niets over gezegd. Daar moet hij haar naar vragen. Hij weet dat het technische team hem de kamer uit wil hebben. Ze willen hun wetenschappelijke wondermiddelen inzetten, en hij staat in de weg bij het lijk. Fisher gaat achteruit, blijft nog even in de deuropening staan. Dus de moordenaar pleegt zijn moord. En dan? Als je een kamer uit loopt, doe je het licht uit. Heeft hij dat ook gedaan? Ook dat moet hij uitzoeken. Hij moet navragen wie de eerste agent ter plekke was en hem naar de details vragen. Niet vertrouwen op een rapport. Hij wil het horen uit de mond van de man zelf. Er zijn maar weinig mensen die gedetailleerder schrijven dan dat ze spreken. Het juiste gevoel voor de plaats delict en de betrokkenen haal je niet uit een rapport.

Hij loopt de trap af. Zijn collega staat in de woonkamer, vlak bij de deur. De deur is direct links van de onderste traptreden. Zijn collega hoort hem naar beneden komen, dus het is niet nodig om iets te zeggen. Ze gaan weg. Weer door de voordeur naar buiten, terug naar hun auto. Hadden ze een chauffeur? Misschien moeten ze op zoek gaan naar drie mannen in plaats van twee. Misschien vonden ze een chauffeur niet nodig. Dat was het ook niet. Een klus uit het boekje. Doodsimpel. Je gebruikt geen derde man als dat niet nodig is. Profs gebruiken zelden meer mensen dan strikt noodzakelijk is. Dus waarschijnlijk geen chauffeur. Maar uitsluiten kun je het niet. Hij moet met die taxichauffeur gaan praten, en met die man die met ze is meegereden.

Fisher blijft op de drempel van de voordeur staan. Ademt de koele nachtlucht in. Heeft een van de buren het schot gehoord? Ze zijn nu allemaal wakker. Overal brandt licht. Nieuwsgierig als ze zijn gluren ze langs de gordijnen. Ze hebben natuurlijk de sirenes en het rumoer gehoord. Misschien heeft een van de buren iets interessants te vertellen over hun vermoorde buurman en zijn vriendin. Misschien hebben ze een onbekende auto in de straat gezien. Het is zo'n straat waar de mensen op dat soort dingen letten. Waar de mensen niets beters te doen hebben. Als iemand het schot heeft gehoord en naar het raam is gerend, heeft hij de moordenaars misschien zien weggaan. Gezien in wat voor een auto ze stapten.

Een prof pak je niet zomaar. Je hebt te maken met mensen die niet te vertrouwen zijn. Geef Cope een paar uur de tijd en ga dan nog eens met haar praten. Zoek uit in welke club ze zijn geweest. Vraag de CCTV-beelden vanaf daar op. Misschien zijn ze van de club naar huis gevolgd. De kans is klein, maar het is het proberen waard. Op die manier kunnen ze de taxichauffeur traceren die ze naar huis heeft gebracht. Zij zal niet meer weten wie dat is. Taxichauffeurs zijn ook niet te vertrouwen. Er zijn er te veel die banden met de criminaliteit hebben. Zoek uit wie de chauffeur was. Probeer erachter te komen of hij mensen heeft getipt over hun gedragingen. Zoek uit wie de man was die met ze is meegereden. Heeft hij banden met het criminele milieu? Moest hij ervoor zorgen dat Winter veilig en wel thuiskwam? Dat hij stomdronken thuiskwam? Wat de liquidatie een stuk gemakkelijker maakte. Het zou kunnen.

Van de plaats delict valt niet veel meer te leren. Het eerste wat hij moet doen is navragen wie de eerste agenten ter plekke waren. Als ze nu nog dienst hebben, kan hij meteen met ze praten. Zo niet, dan doet hij dat zodra ze zich morgen op het bureau melden. Het is niet dringend genoeg om ze uit bed te halen als ze al naar huis zijn. Ze zullen een rapport hebben ingediend. Daar zal hij het voorlopig mee moeten doen. Maar alleen voorlopig.

Fisher rijdt terug naar het bureau. Je weet nooit hoe een onderzoek als dit zich zal ontwikkelen, maar hij heeft nu al het gevoel dat het een langlopende zaak zal worden. Naarmate de politie professioneler wordt, worden de criminelen dat ook. Mensen leren snel hoe ze moeten inspelen op de nieuwe trucs die de politie toepast. Als ze iemand pakken, is het steeds vaker iemand van tweede garnituur. Af en toe pakken ze een grote jongen, maar dat kost tegenwoordig veel meer tijd dan vroeger. Slimme advocaten maken het leven moeilijk. De politie heeft zoveel tijd nodig voor één zo'n goede vangst, dat ze de andere doelwitten uit het oog verliest. Fisher is er meer en meer van overtuigd dat de aanpak fout is. Ze moeten zich concentreren op de mensen aan de top, niet op de huurmoordenaar ergens halverwege.

26

Het is al tien uur geweest als Calum wakker wordt. Hij slaapt vaak uit. Hij is nog steeds moe van de afgelopen nacht. Het was na vieren toen hij eindelijk in slaap viel. De meeste mensen slapen helemaal niet na een klus als deze. Dat staat de adrenaline niet toe. Ze blijven op, doen dingen. Maar er is niet zoveel wat je midden in de nacht kunt doen. Degenen die een vriendin hebben kunnen misschien iets doen, bedenkt Calum. En daarna denkt hij aan wat voor een vriendin hij zou willen hebben. Het moet een vrouw zijn die begrijpt wat hij voor de kost doet. Iemand die bekend is met de business. Anders moet hij voortdurend zijn best doen om alles voor haar te verbergen. Onmogelijk. Dus het moet iemand zijn die de business vanbinnen kent, en zo'n soort vrouw wil hij liever niet.

Het is de roes van na de klus die veel mensen de das omdoet. Ze gaan uit en doen iets waardoor ze de aandacht op zich vestigen. Veel mensen gaan voor schut door drank. Ze kunnen niet slapen, kunnen niet terug naar het leven van voor de klus. Ze gaan naar huis en grijpen naar de fles. Om de zenuwen tot bedaren te brengen. Om te kunnen slapen. Een noodzakelijke bijkomstigheid van het werk. Na elke klus een fles drank. Vervolgens gaan ze vaker drinken... de drank als hulpmiddel om te kunnen omgaan met het werk dat ze doen. Elke keer wanneer hun zenuwen opspelen, grijpen ze naar de fles. Voor je het weet kun je je werk niet eens meer doen omdat je van de drank afhankelijk bent. Een fout die Calum niet zal maken. Hij drinkt niet. Geen druppel. Hij ondergaat de naweeën, meer niet. Doet geen bijzondere dingen. Geen geheime trucs. Gewoon wachten tot het over is.

Hij stapt uit bed en begint aan de routineuze handelingen die hij vrijwel elke dag verricht. Hij gaat naar de wc. Poetst zijn tanden. Doucht. Maakt een ontbijt. Niet te zwaar. Hij heeft weinig trek. Hij heeft geen zin om veel te doen. Het zijn de naweeën. De onvermijdelijke consequenties van de hoogspanning van de klus. Ook iets waarmee veel mensen niet goed kunnen omgaan. Hoe intenser de roes tijdens de klus, hoe steiler en dieper het dal naderhand, als de roes is uitgewerkt en je het gewone leven weer oppakt. Sommige mensen jagen die roes na. Sommigen doen meer klussen dan verantwoord is. Nogmaals, Calum niet. Hij doseert. Pakt het methodisch aan. Houd voldoende ruimte tussen je klussen; doe er niet te veel en doe er niet te weinig. Laat je niet te veel meeslepen tijdens de klus, zak na afloop niet te ver af.

Het is eenzaam werk. Als je het goed wilt doen, zul je moeten leren alleen te werken. Moeten leren alleen te leven. Een eenzaam bestaan moeten accepteren. Alle goede huurmoordenaars doen dat. Het wordt moeilijker naarmate je ouder wordt. Dan krijg je behoefte aan andere mensen om je heen. Je wilt deel uitmaken van iets wat groter is dan jezelf. Tot dan toe is dat voor Calum niet aan de orde. Hij is het gewend alleen te zijn, alleen te wonen en alleen te werken. Bij deze klus had hij een tweede man nodig, dus heeft hij George gebruikt. Maar normaliter werkt hij alleen en dat bevalt hem goed. Hij woont al alleen vanaf zijn negentiende. Hij heeft vriendinnen gehad, ook vriendinnen die wel eens bleven slapen, maar hij heeft zijn relaties nooit de kans gegeven om uit te groeien tot een situatie waarin van hem werd verwacht dat ze elke nacht kon blijven. Het was uitgesloten dat ze bij hem introkken. Hij had behoefte aan ruimte. Hij had er zoveel behoefte aan dat hij nu begint te vrezen dat hij niet meer op een andere manier kan leven.

Je komt ze vaak tegen in de business. Veertigers en vijftigers die jongere vrouwen proberen te versieren. En niet alleen voor de seks. Je denkt dat het vieze, oude mannen zijn, maar er zit meer achter. Ze willen een jongere vrouw om zich te settelen. Ze willen een gezin. Ze willen alle dingen die ze eerder in hun leven hebben geweigerd. Hoe groot het risico ook is, het leven is de moeite niet waard als ze niet kunnen krijgen wat ze willen. Een ijzingwekkende gedachte. Je werkt hard, neemt risico's en brengt offers als je jong bent, en uiteindelijk wil je juist die dingen die je altijd hebt vermeden. En ze zijn met velen. Natuurlijk zullen die oudere gasten nooit toegeven dat ze in hun jonge jaren een verkeerde keuze hebben gemaakt, maar het heeft er alle schijn van.

Hij zit aan de keukentafel, aangekleed, en eet een kom cornflakes. Hij denkt na over de dingen waar huurmoordenaars meestal over nadenken als ze daar na een klus de tijd en de gelegenheid voor hebben. Wat heb ik fout gedaan? Waar zitten de onvolkomenheden die me later kunnen opbreken? Wat is de politie op dit moment aan het doen? Wat zijn de andere betrokkenen op dit moment aan het doen? Het is onmogelijk om niet te denken aan de consequenties, want die zijn gigantisch. Een levenslange gevangenisstraf. Hij heeft nog nooit in de cel gezeten. Hij kent een paar mensen die hebben gezeten, heeft de verhalen gehoord. Die variëren van erg tot afschuwelijk. Ze gaan meestal over hoe dodelijk saai het leven daar is. Het is er zo erg dat je een eind aan je leven wilt maken. Zijn enige troost is dat hij goed kan omgaan met saaiheid.

Geen fouten. Geen zichtbare fouten in elk geval. Neem niets als vanzelfsprekend aan. Probeer je elk detail te herinneren. Maak geen fouten. De politie? Het is mogelijk om te weten te komen hoe het onderzoek vordert, maar dat kun je beter niet proberen. Vragen stellen kan gevaarlijk zijn. Mensen gaan zich afvragen waarom je bepaalde dingen wilt weten. Je kunt je beter stilhouden en je oren goed openhouden, zonder iemand iets te vragen. Soms wordt het je gemakkelijk gemaakt. Van een moord wordt altijd wel verslag gedaan, zeker in de plaatselijke pers. Maar er wordt pas echt aandacht aan besteed als de politie dat wil.

Veel onderwereldmoorden halen het landelijke nieuws niet. Ze hebben niet genoeg nieuwswaarde, niet voor het grote publiek. Alleen als de politie het wil, wordt er verslag van gedaan. Bijvoorbeeld als de politie de hulp van het publiek inroept, als ze de mensen om tips vraagt. Dan komt het in het nieuws. Dan storten journalisten zich erop en wordt er gespeculeerd over dood, verderf en de morele aftakeling van de samenleving. Ze brengen de ene misdaad in verband met een aantal andere. Het wordt een breed uitgemeten item. Dat wil je niet. Je wilt niet dat jouw moord de aandacht van de gehele pers trekt. En je wilt zeker niet dat de moord een naam krijgt. De puntje puntje puntje-moord. Als de moord die status eenmaal heeft, krijg je problemen. Je potentiële opdrachtgevers werken niet graag met mensen van wie de daden veel aandacht trekken, ook al voeren ze hun liquidaties naar alle tevredenheid uit.

Er zijn twee redenen waarom de politie naar de pers stapt. De ene reden is dat ze niets hebben. Geen sporen, geen aanwijzingen, geen enkele richting waarin ze kunnen zoeken. Ze hebben hulp nodig. Ze zijn wanhopig. Dus vragen ze het publiek om informatie. Soms zien mensen zo'n oproep op tv en herinneren ze zich iets. Soms kan dat 'iets' tot een veroordeling leiden. Het vragen om hulp blijkt de moeite waard te zijn. De andere reden is dat ze iets heel specifieks hebben. Ze hebben een aanwijzing waarvan ze weten dat ze de dader ermee kunnen pakken en ze willen dat meer mensen die zien. Het kan een kledingstuk zijn, of een goed kloppend signalement. Iets. Ze laten het op tv zien en weten dat er mensen zijn die het zullen herkennen. Zo krijgen ze de naam waar ze naar op zoek waren.

Als zijn daad het nieuws haalt, zal hij erover lezen, of het op tv zien. Zo niet, dan wacht hij af. Normaliter hoor je er enige tijd niets over. En soms hoor je er nooit meer een woord over. Je weet dat de politie onderzoek doet, maar als het duidelijk een onderwereldmoord is en het slachtoffer duidelijk een stuk tuig, zal de motivatie om de dader te pakken niet buitengewoon groot zijn. De politie zal het nooit toegeven, maar ze helpen liever slachtoffers die hun hulp verdienen. Ze zullen zeggen dat ze nooit onderscheid maken. Maar het zijn mensen en ze maken wel degelijk onderscheid. Ze willen mensen helpen die op een schandalige manier zijn behandeld en die dat niet verdienen. Ze worden door hun emoties in de richting van dat soort onschuldige slachtoffers gestuurd. Want het zijn ook maar mensen. Dat is hun zwakheid.

Dus je hoort niets, het onderzoek levert niets op en er gebeurt niets. Andere keren zijn er smerissen die je jarenlang blijven achtervolgen, maar die niets hebben om hun verdenking te onderbouwen. Het kan zelfs zo zijn dat ze de juiste persoon verdenken, maar dat ze geen bewijs kunnen vinden om de zaak voor de rechter te brengen. Dat maakt ze woedend. Ze menen te weten wie het heeft gedaan. Ze krijgen steeds dezelfde naam te horen, van iedereen, maar meer dan geruchten zijn het niet. Ze hebben niets waarmee ze een jury kunnen overtuigen. Je kunt op basis van een gerucht iemand niet voor de rechter brengen. Er zijn veel van dat soort gevallen. Toch zijn ze schadelijk, want je wilt geen huurmoordenaar zijn die voortdurend een smeris op zijn nek heeft.

De eerste twee weken bestaan uit niets anders dan onzekerheid en zorgen. Je denkt na over wat iedereen aan het doen is. Je vraagt je af hoe dicht de politie je op de hielen zit. Je maakt je er zorgen over dat dit de klus kan zijn die je de das omdoet. Je viel buiten de politieradar, maar nu sta je er opeens op. Je bent nu een doelwit. Dat moet gewoon een keer gebeuren. Calum is altijd heel voorzichtig geweest, maar er hoeft maar één echt slimme smeris zijn pad te kruisen en hij wordt op een dag gepakt. De technologie blijft zich ontwikkelen en als hij wordt gepakt, is het niet voor één klus maar ook voor alle eerdere klussen die hij heeft gedaan. Hij kent mensen die twintig jaar geleden hun moorden hebben gepleegd en altijd vrijuit zijn gegaan, die nu bang zijn dat die zaken worden heropend en dat ze met behulp van de moderne technologie alsnog worden gepakt. Voor sommigen in de business is de term ‘moderne technologie’ een heel smerig begrip geworden.

Hij vraagt zich af wat de anderen op dit moment doen. Hij kan dat niet te weten komen. George zal zich weer bezighouden met zijn eigen werk, zoals altijd. Hij zal zeker niets doen waarmee hij de schijn wekt dat hij moet onderduiken. Jamieson en Young weten wel of niet dat de liquidatie heeft plaatsgevonden. Soms weten ze het binnen een paar uur. Er gaan geruchten, politiecontacten geven het door aan mensen in de business, en ze zijn op de hoogte. Soms duurt het een eeuwigheid voordat ze het te horen krijgen. Het lijk van het doelwit wordt minder snel gevonden dan je zou verwachten. De politie houdt de zaak stil. Om de een of andere reden duurt het een paar dagen voordat je opdrachtgevers het te horen krijgen. Ze moeten er maar op vertrouwen. En jij op hen.

Waar het om gaat is dat je niet te onrustig wordt. Jij vertrouwt erop dat zij zich koest houden en zij verwachten hetzelfde van jou. Je belt ze niet op om te vragen hoe het gaat. Je neemt geen contact met ze op om ze te laten weten dat de klus is geklaard. Dat zijn de regels. Stil vertrouwen. Op een zeker moment zullen ze te weten komen dat je je werk hebt gedaan, en dat je het op de best mogelijke manier hebt gedaan. Dan weten ze het en zijn ze tevreden, maar ze houden het voor zichzelf. Je komt minstens een paar weken niet in hun buurt. Of soms nog langer. Hangt ervan af hoe de situatie zich ontwikkelt. Als de politie er te dicht op zit, blijf je een maand uit de buurt, of je neemt alleen contact op via een derde partij. Je wilt toch een keer je geld hebben. Gevestigde mensen als Jamieson belazeren je niet met het geld. Als hij dat zou doen en het wordt bekend, wie wil er in de toekomst dan nog voor hem werken?

Het laatste wat ze willen is dat je ze opbelt of dat je ineens voor de deur staat. Stel dat de politie de telefoongegevens checkt. Vertelt u ons eens, meneer Jamieson, waarom heeft Calum MacLean u gebeld een dag nadat er een man is vermoord? Dan heeft de politie een verband. Dan weten ze wie de opdrachtgever is. Jouw domheid kan veel machtige mensen de kop kosten, en dat zullen ze je nooit vergeven. Ze kunnen je in de gaten houden. Ze kunnen

Jamieson in de gaten houden. Je moet voorzichtig zijn en ze niets cadeau geven. Dus houd je je koest. De klok tikt door. Het leven om je heen gaat door. En jij doet niets.

27

Fisher loopt de benen uit zijn lijf. Het is de hectische periode direct na een moord, als er heel veel te doen is. Dit zijn de momenten waar hij het meest van geniet. Je kunt het aan hem zien, aan zijn gezicht, zijn humeur. Dit is waar hij van houdt. Hij weet, om te beginnen, dat het niet zo zal blijven. Of hij pakt de daders, het onderzoek wordt gesloten en hij keert terug naar meer alledaagse zaken terwijl hij wacht op de volgende moord, of het onderzoek loopt dood. Hangt ervan af hoe goed ze zijn. Hangt ervan af hoe goed híj is. Maar voorlopig is er van alles te doen. Dus aan de slag. Duik erbovenop. Hier doe je het voor.

Hij is weer op weg naar Zara Cope. Ze heeft de afgelopen nacht op het bureau doorgebracht en is daar op dat moment nog steeds. Alleen nog een paar vragen, kleine dingen. Ten eerste wil hij weten in welke club ze zijn geweest. Hij wil de CCTV-beelden vanaf de club zien, als die al bestaan. Hij moet uitzoeken welke taxifirma ze naar huis heeft gebracht, wie de chauffeur was. En wie de derde passagier was. Eens zien wat deze mensen te vertellen hebben. Hij weet al wie de agenten waren die als eersten op de plaats delict arriveerden. De ene is Paul Greig. Godallemachtig! Die boef verschijnt op de een of andere manier altijd op plekken waar hij niets te zoeken heeft, ook al doet hij gewoon zijn werk. Fisher kent hem goed genoeg om te weten dat hij niet te vertrouwen is. Geen woord van wat hij zegt. Greig heeft in deze zaak nog niets verkeerds gedaan. Hoewel je daar nooit helemaal zeker van kunt zijn. Er zijn smerissen die worden betaald om als eersten ter plekke te zijn, om achtergebleven bewijs te laten verdwijnen. Fisher weet dat het gebeurt. Het zou hem niet verbazen als Greig ook zo iemand was. Het is altijd verstandig om argwanend te zijn als die onbetrouwbare schoft het eerst ter plekke is. Waarom is er nooit een klacht tegen hem ingediend? Waarom hebben ze hem niet allang uit het korps getrapt?

Terug op het bureau. Een beetje papierwerk. Saai, stompzinnig werk. Er ligt een rapport over de inhoud van het huis op hem te wachten. Er zijn geen verdachte zaken gevonden door de rechercheur die er heeft rondgekeken. Geen drugs. Wat geld, maar niet veel. Niets wat een tweede blik rechtvaardigt. Het zal meer tijd kosten om de andere details uit te werken. Hoeveel geld had Winter op zijn bankrekeningen staan en hoe kunnen we bewijzen dat het van drugs afkomstig was? Dat is lastig als iemand dood is. Vooral als hij geen voor de hand liggend bewijs heeft achtergelaten. Wat, na een eerste doorzoeking van het huis, het geval lijkt te zijn. Teleurstellend. Iemand anders zal moeten beslissen wat er met zijn bezittingen gaat gebeuren, of ze die kunnen vorderen of niet.

Als hij doorloopt naar de suite waar Cope de nacht heeft doorgebracht, ergert het hem dat hij niets heeft wat hij haar voor de voeten kan gooien. Geen drugs. Geen verdachte papieren. Geen verdacht geld. Geen konijn uit een hoge hoed. Een dealer met Winters ervaring weet dat hij voorzichtig moet zijn, en hoe hij riskante zaken moet verbergen. Ze gaan uit van het ergste scenario. Beroerder dan dit kan het niet. Als er drugs waren gevonden, had hij haar de duimschroeven kunnen aandraaien. Dan kon hij haar vragen wat hij maar wilde. De druk flink opvoeren. Om zo veel mogelijk gedetailleerde informatie van haar los te krijgen.

De mensen zouden zich op het hoofd krabben als ze wisten hoe hij dacht. Hij weet hoe mensen over zijn aanpak denken. Je mag je tegen vrouwen niet zo agressief opstellen. Ze is verdorie een getuige. Een slachtoffer. Ze is met een vuurwapen bedreigd. Je moet haar behandelen met het mededogen dat ze verdient. Gelul!

Absolute onzin. Ze is de vriendin van een drugsdealer. Ze leefde met de man samen. Ze wist heel goed dat hij een dealer was, dat hij die vuiligheid verkocht. Ze is daarin meegegaan. Hij kan zich niet voorstellen dat ze niet op de hoogte was van bepaalde details van de zaken die hij deed. Namen. Data. Hoeveelheden. Ze moet over allerlei informatie beschikken. Ze is er slim genoeg voor. Ze weet dat ze niet te veel kan vertellen. Weet wat voor haar veilig is en wat niet. Als er iets was gevonden, had hij haar daarmee om de oren kunnen slaan. Nu niet. Nog niet.

Hij klopt op de deur en wacht. De agente doet open, knikt en laat hem binnen. Hij kan zich niet herinneren hoe ze heet. Het is niet belangrijk. Cope zit weer op de bank, wat netter gekleed nu. Er heeft iemand kleren voor haar opgehaald. Er is geen familie bij haar. Dat is meestal wel het geval op de ochtend na zoiets als dit. Mensen snellen toe om troost te bieden.

'Hoe voel je je vandaag, Zara?' vraagt hij. Het klinkt alsof het hem iets kan schelen. Dat is niet zo. Jaren praktijkervaring.

'Oké, min of meer,' zegt ze met een nerveus schouderophalen. Ze ziet er angstig uit. Ze is bang.

'Ik heb nog een paar vragen over de afgelopen nacht, die ik je wil stellen,' zegt hij. 'Een paar details die ik graag wil weten. Daarna mag je wat ons betreft gaan. Kun je ergens naartoe?' vraagt hij, ervan uitgaande dat ze begrijpt dat ze de eerstkomende dagen niet terug kan naar het huis.

'Ik vind wel iets.'

Hij probeert haar met een meelevende blik aan te kijken. Alleen voor de vorm. Hij vermoedt dat ze slim genoeg is om erdoorheen te kijken. Een leven als het hare leid je niet zonder te weten hoe leugenaars eruitzien.

'Voordat ik doorga, dien ik je te vragen of je wilt dat er een advocaat bij dit gesprek aanwezig is,' zegt hij. 'Hoewel de paar vragen die ik je wil stellen, over wat je hebt gezien, niet zoveel voorstellen. Je bent hier alleen als getuige. Maar als jij je er meer door op je gemak voelt, kan het geregeld worden.'

Hij legt het haar voor alsof het de normaalste zaak van de wereld is, maar zij weet ook wel dat het erop zal lijken dat ze iets te verbergen heeft als ze een advocaat laat komen. 'Nee, het is oké,' zegt ze, op een toon die moet suggereren dat ze de aanwezigheid van een advocaat volstrekt onnodig vindt. Waarom zou ze er een nodig hebben? Ze heeft toch niets gedaan?

Hij knikt en kijkt naar het blaadje papier dat voor hem ligt. Zo te zien, vanaf de plek waar ze zit, staat er niet veel op geschreven.

'Is er, voordat we beginnen,' zegt hij, 'misschien iets wat je je van de afgelopen nacht herinnert, iets wat je me wilt vertellen?'

Ze schudt haar hoofd. Hij doet het klinken alsof hij hoopt dat ze iets nieuws te zeggen heeft, maar dat is niet zo. 'Nee, nee, niets. Ik heb erover nagedacht. Heel diep over nagedacht. Maar er is niets.'

'Oké... ik vraag het alleen voor de zekerheid, voor het geval je misschien iets te binnen was geschoten,' zegt Fisher. Hij probeert zich voor te doen als de doorgewinterde prof, de sympathieke smeris, maar zijn stem heeft een ondertoon die minder sympathiek is, en die zich moeilijk laat verbergen. Waarschijnlijk valt dat haar ook op, bedenkt hij, maar ach, wat kan het hem schelen? Je lost geen zaken op door mooi weer te spelen tegen het grietje van een dealer.

Terug naar de bruikbare info. O, had hij maar iets wat hij haar voor de voeten kon werpen. Misschien komt dat nog. Ze hebben een laptop in het huis gevonden die nu wordt onderzocht, en misschien staat er iets op waarmee hij haar onder druk kan zetten. Dat zou leuk zijn, al is het nog zo weinig.

'Zara, die club waar Lewis en jij gisteravond naartoe zijn geweest, weet je nog hoe die heet?'

'Eh, ja... Heavenly, in het centrum. Ken je die?'

'Ik heb ervan gehoord,' zegt hij. Grote tent. Zou behoorlijke beveiligingscamera's moeten hebben. Dat kan iets opleveren.

'We komen er af en toe. Gewoon, om een beetje stoom af te blazen. Een avondje uit. Je denkt toch niet dat zij daar ook waren? Dat ze ons naar huis zijn gevolgd?'

'Ik zou het echt niet weten,' zegt hij tegen haar.

Ze is minder huilerig dan de afgelopen nacht. Begrijpelijk. Het past bij de huidige situatie. Als ze toneelspeelt, heeft ze dat goed beoordeeld.

'Ken je toevallig de taxichauffeur die jullie naar huis heeft gebracht? Ik wil hem graag spreken voor het geval hij iets op straat heeft gezien nadat hij jullie had afgezet. Misschien zijn hem mensen of een auto opgevallen.'

'Nee, ik kende hem niet,' zegt ze.

'Dat is oké. Het zou kunnen, nietwaar? Hadden jullie hem gebeld, of stond zijn taxi voor de club te wachten?'

Ze strijkt met haar hand over haar voorhoofd. 'Volgens mij stond hij voor de deur. Ik kan me niet herinneren dat we een taxi hebben gebeld. Nee, ik denk dat hij voor de club stond te wachten.'

'Oké, prima. De mensen van de club zullen wel weten wie daar regelmatig staan. Ik ga het daar wel vragen.'

Tot nu toe gaat het goed, denkt ze. Geen leugens. Geen vragen bedoeld om me in de val te laten lopen. Maar er komt nog een vraag. Ze weet dat hij haar naar Stewart zal vragen, en dan zal ze wel moeten liegen. Dan zal ze meer dan ooit op haar hoede moeten zijn. Want het gevaar is reëel. Als ze te lang aarzelt of probeert de vraag te ontwijken, krijgt hij argwaan en zal hij haar onder druk zetten. Als dat gebeurt, zit ze in de problemen. Dan is ze een verdachte geworden.

'Het laatste wat ik je wil vragen gaat over de man met wie jullie de taxi hebben gedeeld. Ken je die man? Weet je hoe hij heet? Heb je misschien zijn adres, of weet je hoe ik hem kan bereiken?'

'Nee,' zegt ze, en ze schudt haar hoofd weer. 'Ik had hem voor gisteravond nooit eerder gezien. Ik heb een tijdje met hem gedanst, geloof ik. Hij ging tegelijk met ons weg. Dat is het zo'n beetje.'

Fisher knikt. 'Oké, Zara, bedankt voor je medewerking. Ik denk dat de technische recherche nog wel vierentwintig uur in het huis bezig zal zijn, of misschien nog langer. We houden je op de hoogte. Als je nergens naartoe kunt, kun je hier nog een nacht blijven. Ik weet zeker dat niemand daar bezwaar tegen zal maken.'

Ze zit op de bank, denkt na en voelt zich verbitterd. Ze kan inderdaad nergens naartoe. Haar vriendinnen zijn alleen van de 'goede tijden'; die zitten niet op haar te wachten als ze hulp nodig heeft. Met haar ouders heeft ze de afgelopen acht jaar vrijwel geen contact gehad. Ze brengen haar dochter groot, en schijnen dat liever zonder haar inbreng te doen. Ze hebben vaker contact met Nate dan met hun eigen dochter. Nate. Dat lijkt een aanlokkelijk vooruitzicht. Bij Nate zal ze zich veilig voelen. Maar zal hij haar willen zien? Ze hebben elkaar al bijna een jaar niet gesproken. Hij was altijd hoffelijk en respectvol tegen haar geweest. Maar meteen daaronder zat het gevaar. De angst die ze altijd had gevoeld. Nee. Haal het geld op bij Stewart en gebruik het om zelf iets te zoeken. Er zal toch wel ergens een flatje te huur zijn? Ze is van plan het huis te verkopen, als de politie het niet inpikt. Ze gaat er in elk geval niet meer wonen.

28

Young is in een pub als hij het nieuws hoort. Het is halfelf 's ochtends en hij is er niet om te drinken. De pub is voor een derde eigendom van Jamiesons organisatie, en nu is gebleken dat juist dat derde deel geen geld oplevert. Merkwaardig dat de andere twee eigenaars zo'n truc proberen uit te halen, dat ze denken dat zij dat zomaar laten gebeuren. Maar ja, sommige mensen zijn nu eenmaal dom. Ze waren naar hem toe gekomen omdat ze schulden hadden. Schulden bij verkeerde mensen. Ze hadden Young een voorstel gedaan. Een aandeel van een derde in de pub als zij ervoor zorgden dat de schuldeisers van het toneel verdwenen. Hij was op het voorstel ingegaan. De pub had het potentieel om een goede omzet te draaien. Gemakkelijk geld in een legitieme zaak, dat ze konden gebruiken om hun andere geld wit te wassen.

Dit is Youngs terrein. Hij kiest de juiste zaken om geld in te investeren. Hij is degene die daar een neus voor heeft. Dus als het fout gaat, wordt hij erop aangekeken. Hij houdt er niet van als zijn beoordelingsvermogen heeft gefaald. Wie wel? De pub zet geld om, zoals hij vooraf had gecheckt. Ze kunnen er hun geld witwassen, zoals hij vooraf had geweten. Nu blijkt uit een telefoontje van hun accountant dat de winst niet eerlijk onder de drie belanghebbenden wordt verdeeld. Merkwaardig dat de twee andere eigenaars, die de pub runnen en de dagelijkse zaken afhandelen, denken dat ze Peter Jamieson kunnen naaien.

Ze krijgen één waarschuwing. Meer niet. De pub is een nuttig bezit, en Young wil er geen problemen mee. Als ze de andere twee eruit schoppen en de pub zelf exploiteren, is dat vragen om problemen. Maar het is de volgende stap. Als ze echt denken dat ze geld kunnen verbergen voor de mensen die ze in eerste instantie om hulp hebben gevraagd, houden ze zichzelf voor de gek. Dat moeten ze begrijpen. Dat moet hij ze aan hun verstand brengen. Als ze dit een tweede keer proberen – wat mensen zelden doen nadat ze zijn gewaarschuwd – zullen ze op gepaste wijze worden gestraft. Ze hebben alleen hun aandeel in de zaak kunnen behouden omdat Young het probleem met de schuldeisers heeft afgehandeld. Hij heeft niet de volledige schuld afbetaald, maar dat weten de andere twee niet. Het enige wat ze weten, is dat ze bij hem in het krijt staan.

Hij heeft ze vanochtend vroeg gebeld en gezegd dat hij dringend iets met ze moet bespreken. Gezegd dat hij verontrustend nieuws voor ze heeft. Dat hij door zijn accountant is gebeld en dat er zaken zijn die dringend rechtgezet moeten worden. Hij heeft het zo geformuleerd dat het klinkt alsof hij ze niets kwalijk neemt. De toon van zijn stem heeft ze echter perfect duidelijk gemaakt dat hij dat wel doet. Hij is nu in de pub en heeft Neil Fraser meegebracht om ze te laten zien hoezeer hij de smoor in heeft. Neil is een kwaaie. Hij behoort niet tot de groep van beschaafde harde jongens die voor Peter Jamieson werken. Iemand als George Daly, bijvoorbeeld, een harde jongen met hersens. Betrouwbaar en fatsoenlijk. Neil Fraser is tuig. Veel spieren, weinig hersens. Een grote mond, een minimale woordenschat. Een imposante verschijning als hij naast je zit wanneer je deze mensen met hun probleem confronteert. Uiterst bruikbaar als waarschuwing.

De bespreking verloopt precies zoals Young heeft verwacht. De twee spelen de vermoorde onschuld. Twee al wat oudere mannen, geboren en getogen in Glasgow, die hem proberen wijs te maken dat het allemaal de schuld is van een accountant die ze in de arm hadden genomen om de boeken te controleren. Ze verzekeren hem, meer dan eens, dat ze net zo boos zijn als hij. Wat? Nóg bozer dan hij. Terwijl hun blik steeds naar Fraser gaat, mompelen ze dat ze het de accountant betaald zullen zetten. Fraser heeft de strikte opdracht om erbij te zitten, zijn mond te houden en er dreigend uit te zien. Voor hem geen moeilijke rol, die hij een stuk beter speelt dan de twee eigenaars van de pub hun rol spelen. Young rondt zijn betoog af met de waarschuwing dat hij het niet zal tolereren wanneer dit nog eens gebeurt. Hij heeft niets tegen hen persoonlijk, uiteraard, maar hij kan niet toestaan dat er met zijn zakelijke aandeel wordt gesjoemeld. Doen ze dat wel, dan zal hij serieuze maatregelen moeten nemen. Geen woord over wat die serieuze maatregelen zullen zijn. Allemaal heel vriendelijk.

'Begrepen, John, helemaal,' zegt de ene tegen hem. Hij geeft ze een tweede kans, eist niet eens dat ze het geld dat ze van Jamiesons organisatie hebben gestolen tot de laatste penny terugbetalen. Ook daarvoor zijn ze hem dankbaar. Het is blijkbaar niet bij ze opgekomen dat Youngs aandeel in de pub uitsluitend ten doel heeft het drugsgeld van de organisatie wit te wassen, en als ze dat wel weten, zijn ze zo verstandig dat voor zich te houden.

'Ik heb het gevoel dat we zijn beroofd,' zegt de andere, 'en nog wel door onze eigen accountant. Zo zie je maar, hè, dat je niemand kunt vertrouwen.'

Het gesprek verzandt in het gebruikelijke verontwaardigde gemopper van mensen die zijn betrapt met hun hand in de koektrommel. John zit erbij en hoort het aan, want ze zullen zich beter voelen als ze hun zegje hebben kunnen doen. Daarna stuurt hij het gesprek langzaam in de richting van het plaatselijke nieuws. Mensen in pubs horen alles, en meestal veel eerder dan anderen. Soms kun je in pubs relevante dingen te weten komen. Zoals vanochtend.

'Ik heb gehoord dat er vannacht iemand is doodgeschoten. Iemand die hier zo nu en dan kwam. Drugs. Heeft er waarschijnlijk om gevraagd.'

'O ja, wie?' vraagt Young.

'De naam is Winter. Ik heb hem wel eens op straat gezet, toen ik dacht dat hij hier zat te dealen. Kunnen we niet hebben. We hebben een naam hoog te houden.'

Dat zal best, denkt Young bij zichzelf. Winter verdomde het zeker je een deel van de winst te geven. Maar hij zegt het niet; het heeft geen zin ze meer te tergen dan nodig is.

'Doodgeschoten, huh?'

'Aye, in zijn eigen huis. Geen echte verrassing, gezien de manier waarop hij de laatste tijd bezig was.'

'Hoe dat zo?'

'Hij hing de laatste tijd de snelle jongen uit. Had een mooie vriendin aan de haak geslagen, half zo oud als hij. Lekker ding; hij is hier een keer met haar geweest. Zo doortrapt als de pest, maar een mooie meid. Hij ging zich jonger kleden, ging met haar naar nachtclubs, stortte zich in het wilde leven, je kent het wel. Probeerde de jonge god uit te hangen om zijn meisje te imponeren. Maar je moet je leeftijd niet verloochenen. Hij heeft zeker te veel met zijn geld lopen pronken. De verkeerde mensen afgezeken, of zoiets. Drugsdealers. Uiteindelijk leggen ze allemaal het loodje. Hun verdiende loon.'

Young laat ze achter met hun morele verontwaardiging. De klaagzang van de hypocriete mens. Als ze Winter uit de pub hebben gezet, was dat vanwege geld, niet vanwege drugs. Er wordt daar al jaren gedeald, zo'n soort pub is het. De eigenaars knijpen een oogje toe en de dealers laten ze delen in de winst. Winter heeft dat blijkbaar geweigerd. Waarschijnlijk was zijn winstmarge zo klein dat hij het zich niet kon veroorloven. Alles wijst erop dat hij moest ploeteren om het hoofd boven water te houden. Wat hem zo aantrekkelijk maakte voor iemand die de markt wil verkennen. Een gewillige prooi. Iemand die een slimme schoft als Shug Francis zou kiezen.

Hij spreekt Jamieson in een flat die eigendom is van Peter. Geen bedrijfsflat, privébezit. Aan de rivier. Beeldschoon uitzicht. Maar weinig mensen weten van het bestaan van de flat. Een mooie plek waar hij zich af en toe terugtrekt. Ze zitten in de keuken en het valt Young op dat zijn vriend om twintig over elf nog steeds in zijn badjas rondloopt. Niet dat hem dat iets uitmaakt. Jamieson is iemand die zich van tijd tot tijd moet ontspannen. Even de druk van de ketel moet halen. Anders functioneert hij niet goed. En hij doet er niemand kwaad mee.

'Ik heb gehoord dat Lewis Winter vannacht is doodgeschoten.'

'O ja?' Een spoortje van opluchting in zijn stem. De zaak sleepte zich voort.

'Dat zeggen ze. In zijn eigen huis. Verder is er niets over bekend. Dat komen we te zijner tijd wel te weten. Maar geen woord over iemand die is gepakt of dat er iets is misgegaan. Alleen dat het is gebeurd, en dat Winter het over zichzelf heeft afgeroepen. Er wordt gezegd dat hij dealer was. Dat hij een veel jongere vriendin had, boven zijn stand leefde en blijkbaar de aandacht van de verkeerde mensen heeft getrokken.'

'Oké,' zegt Jamieson, en hij knikt. Meer valt er niet te zeggen. Totdat er meer details bekend worden, gaat zijn interesse niet verder dan Winters dood.

Ze weten allebei dat de liquidatie zonder problemen is verlopen. Als er iets was misgegaan, zouden de mensen het daarover hebben gehad. Dan was het niet het verhaal van Lewis Winter die was vermoord, maar het verhaal van Calum MacLean die was gearresteerd, met Winter gereduceerd tot bijfiguur. Jammer voor hem, misschien, maar de dader heeft meer nieuwswaarde dan het slachtoffer. Het slachtoffer krijgt alleen zijn moment in de spotlights als er nergens een dader te bekennen is. Dus het is goed gegaan. Ze worden nergens van verdacht. Ze gaan ervan uit dat het goed is gegaan omdat er niets is wat op het tegendeel wijst. Misschien zullen ze die mening later moeten bijstellen.

Young laat Jamieson in een goed humeur achter. Ze nemen de rest van de dag vrij. Zoveel vrije dagen heeft Jamieson niet. Young heeft er nog minder, maar daar kiest hij zelf voor. Zijn leven staat in het teken van zijn werk en met de tijd die hem rest doet hij niet veel. Vakanties interesseren hem niet. De dingen die Peter in zijn vrije tijd doet, interesseren hem evenmin. Hij geeft niets om golf en paardenrennen, en zelfs niet om snooker. Hij snookert alleen omdat Peter iemand moet hebben om tegen te kunnen spelen. Dus het leven is werk geworden, en het werk zijn leven. En hij geniet van elke seconde. Er is elke dag wel iets opwindends te beleven. Hij wordt elke dag op de proef gesteld. Wat betreft zijn beoordelingsvermogen. Zijn intelligentie. Zijn zenuwen. Het werk mag dan zijn keerzijden hebben, die vallen in het niet bij al het goede dat hij eruit haalt, vindt hij.

29

Een rechercheur heeft de opdracht om uit te zoeken in hoeverre ze Winters bezittingen kunnen opeisen in het kader van de wet 'uit misdaad verkregen eigendommen'. Die wordt door de politie steeds vaker toegepast: haal zo veel mogelijk terug van de crimineel. Als een extra straf. Het is een kans om het geld terug te geven aan de samenleving. Geld terughalen bij iemand die dood is, is echter niet zo gemakkelijk. Het lukt zelden. Als het ze lukt om iets terug te halen, is het van een levende crimineel die is veroordeeld, en zelfs dan is het nog heel lastig. Want je moet kunnen aantonen dat er een direct verband bestaat tussen het eigendom en de misdaad. Greig weet dat het zijn kantoorcollega's de nodige moeite kost, en dat ze ook in dit geval de nodige moeite zullen doen. Hij was in het huis niets tegengekomen wat bewees dat Winter zijn bezittingen met drugsgeld had betaald, en Cope zou zeker niet zo dom zijn dat ze het hun op een dienblaadje zou aanreiken.

De rechercheur heet McGowan. Greig graaft in zijn geheugen. Klein, dik mannetje. Ongeveer vijfenveertig jaar. Fatsoenlijke kerel. Valt goed mee te praten. Greig is van plan de situatie in het oog te houden, maar verwacht niet dat hij er veel aan zal hoeven te doen. Uiteindelijk zal alles naar Cope gaan, aangenomen dat er geen testament met de naam van iemand anders bestaat, en zal hij zijn deel kunnen opstrijken. Gemakkelijk geld. Misschien wel veel geld. En als McGowan iets vindt waar hij opgewonden van raakt en probeert Winters nalatenschap in te pikken, zal hij daar een stokje voor moeten steken. Even een paar woorden met hem moeten wisselen.

Hij heeft nu een afspraak met de hoofdinspecteur die het onderzoek naar de moord op Winter doet. De commissaris zal over zijn schouder meekijken en optreden als leider van het onderzoek, maar het is Fisher die het feitelijke werk doet. Fisher heeft grondig de pest aan hem. Greig weet dat. Fisher doet ook weinig moeite om die afkeer te verbergen. Vreemd, want ze hebben veel met elkaar gemeen. Ze zijn allebei smerissen die offers brengen voor hun werk. Allebei smerissen die harder en langer werken dan de meeste andere. Goed, bedenkt Greig, misschien heeft Fisher minder realiteitszin dan hij. Dat komt omdat Greig altijd op straat is. Je leert wat je wel en niet kunt doen. Je ontdoet je van het waanidee dat alle misdaden kunnen worden opgelost, dat alle criminelen kunnen worden gestopt. Je leert gebruik te maken van bepaalde situaties wanneer die zich voordoen. Zo'n slechte aanpak is dat niet. Helemaal niets doen, dat is een slechte aanpak. Of proberen dingen te doen die niet gedaan kunnen worden.

Fisher zit al op hem te wachten, samen met Marcus Matheson, de jonge agent met wie hij de afgelopen nacht dienst had. Ze zitten boven, op Fishers werkplek in de grote, open teamkamer. Greig groet een paar andere rechercheurs terwijl hij naar ze toe loopt. Hij loopt hier al een eeuwigheid rond. Hij hoort bij het meubilair. Er is niemand op het bureau met wie hij in de loop der jaren niet aan een of andere zaak heeft gewerkt. Ze kennen hem allemaal. Hij weet hoe de meesten over hem denken. Je houdt het niet zo lang vol als je geen zelfkennis hebt. Er zijn mensen die hem verafschuwen. Sommigen zijn ervan overtuigd dat hij eerder deel uitmaakt van het probleem dan van de oplossing. Anderen zijn slimmer dan zij.

Greig gaat naast de jonge agent zitten. Hij kan de hoofdinspecteur recht in de ogen zien en weet wat hij denkt: waarom koppelen ze een beïnvloedbare jonge smeris in godsnaam aan een verwerpelijke boef als Paul Greig? Dat doen ze, denkt Greig, omdat niet iedereen zo naïef is als jij. Niet iedereen gelooft dat je een soort heilige moet zijn om de misdaad te kunnen bestrijden. Mensen begrijpen dat wil je de strijd met criminelen aangaan, je ze eerst moet begrijpen. Je moet weten wie ze zijn. Weten waar ze wonen en werken. Je moet de omgeving waarin ze zich ophouden als je broekzak kennen. Dat is moeilijk te leren. Greig is een goede leraar, en de mensen die ertoe doen weten dat.

'Dus jullie waren het eerst ter plekke in het huis van Winter. Vertel me daar eens iets meer over.' Fisher leunt achterover in zijn stoel. Hij klinkt nogal kortaf, maar dat zal ze weinig kunnen schelen. Er zijn veel mensen die hem een eikel vinden, en dat kan hem niets schelen. Ze weten dat hij een goede smeris is. Dat hij eerlijk en rechtdoorzee is.

'Er valt niet zoveel over te vertellen,' zegt Matheson. 'We komen daar aan, de deur staat op een kier, het slot is kapot. We gaan naar binnen. Het meisje is beneden, zit te bellen met het alarmnummer. Ze hangt op en komt naar ons toe. Je kon duidelijk zien dat ze doodsbang was, dat ze misschien dacht dat het nog niet afgelopen was. De opluchting was zichtbaar toen ze merkte dat we van de politie waren.'

Zara Cope was de eerste en de enige die de politie had gebeld. Geen van de buren had iets gehoord. Blijkbaar.

'En toen?' vraagt Fisher.

'Ik ben naar boven gegaan om te kijken, en hoofdagent Greig is bij de getuige gebleven. Ik ben de trap op gelopen en moest een paar deuren openen voordat ik de slaapkamer had gevonden. Zodra ik de deur opende, rook ik urine. Ik heb het licht aangedaan...'

'Heb je het licht aangedaan?' onderbreekt Fisher hem.

'Ja, ik heb het licht aangedaan. Het was daar hartstikke donker.'

Dus de moordenaar is even blijven staan om het licht uit te doen toen hij wegging. Hij weet niet precies waarom dat belangrijk zou moeten zijn, maar toch is het dat. Een echte prof. Van het soort dat zelden wordt gepakt. De technische recherche was al bezig met de vingerafdrukken die in het huis zijn gevonden, maar

Cope heeft hem verteld dat er veel mensen over de vloer kwamen. Vrienden en bekenden. Er was die dag een vriendin van haar in de slaapkamer geweest. De moeite van het nagaan waard.

Fisher zwijgt even, denkt erover na. Bedenkt dat de kans uiterst klein is dat de moordenaar zijn werk met blote handen heeft gedaan, maar je weet nooit wat je tegenkomt.

'Is dat belangrijk?' vraagt Greig, die hem bewust uit zijn overpeinzingen wekt.

'Hij is niet in het donker vermoord. De dader had ook geen nachtkijker op zijn hoofd toen hij binnenkwam. Hij moest het licht aandoen om Winter te kunnen zien. En toen hij wegging, heeft hij het weer uitgedaan. Hoe trof je de getuige aan?'

'Ze was in shock,' zegt Greig. 'Duidelijk. Gek van angst, zou ik zeggen.'

'Hm. Heeft ze die eerste paar minuten iets gezegd... iets interessants?'

'Ze heeft überhaupt nauwelijks iets gezegd. Ze was dankbaar en opgelucht dat we er waren; dat was ongeveer het enige.'

Fisher wenste dat hij Matheson alleen had laten komen. Met hem zou hij tenminste normaal kunnen praten. Zonder voortdurend door Greig onderbroken te worden. Misschien moest hij de jonge agent nog eens apart nemen om een echte indruk van de atmosfeer in het huis te krijgen. En zíjn indruk van Copes houding. Het zou ook interessant zijn om te weten hoe de interactie tussen haar en Greig was.

'Jullie weten inmiddels dat er niets in het huis is gevonden,' zegt Fisher.

'Zoals?' vraagt Greig.

'Geen drugs. Weinig geld. Niets van waarde wat erop wijst dat Lewis Winter drugsdealer was. Iedereen weet dat hij dat was. Wekte Zara Cope de indruk dat ze zich zorgen om een van die dingen maakte? Heeft ze daar iets over gezegd?'

'Geen woord,' zegt Greig.

Fisher denkt weer na. Fisher is blijkbaar niet in staat, bedenkt

Greig, om na te denken en tegelijkertijd het gesprek gaande te houden. Hij moet stoppen met praten en er een show van maken.

'Hoe ver waren jullie van het huis toen jullie de melding kregen? Hoe lang duurde het om ernaartoe te rijden?'

'Vier, vijf minuten,' zegt Matheson schouderophalend.

Fisher wenst dat hij een discrepantie kon ontdekken. Hij weet dat Cope de hele tijd in gesprek was met de telefoniste van het alarmnummer. Ze zat nog steeds te bellen toen deze twee het huis binnenkwamen. Maar hoe lang heeft het geduurd voordat ze heeft gebeld? Dat is het cruciale punt. Een van de buren moet toch het pistoolschot gehoord hebben? Als iemand een exact tijdstip kon noemen, zou dat heel fijn zijn.

Fisher bedankt ze voor hun komst en zegt dat ze kunnen gaan. Greig vraagt zich af wat de zin van dit gesprek is geweest. De hoofdinspecteur is er geen snars wijzer van geworden. Soms kun je al heel gauw zeggen welke kant het met een zaak op zal gaan. Als Fisher geen overtuigend bewijs vindt van een of ander probleem dat Winter met iemand had, zal daar weinig van terechtkomen. Greigs getrainde instincten bespeuren nu al de geur van een zaak die sneller vergaat dan het slachtoffer. Geen bewijs op de plaats delict dat in de richting van de daders wijst. Geen ooggetuige die de daders kan identificeren. Geen bewijs dat verklaart waarom de moord is gepleegd. Het enige wat ze tot nu toe hebben, is de vrijwel zekere overtuiging dat Winter drugsdealer was. Hij dealde, maar als je weet waarom iemand hem zou willen vermoorden, weet je nog niet wie het heeft gedaan. Het is niet uitgesloten dat Fisher de daders zal pakken, maar groter dan fiftyfifty is die kans niet.

Dat is zijn zorg niet. De daders, het slachtoffer... daar mag Fisher zich mee bezighouden. Voor zover Greig het kan beoordelen gaat het hier niet om een zaak van belang. Voor zichzelf heeft hij al uitgewerkt wat er is gebeurd. Lewis Winter slaat Zara Cope aan de haak. Hij wil haar houden. Wie niet? Hij begint op grotere voet te leven, strooit met geld, om haar gelukkig te maken. Misschien leent hij wel geld. Misschien neemt hij meer handel af van zijn leverancier in de hoop meer te zullen verkopen. Misschien blijven die verkopen uit en wil de leverancier zijn handel niet terug, die wil geld zien. Winter betaalt hem niet en krijgt een kogel in zijn kop. Of misschien deed hij zo erg zijn best om meer geld te verdienen voor Zara, dat hij zich in een territorium begaf waar hij niet welkom was. Zo leggen dealers meestal het loodje.

Greigs interesse geldt Cope. Ze is nog op het bureau. Vanmiddag gaat ze weg. Ze is verhoord, heeft alles kunnen vertellen wat ze te vertellen heeft. Ze schijnt het hele gebeuren redelijk goed aan te kunnen. Het is de vraag wat ze nu met haar leven zal gaan doen. Zo te zien was ze erg afhankelijk van Winter. Slechte zet. Die gast was een wandelende ramp; een meisje zo slim als zij zou dat toch ook moeten inzien. Nu kan ze nergens naartoe. De agente die voor haar zorgt is al te weten gekomen dat ze nergens welkom is. Ze zal haar weinige spaargeld moeten aanspreken om ergens iets te huren. Ze zal niet teruggaan naar het huis. Haar weinige spaargeld. Greig vindt dat moeilijk te geloven. Ze heeft vast wel iets.

30

Het is een uur of drie 's middags. Ze heeft het gevoel dat ze al dagen op het politiebureau verblijft. Het was allemaal goed wat ze tegen haar hebben gezegd. Je kunt morgen terug naar huis. Dat wil ik niet. We kunnen je verzekeren dat je leven niet langer in gevaar is. Dat is het nooit geweest. Als we nog iets voor je kunnen doen, kom dan gerust langs. Ben ik niet van plan. Als je je iets herinnert – hoe ogenschijnlijk onbelangrijk ook – waar we iets aan zouden kunnen hebben, neem dan contact met ons op. Ben ik zéker niet van plan. Als je door iemand wordt benaderd over de moord op je partner, iemand die iets zegt wat voor ons van belang zou kunnen zijn, laat het ons dan weten, alsjeblieft. Wauw, jullie begrijpen echt niet hoe het in deze wereld werkt, nietwaar? Natuurlijk zei ze al die dingen niet. Ze had geknikt. Was beleefd geweest. Zij was het aantrekkelijke, weerloze slachtoffer. Het tragische geval dat nergens naartoe kon.

Er zit wel iets van waarheid in. Zo voelt ze zich, als een tragisch geval. Ze kan nergens naartoe. Hoe kun je zo lang in het leven staan, achtentwintig jaar, er goed uitzien en over een behoorlijk stel hersens beschikken, en niemand hebben bij wie je terechtkunt? Dat kan ze niet bevatten. Het leven zou simpeler moeten zijn. Nou, doe er dan wat aan. Houd op met zeuren, met medelijden hebben met jezelf. Je hebt dingen te doen; je moet ervoor zorgen dat je met een zo groot mogelijke financiële buffer uit deze ellende komt.

Het eerste wat ze moet doen is langsgaan bij Stewart, om op te halen wat ze hem heeft gegeven. Ze is niet in de stemming voor een ontmoeting met hem. Hij zal zich wel weer aan haar opdringen, ze ziet het nu al voor zich, maar ze heeft geen keus.

Het adres kent ze uit haar hoofd. Als hij erover heeft gelogen en ze komt hem ooit nog eens tegen, staat ze niet voor zichzelf in. God, ze is niet van plan zich te laten besodemieteren door een of andere zelfingenomen knul die nog nat is achter de oren. Ze loopt weg van het politiebureau, twintig minuten lang. Instinctieve paranoia. Die wordt je aangeleerd door de business, als je er bijna tien jaar in rondloopt. Je raakt gewend aan het idee dat de politie de vijand is. En aan het idee dat de vijand sluw en achterbaks is. Zara kan zich niet losmaken van het gevoel dat de politie haar in de gaten houdt. Iemand die haar op ruime afstand volgt, alleen om te zien waar ze naartoe gaat en met wie ze spreekt. Best mogelijk. Het is duidelijk dat Fisher haar niet vertrouwt en haar niet mag. Maar als ze omkijkt, ziet ze niemand die opvalt.

Ze belt een taxi. Hoe groot is de kans dat ze dezelfde chauffeur krijgt? Minimaal. Het is niet dezelfde chauffeur; deze is een stuk jonger. Ze geeft hem de straatnaam die Stewart voor haar had opgeschreven. Ze rijden weg. Hij probeert een gesprek met haar aan te knopen. Ze wilde dat hij zijn mond hield; ze probeert te horen wat er op de radio wordt gezegd. Het is een lokale zender. Het nieuws. Ze kan niet verstaan wat er wordt gezegd. Het klinkt in elk geval niet alsof het over de moord gaat. Misschien is het daar te vroeg voor. Waarschijnlijk morgen. Als Fisher besluit naar de pers te stappen. Of misschien houdt hij alles stil. Hebben ze bewijsmateriaal gevonden waarmee ze iets kunnen.

De stad schuift aan haar voorbij terwijl ze achter in de taxi zit en erover nadenkt. Ze wil dat de daders worden gepakt. Diep in haar hart wil ze dat ze boeten voor wat ze hebben gedaan. Oké, Lewis was niet perfect. Geen heilige. Ook hun relatie was verre van perfect. Maar het was hún relatie, en niemand had het recht er op deze manier een eind aan te maken. Niet perfect, maar misschien wel voor het leven. Nu, één vingerknip later, had ze niets meer. Geen toekomst meer. Ze hadden het recht niet. Maar haar verstand zegt dat ze niet wil dat ze worden gepakt. Als ze worden gepakt, zal het haar nooit lukken er een punt achter te zetten en door te gaan met haar leven. Ze zullen de politie over Stewart vertellen. Dan valt ze in de kuil die ze voor zichzelf heeft gegraven. Het verstand heeft gelijk, het hart niet. Dus blijf professioneel, vuile moordenaars, en laat je niet pakken.

De taxi stopt in een straat die haar niet bekend voorkomt. Respectabele, oudere woningen, vooroorlogs. Groot. Waarschijnlijk allemaal opgesplitst in flats. Een straat vol starters. De eerste stap op de ladder van het huizenbezit, die moet leiden naar iets met meer grandeur. Leuk voor ze. Ze loopt een stukje door en kijkt naar de nummers op de hekjes. Vindt het juiste nummer. Een netjes onderhouden voortuin. Een voordeur met vier bellen. Vier namen erbij. Ze weet dat ze flat C zoekt. De namen Macintosh en Shields staan ernaast. Wie van de twee is Stewart? Ze drukt op de bel.

Zijn stem, uit de intercom, klinkt alsof hij buiten adem is. Hij komt eraan, zegt hij. Door het ruitje in de deur ziet ze een gestalte door de gang naar de deur komen. Hij doet open. Hij grijnst. Meteen daarna wordt zijn gezicht weer ernstig, alsof hij beseft dat grijnzen in deze situatie ongepast is.

'Kom binnen, kom mee naar boven. Ik ben blij je te zien. Hoe gaat het?'

Stewart is opgetogen, ook al doet hij nog zo zijn best meelevend te klinken. Hij heeft stijf gestaan van de zenuwen. De hele dag thuis, wachten tot er wordt gebeld. Is het Zara of de politie? Alsjeblieft, laat het Zara zijn. Ze ziet er ingetogener uit dan eerder. Geen make-up. Nette kleren. Nog steeds mooi. Zijn vervoering bevestigt dat.

Hij gaat haar voor naar boven. Laat haar binnen in een spaarzaam gemeubileerd maar schoon appartement. Leuk, maar het ziet er niet uit alsof er echt wordt geleefd. Bewoond door twee mensen die betere dingen te doen hebben dan thuisblijven. Geluksvogels.

'Mijn flatgenoot is er niet, we zijn met z'n tweeën,' zegt hij nerveus. Misschien klinkt dat als een toenaderingspoging... zeg iets anders. 'We kunnen vrijuit spreken, bedoel ik.'

Ze gaat aan de kleine keukentafel zitten. Hij neemt tegenover haar plaats.

'Oké,' zegt ze, en ze knikt. 'Goed om te horen. Ben je veilig en zonder problemen thuisgekomen?'

Wat een vrouw. Zij heeft zich zorgen om hem gemaakt. 'Ja, geen enkel probleem,' zegt hij, bewust kiezend voor nonchalance. Hij kan beter niet zeggen dat hij alle gebeurtenissen buitengewoon opwindend vond. Daar is het nu niet het moment voor.

Ze ziet er nerveus uit. Ze wil niet laten blijken dat ze enorm van de situatie baalt, maar hij kan het aan haar zien. Wat zeg je tegen zo iemand? Dit is nieuw voor hem. Het is voor het eerst dat hij zich in een dergelijke situatie bevindt. Voor het eerst dat hij zoveel gevoelens voor een vrouw ervaart. Aan de andere kant, in hoeverre zijn die gevoelens echt, en in hoeverre komen ze voort uit opwinding? Het merendeel is pure opwinding. Ze is mooi, maar hij weet best dat het niet 'de mens Zara' is op wie hij is gevallen.

'En, wat doen we nu?' vraagt Stewart. Hij hoopt op haar sympathie. Alsof ze samen iets bekonkelen. Hij wil haar niet kwijt.

'Heb je alles nog wat ik je heb gegeven?' vraagt ze. Ter zake.

Als hij de keuken uit loopt, kijkt Zara eens goed om zich heen. Zo te zien verdient Stewart best redelijk. Misschien is hij niet eens zo'n slechte optie. De flat maakt een jongensachtige indruk. Hier wonen twee jongemannen die een jongensachtig leven leiden. Toch biedt het mogelijkheden. Misschien niet op de lange termijn, maar wel bruikbaar voor een tijdje. Nee. Je mag geen genoegen nemen met tijdelijke oplossingen. Als het stormt, vaar je niet de eerste de beste haven binnen. Je zult iets beters moeten bedenken. Als je een beter leven wilt, zul je de lat hoger moeten leggen. Hij loopt de keuken in met de twee stapels geld en de zakken drugs. Hij schijnt te denken dat ze van plan is om alles zo mee te nemen.

'Heb je misschien iets waar ik het in kan doen?' vraagt ze, zonder veel moeite te doen haar ongeloof te verbergen.

'O ja, natuurlijk.'

Is het een goede of een slechte zaak dat hij niet weet wat hij doet? Het is goed dat hij niet van plan lijkt te zijn een deel op te eisen, of zich met de zakelijke afwikkeling te bemoeien. Het is minder goed dat hij de ernst van de situatie niet lijkt in te zien. Ze zal die eens heel duidelijk voor hem uittekenen. Hij komt terug met een schoenendoos en een plastic boodschappentas. Terwijl hij alles in de doos stopt, begint zij tegen hem te praten.

'Stewart, begrijp je wel hoe ernstig de situatie is waar we ons in bevinden?'

Hij stopt met inpakken en kijkt haar aan. 'Ik heb gehoord hoe je partner werd doodgeschoten. Ernstiger dan dat kan het niet, lijkt me. Ik ben gevlucht uit een huis waar een moord is gepleegd, met mijn zakken vol geld en drugs. Ook dat lijkt me ernstig genoeg.'

'Goed. Het is belangrijk dat je onthoudt dat dit niet iets is om luchthartig over te doen, om grappen over te maken tegen je vrienden. Dit is iets waar je helemaal geen woord over zegt. Je moet begrijpen wat de consequenties zullen zijn als je je mond voorbijpraat.'

Hij wacht even voordat hij het deksel op de schoenendoos doet. Dat klinkt bijna als een dreigement. Gebiedt ze hem zijn mond te houden? Hij kijkt haar vragend aan. Zij kijkt terug en lijkt te raden wat hij denkt.

'Ik denk aan jou, Stewart,' zegt ze. 'Ook aan mezelf, dat geef ik toe, maar je moet echt heel voorzichtig zijn. Als de politie erachter komt dat je erbij was, ga je de gevangenis in. Je kunt zomaar een paar jaar krijgen voor wat jij hebt gedaan. Dat wil ik niet. Ik moet er niet aan denken dat jij zou lijden voor wat je voor mij hebt gedaan.' Er glinsteren een paar traantjes in haar ooghoeken. 'Ik ben al zoveel kwijtgeraakt. Ik wil het weinige dat ik nog heb niet ook nog kwijtraken.'

Hij springt op, haast zich naar haar toe en slaat zijn armen om haar heen als ze in tranen uitbarst. Hij drukt haar tegen zich aan en zegt allerlei troostende woorden die nergens op slaan. Het klonk indrukwekkend wat ze zei. Het klonk alsof ze haar lot in zijn handen legt. Alsof dit wel degelijk iets langdurigs kan worden. Hij merkt dat hij dolgraag bij haar wil zijn. Niet alleen omdat ze zo mooi is, maar vanwege het leven dat ze samen kunnen hebben. De spanning. Meer nachten zoals die van gisteren. Seks, wapens en nachtelijke ontsnappingen. Is dat opwindend of niet?

Haar woorden klonken heftiger dat ze bedoelde. Ze heeft het er te dik bovenop gelegd. Ze moet hem even aan het lijntje houden, zodat hij het haar niet te moeilijk maakt, maar ze moet hem niet sturen in een richting die ze zelf niet op wenst te gaan. Van een relatie kan geen sprake zijn. In het ideale scenario zou dit de laatste keer zijn dat ze elkaar zagen. Maar dat kan ze niet maken. Hij heeft iets te veel interesse in haar om haar zomaar te laten gaan. Ze mag hem niet te hard aanpakken. Wees subtiel. Dat is altijd een goed advies.

Voorzichtig maakt ze zich van hem los.

'Ik kan beter gaan. Ik heb veel te doen.'

'O. Waar... eh... verblijf je?'

'Ik huur ergens een kamer voor een paar weken, en daarna zie ik wel,' zegt ze, voordat het tot haar doordringt dat het misschien beter is om te liegen.

'Je zou hier kunnen blijven,' zegt hij, en zijn gezicht klaart op terwijl hij het zegt. 'Ik zou dat heel leuk vinden. En het is hier een prima plek voor je.' Dat gelooft hij zelf niet; hij wil gewoon dat ze blijft.

Maar ze schudt haar hoofd al. 'Nee, het lijkt me geen goed idee als we al zo gauw samen worden gezien. Dan gaan mensen zich dingen afvragen.'

Haar intuïtie is beter dan de zijne, moet hij toegeven. Ze denkt beter na dan hij, doet niets overhaast. Ze houdt rekening met de consequenties. Ze staat op en loopt naar de deur. Hij gaat haar achterna, probeert iets te bedenken wat indruk maakt. Hij heeft niet het gevoel dat hij dit gesprek bijzonder goed heeft afgehandeld. Zeg iets.

'Ik wil je graag helpen,' zegt hij, zonder te weten wat hij daarna moet zeggen. 'Ik mag je heel graag. Ik wil je beschermen, er voor je zijn.'

Ze blijft staan en kijkt hem aan. 'Dat is lief van je,' zegt ze, ze strekt zich en kust hem licht op de mond. Daarna loopt ze de deur uit.

31

Nachtclub Heavenly. Je moet wel veel gevoel voor ironie hebben als je een tent als deze zo'n naam geeft. Ze gaan er vast van uit dat de klanten al beschonken zijn als ze binnenkomen, en dat ze weinig oog voor de omgeving hebben. Bovendien is het hier dan donker en blijven de vele hemelse zonden verborgen in het duister. Fisher loopt langs de dansvloer naar de bar. Er is iemand aan het schoonmaken. Verder heeft hij nog niemand gezien sinds hij is binnengekomen. Maar er hangt buiten wel een CCTV-camera. Dat is alvast iets.

'Sorry, ik ben op zoek naar de manager,' zegt hij bruusk. De forsgebouwde vrouw achter de bar kijkt hem aan en wijst naar een deur aan de andere kant van de dansvloer.

Wie denkt ze dat hij is? Ze vraagt het niet eens. Misschien heeft ze hem als smeris herkend. Waar hij altijd van baalt. Er zijn mensen die beweren dat ze een smeris van een kilometer afstand kunnen herkennen. Hij gelooft dat niet. Heeft het nooit geloofd. De schoonmaakster heeft waarschijnlijk de opdracht geen vragen te stellen als er iemand naar de manager vraagt. Laat maar zitten. Hij loopt de dansvloer over, opent de deur en komt in een groezelige gang. Zo te zien besteedt de club niet veel geld aan onderhoud. Fisher vindt dat zorgwekkend. Het eerste wat daar meestal onder lijdt, is de beveiliging. Misschien doen die camera's het niet eens.

Hij loopt langzaam de gang door en kijkt om zich heen als er iemand uit het vertrek aan het einde van de gang komt. De man blijft staan en kijkt hem aan. Verbaasd. Is er niet blij mee dat hij iemand in het private deel van zijn club tegenkomt.

'Kan ik iets voor je doen?' vraagt de man. Hij doet zijn best onvriendelijk te klinken. Alsof hij niet op de wereld is om ook maar iemand te helpen. Fisher maakt dat vaak mee.

'Ik hoop het. Hoofdinspecteur Fisher van de politie van Strathclyde. Ik ben op zoek naar de manager.'

'Je hebt hem gevonden.'

'Kunnen we ergens praten?'

De man weet dat Fisher niet is gekomen om hem te arresteren; hij zou niet alleen zijn als dat het geval was.

'Aye,' zegt de kleine, gedrongen man. 'Deze kant op.'

Fisher bedenkt: weet ik eigenlijk wel wie de manager van Heavenly is? Nee. Zou ik dat moeten weten? Misschien wel. Hij ziet eruit als iemand die iets te verbergen heeft. Kalend, klein, mollig en hooguit een jaar of vijfendertig. De meeste mensen in zijn beroepsgroep hebben connecties die ze beter niet kunnen hebben. Anderen zijn bang voor de politie omdat hun tent een foute reputatie krijgt als die er te vaak over de vloer komt. Misschien is het geen van beide.

'Hoe heet je?' vraagt Fisher.

'Adam Jones.'

Er beginnen geen bellen te rinkelen. Oké, dat kan. Laat hem. Voorlopig.

Ze gaan het kantoortje in. Klein en volgepropt. Witte muren en een smal raampje net onder het plafond. Het ziet eruit als een omgebouwde wc. Niets wat je eraan herinnert dat je je in een luxueuze nachtclub bevindt. Hij is vaker in kantoortjes van clubs geweest. Maar nog nooit in zo'n kantoortje als dit.

'De afgelopen nacht is ene Lewis Winter doodgeschoten in zijn huis,' zegt Fisher. 'Voordat hij naar huis ging, is hij hier geweest.'

'Oké.' De man knikt, wat overbodig is. Probeert zeker te laten zien hoe relaxed hij is. Slaagt daar niet goed in.

'Ik wil je CCTV-beelden bekijken. Het is mogelijk dat de dader hier ook is geweest. We willen kopieën van alles wat jullie van de afgelopen nacht hebben. Alles.'

De manager gaat hem door de gang voor naar een ander vertrek, de beveiligingsruimte. Twee kleine monitors op een wankele tafel, met een stoel ervoor. Dat is alles.

'De opnames van de afgelopen nacht moeten hier zijn,' zegt de manager, en hij pakt een stapeltje dvd's van de tafel. 'We bewaren alles, voor het geval dat. De camera's gaan aan zodra de club wordt geopend en pas weer uit als we sluiten. Duur spul, weet je. Hartstikke duur.' Hij schuift een dvd in het apparaat en zet een van de monitors aan. 'Hoe laat was die man hier?'

'Dat weet ik niet,' zegt Fisher, zonder acht te slaan op de zucht die de man slaakt. Hij weet hoe laat ze ongeveer zijn binnengekomen en zijn weggegaan, maar daar gaat het niet om. Zij zijn niet degenen die hij wil zien. Het gaat hem om de mensen in hun directe nabijheid. De man met wie ze een taxi hebben gedeeld.

Fisher zit meer dan een uur in het kamertje. Hij werkt zich met de fast-forwardknop door het eerste deel van de opnames. Dan ziet hij ze binnenkomen. Hij ziet de beelden van de avond en vormt zich een nieuwe indruk van de relatie tussen Winter en Cope. Ze arriveren samen met een stel anderen. Zij en Winter dansen een tijdje met elkaar, waarbij hij er absurd misplaatst uitziet. Hij moet de oudste persoon in de hele club zijn. Vervolgens gaat ze met een jongere man dansen, vlak voor Winters ogen. Ze behandelt hem als een hoop stront op pootjes. Ze wordt steeds intiemer met die jongeman.

Het daaropvolgende uur ziet hij Zara Cope dicht tegen die jonge gast aan dansen, en zien ze er voor de rest van de wereld uit als een stel. Winter zit alleen aan een tafeltje. Een eenzame figuur die het ene flesje bier na het andere naar binnen giet. Er komen allerlei nieuwe vragen in Fishers hoofd op. Die kunnen wachten. Hij wil eerst zien of er iemand is die interesse in Winter lijkt te hebben. Er valt hem niemand op. Een vrouw, blijkbaar net zo wanhopig als hij, gaat naar hem toe en komt naast hem zitten. De beelden zijn niet erg goed; ze zijn springerig en van aanzienlijke afstand opgenomen. Zo te zien zeggen ze iets tegen elkaar. Uiteindelijk staat de vrouw op en loopt weg. Het duurt twee minuten voordat Fisher in de gaten krijgt dat Winter aan het tafeltje zit te slapen.

Er verstrijkt bijna een uur en het is inmiddels halfeen, ziet hij op de meelopende klok van de camera. De club zou om twaalf uur moeten sluiten. Cope en de jongeman met wie ze zich zo goed vermaakt gaan naar Winter toe. Ze zegt iets tegen hem. Ze gaat naast hem zitten. Ze probeert hem te helpen opstaan. Dat kost moeite. De jongeman springt bij. Ze zien eruit als broer en zus die hun beschonken vader uit de kroeg komen halen. Ze lopen naar de uitgang. Fisher noteert de tijd. Kwart voor een. Hij laat de dvd uit het apparaat springen en zoekt in het stapeltje naar die van de camera bij de deur. De manager heeft zich al lang teruggetrokken; de rechercheur mag het zelf uitzoeken met de apparatuur. Hij zei dat hij werk te doen had. Waarschijnlijk zit hij met de eigenaar van de club te bellen. Fisher moet onthouden dat hij uitzoekt wie de eigenaar is.

De dvd met de beelden van de uitgang zit in het apparaat. Hij drukt op een knop en zoekt de juiste tijd. Het zoeken naar de daders heeft hij opgegeven. Hij had al weinig hoop dat ze in de club zouden zijn. Die hebben hem natuurlijk bij het huis opgewacht. Dat maakt de taxichauffeur en de jongeman die is meegereden een stuk belangrijker. Een eerste probleem. Verdomde idioten van de club. Degene die verantwoordelijk is voor de beveiliging verdient een pak slaag. De beeldhoek van de camera is niet goed. Hij ziet de deur en het merendeel van de stoep, maar de straat ziet hij niet. Dat ding hangt veel te dichtbij. Nu kan hij ze niet in de taxi zien stappen. Shit! Waarom hebben ze die camera verdomme op zo'n klein deel van de omgeving ingezoomd? Ah, dat laat zich gemakkelijk raden. Ze vertrouwen hun eigen portiers niet. Ze willen zien wat ze doen. Je kunt het ze niet eens kwalijk nemen.

Al met al is het minder goed dan hij had gehoopt. Maar toch

interessant. De drie komen naar buiten en blijven voor de deur staan. Zara steekt haar hand op, wenkt waarschijnlijk de taxi. De jongere man helpt Winter in de richting van de straat en ze verdwijnen uit beeld. De taxi kan hij niet zien, ook niet wie er instapt. Ze hadden de taxi gedeeld met een jongeman die tegelijk met hen wegging. Dat heeft ze hem verteld. Het was toeval; niet iemand die ze kende. Zomaar iemand, ze weet niet eens hoe hij heet. Nee, dat wil er bij hem niet in. Ze heeft in elk geval hierover gelogen. Moet je Winter zien. Jezus, hij kan amper op zijn benen staan.

Denk na over haar verhaal. Ze delen een taxi met een onbekende. Hij helpt haar Winter naar de deur van het huis te brengen en gaat dan weg. Zij sleept hem de trap op, de gang door, en legt hem op het bed. Mooi niet. Absoluut uitgesloten. Moet je hem zien! Hij kan niet eens rechtop blijven staan. Als die jongeman hem niet naar de taxi had geholpen, was hij plat op zijn gezicht gevallen. Je liegt dat je barst, bitch. Jij hebt hem niet eigenhandig naar boven geholpen, niet in die staat, niet zo'n tenger meisje als jij. Iemand heeft je geholpen. Die jongeman. Hij is mee naar binnen gegaan. Het kan niet anders. Hij is in het huis geweest, maar toen de politie arriveerde, was hij nergens te bekennen. Fisher gaat een stukje terug, zoekt naar een beeld van de jongeman, maar ziet vooral zijn achterhoofd. Dit zou de dader kunnen zijn. Meer dan een toevallige onbekende.

Fisher gaat op zoek naar de manager. Hij vindt hem in zijn kantoortje, aan de telefoon. De manager hangt op als hij zonder kloppen binnenkomt.

'Heb je een lijst van de taxifirma's die hier hun klanten oppikken?'

'Aye,' zegt Jones, en hij zoekt in de la van zijn bureau. 'We houden een lijst bij, houden een oogje op de taxi's die hier vaak staan. Daar dwingen jullie ons toe...'

Jullie. Charmante man. De manager schuift de lijst over het bureau. Fisher werpt er een blik op maar ziet niets opvallends. Er zijn taxifirma's die in handen zijn van de georganiseerde misdaad, maar hij ziet die niet op de lijst staan.

Fisher stopt de lijst in zijn binnenzak. Hij kijkt naar de manager, die hem van achter zijn bureau zit aan te kijken. De man maakt een nerveuze indruk. Hij kijkt naar de dvd's, vraagt zich waarschijnlijk af wat Fisher erop heeft gevonden.

'Ik neem deze dvd's mee. Ze zijn belangrijk. En misschien stuur ik iemand langs om eens te praten over een paar andere dingen die me zijn opgevallen,' zegt hij, en hij loopt het kantoortje uit. Een verkapt dreigement. Als de club open was na de verplichte sluitingstijd, mag de patrouillepolitie dat afhandelen. Misschien kan hij iemand sturen om ze een waarschuwing te geven, dan kunnen ze zich meteen beklagen over de beeldhoek van de camera voor de deur. Ja, geen slecht idee. Overtuig ze ervan dat ze meer zicht moeten hebben op wat er voor de deur gebeurt.

Terug op het bureau geeft hij de dvd's aan een rechercheur die genoeg tijd heeft om ze grondig door te nemen.

'Zoek uit wie die jonge gast is met wie ze weggaan. En kijk of je iemand anders ziet die opvalt.' De daders zal hij niet vinden. Dat is te veel gevraagd. Maar je weet nooit wat eruit komt. Misschien ziet hij iemand die met Winter of Cope praat, die hem is ontgaan. Of iemand die met de jongere man praat. Een beetje geluk. Dat is wat hij goed kan gebruiken. Geluk. Maar eerst... de taxichauffeur. Spoor hem op. Die kan zijn bijdrage leveren aan het totaalbeeld. Aan het plaatje van Cope en de jongere man.

Een idee. Een grimmige gedachte. Tot nu toe had hij Cope niet als verdachte beschouwd. Ze was ooggetuige en ze was slachtoffer. Het was niet echt van belang dat ze wisten waar ze nu naartoe zou gaan; naar het huis waar ze met Winter had gewoond, nam iedereen aan. Maar misschien doet ze dat niet. Misschien gaat ze ergens anders naartoe, en dan weet hij niet waar hij haar zo gauw kan vinden. Fisher blijft midden in de teamkamer staan.

'Die agente die voor Cope heeft gezorgd, kan iemand die voor me halen?' Hij maakt zich opeens zorgen. Ze is nu een verdachte.

Ze heeft meer dan eens tegen hem gelogen toen hij haar sprak, en daar heeft hij nu het bewijs van. Ze heeft iets te verbergen en Fisher wil weten wat dat is. Maar eerst moet hij weten wáár ze is.

32

Zijn telefoon gaat over in zijn broekzak. Hij haalt hem tevoorschijn en kijkt naar het schermpje. Een sms van Shug Francis. Zonder het bericht te lezen stopt Greig het toestel weer in zijn zak. Hij staat bij een winkel en wacht tot zijn collega naar buiten komt met hun flesjes water. Ze hebben straatdienst. Om het publiek gerust te stellen. Uitermate saai, voornamelijk zinloos werk. Het komt zelden voor dat je tijdens je straatdienst een misdadiger pakt. Zit je in de auto en krijg je een melding, dan kun je er veel sneller naartoe. Dan heb je meer kans om iemand te pakken. Dit is alleen maar een manier om zichtbaar te zijn, om de mensen je knappe gezicht te laten zien.

Zijn collega komt naar buiten en geeft hem een flesje water. Het is verrassend warm die dag. Een drukke zaterdagmiddag. Veel mensen in de winkels, en het stelt de eigenaars gerust als je af en toe komt binnenlopen. Het voorkomt dat ze gaan klagen, en dat is eigenlijk het belangrijkste. Ze lopen door de straat en zeggen niet veel. Hij heeft vandaag geen dienst met de jonge Matheson. Ze hebben Greig opgescheept met een oudere smeris, met wie hij niet blij is. Een cynische kerel, die duidelijk schoon genoeg heeft van het werk. Die er geen enkel respect meer voor toont. Hij zou moeten weten dat het een roeping is. Lang zal hij het niet meer volhouden. Hij gaat al veel te lang mee. Verbazingwekkend hoe lang sommige mensen het weten te rekken.

Hij worstelt zich door zijn dienst. Het is warm, benauwd. Er gebeurt niets. Geen grote incidenten, niets van belang. Maar het is zaterdag, en warm, dus de avondploeg zal meer dan genoeg onaangenaam werk te doen krijgen. De mensen drinken de hele dag vanwege de warmte. Mensen vallen om, vallen van dingen af. Mensen slaan elkaar tegen de grond. Mannen proberen indruk op vrouwen te maken door elkaar verrot te slaan. Mannen proberen hun zin door te drijven door vrouwen verrot te slaan. Veel gevallen van huiselijk geweld op een dag als deze. Greig heeft de pest aan huiselijk geweld. Riskant gedoe. Kun je beter vermijden. Hij is blij als zijn dienst erop zit en hij terug kan naar het bureau. Doet zijn uniform uit en trekt een T-shirt aan. Misschien een biertje voordat hij naar huis gaat? Nee, hij kan beter naar huis gaan en die sms lezen.

Hij gaat zijn flat binnen. Hij heeft een vriendin, voor af en toe, allemaal heel vrijblijvend. Hij heeft haar al een paar dagen niet gesproken. Zo gaat het meestal met zijn relaties, en zo heeft hij ze het liefst. Dat is altijd al zo geweest. Hij wil de ruimte hebben... meent dat iedereen behoefte aan ruimte heeft. Daar stranden relaties op, dat mensen elkaar te veel in de weg zitten. Hij heeft nooit de wens gehad om te trouwen, of om kinderen te krijgen. Houdt van zijn werk. Geniet van het leven. Verpest het niet. Laat het niet door anderen verpesten. Alhoewel dat laatste moeilijker is dan het eerste. Met die gedachte haalt hij zijn telefoon uit zijn zak en leest de sms.

KOM EENS LANGS ALS JE TIJD HEBT. Dat is het enige. Vrijblijvend, zou je denken. Greig weet wel beter. Shug vraagt hem niet om bij hem langs te komen als het niet dringend is. Hij wil dat Greig naar hem toe komt zodra hij het bericht heeft ontvangen. Greig sms't terug: NET KLAAR MET MIJN DIENST. WIL JE NOG STEEDS DAT IK KOM? Hij hoopt van niet. Misschien was het vanmiddag dringend, maar nu niet meer. Het is altijd beter om wat afstand te bewaren. Het maakt niet uit hoe bedreven je bent in dit soort dingen, je wilt niet te vaak in het gezelschap van mensen als Shug Francis worden gezien. De telefoon laat een kort riedeltje horen. Hij kijkt naar het schermpje. JA is het enige wat hij ziet.

Hij komt niet graag bij Shug. Hij komt niet graag bij wie dan ook in de business. Ze zouden beter moeten weten dan dat van hem te verlangen. Zijn connecties met mensen binnen het criminele milieu zijn belangrijk voor hem. Die helpen hem een betere politieman te zijn. De meeste mensen vinden dat moeilijk te begrijpen. Die vinden dat een smeris geen enkele relatie met welke crimineel ook mag hebben. Maar dat klopt niet. Als je de juiste mensen kent, kom je er gemakkelijker achter wat er zoal in het milieu gebeurt. Zijn contacten met gevestigde criminelen hebben hem een massa informatie opgeleverd, die hij soms heel goed heeft kunnen gebruiken. Die contacten hebben ertoe geleid dat er diverse heel zware criminelen achter de tralies zijn verdwenen, ook al bestaan er mensen die dat nooit zullen toegeven. Mensen als die rechtschapen eikel van een Fisher, die blijven volhouden dat je met politiewerk alleen in termen als 'wij en zij' mag denken.

De meeste mensen vinden Shug een aardige kerel. Iedereen die hem wel eens heeft ontmoet ziet hem als ongevaarlijk en charmant. Gek van auto's. Geobsedeerd door auto's. Houdt van racen in auto's. Houdt van auto's opknappen. Ze zien hem als licht gestoord. Er zijn mensen die echt geloven dat hij alleen vanwege zijn liefde voor auto's in de business zit. Hij heeft een aantal garages, verspreid over de stad. Iemand steelt een auto en brengt die naar een van zijn garages. De auto wordt overgespoten. Krijgt nieuwe nummerplaten. Alle specifieke merktekens – zoals het nummer in het motorblok – worden eruit gevijld of op andere wijze verwijderd. Er wordt een vals onderhoudsverleden gecreeerd. Vervolgens rijdt er iemand met de auto naar het zuiden en wordt die ergens over de grens verkocht. Ze doen het niet te vaak. Niet zo vaak dat ze de aandacht trekken en men spreekt van een misdaadgolf. Shug pakt dat goed aan. De beste automan van de hele stad.

Maar hij is slim. Mensen vergeten dat. Ze zien hem als een onschuldige autogek en vergeten wat hij in werkelijkheid doet. Hij staat aan het hoofd van een lucratieve handel binnen het criminele milieu. Hij doet dat al ruim tien jaar, is ermee begonnen toen hij ongeveer vijfentwintig was. Je moet hersens hebben als je zo jong begint en het al zo lang volhoudt. En je moet meedogenloos zijn als je wilt voorkomen dat je concurrentie krijgt. De mensen denken dat Shug geen concurrentie heeft omdat anderen het te moeilijk vinden om een autohandel op te zetten en in bedrijf te houden. Daar zit iets van waarheid in. Het is ook moeilijk, want auto's zijn tegenwoordig veel beter beveiligd. Toch komen sommigen in de verleiding. Er valt geld aan te verdienen, en er is maar één speler op de markt.

Op dit punt heeft Shugs reputatie hem goede diensten bewezen. Aardige kerel. Charmante autogek. Je kunt je bijna niet voorstellen dat hij iets ergers zou doen dan af en toe een auto pikken. Zijn mensen gebruiken geen geweld. Ze stelen auto's, meer niet. Ze beroven mensen niet van hun auto terwijl ze erin zitten. Ze doen niemand kwaad, alleen mensen die een deel van hun handel proberen in te pikken. Ze hebben mensen uit de stad verdreven. Uit de business. Ze hebben gebruikgemaakt van enkele heel zware jongens om dat te doen. Gewelddadige, bikkelharde jongens. Zodra Shug merkt dat je probeert zijn territorium binnen te dringen, stuurt hij ze op je af en word je verpulverd. Greig weet niet of hij ook mensen heeft laten ombrengen. Hij denkt het niet, maar het zou hem niet verbazen.

Greig hoort en ziet niets als het om dit soort dingen gaat. Shug is zo'n crimineel aan wie de stad behoefte heeft. De minst erge van alle kwaden. Als anderen zich met de autohandel gaan bemoeien en ambitieus worden, gaan ze misschien geweld gebruiken. Er wordt tegenwoordig ingebroken in huizen alleen om autosleutels te jatten. Dat soort dingen moet je zien te voorkomen. Dan zijn het de opportunisten die met de auto's aan de haal gaan, de inbrekers die toevallig een stel sleutels zien liggen, wanhopige junkies. Shug houdt de zaken simpel en beperkt daarmee het werk dat de politie moet verzetten. Noem het misdaadmanagement. Daarom laat Greig zich in met iemand als Shug. Geen geweld. De hoeveelheid gestolen auto's blijft beperkt. Mensen zijn verzekerd. Het kan erger. Daar gaat het om. Het kan veel en veel erger.

Greig stopt bij het grote huis dat eigendom is van Shug en zijn vrouw. Een grote, dubbele garage. Twee auto's in de garage, nog eens twee op de oprit. Zijn netwerk van garages maakt het voor de mensen geloofwaardig dat hij een goed leven kan leiden zonder dat iemand er vragen over stelt. Greig parkeert zijn Mondeo langs de stoeprand en voelt zich enigszins onbetekenend. Hij weet niet veel van auto's, maar die twee op de oprit zijn een hoop geld waard. De ene is een BMW M5 en de andere, ziet hij, een TVR Tuscan. Hij weet dat Shug een Ferrari California heeft, maar die staat natuurlijk in de garage. De twee duurste auto's staan daar. Hij loopt naar de deur en drukt op de bel.

Een van Shugs maten doet open. Er hangt altijd een stel van die gasten om hem heen, al sinds ze samen op school zaten. Stuk voor stuk autogek, wat teruggaat tot hun tienertijd. Nu helpen ze hem in de business. Ze vormen een hechte groep. Hecht genoeg om die als een soort familie te beschouwen, om als familie te vertrouwen. Dat maakt Shugs organisatie zo solide. De man, gedrongen, met een baard – een typische autogek – knikt dat hij mag binnenkomen. Er wordt niets gezegd; de man weet hoe je dit aanpakt. Greig volgt hem naar binnen. Mooi huis, dure inrichting. De garage is van Shug, het huis van zijn vrouw. Ook zij heeft een dure smaak. Leuke, hartelijke vrouw, schijnt het. Wat weer bijdraagt aan Shugs sterke imago.

Hij wordt voorgegaan naar wat Shug ooit zijn kantoor heeft genoemd. Die term moet je niet te letterlijk nemen. Misschien wordt er wel eens wat werk verricht, maar in Greigs ogen lijkt het meer op een grote speelkamer. Hij heeft dat een keer tegen Shug gezegd, en die moest er hartelijk om lachen. Shug lacht graag. Hij neemt de dingen niet te serieus. Hij gaf het zelfs toe. Zijn kinderen hebben een speelkamer, dus waarom hij niet?

'Paul, kom binnen, ga zitten,' zegt Shug, en hij staat op om Greig de hand te schudden. Altijd vriendelijk. Noemt hem altijd bij zijn voornaam.

'Wat kan ik voor je doen?' vraagt Greig. Tijd om ter zake te komen. Geen inleidend geleuter; hij is hier niet om dikke vrienden met Shug te worden.

Er zijn nog twee mannen in de kamer, plus de man die Greig heeft binnengelaten. Shug knikt naar de twee en ze verlaten de kamer. Greig blijft achter met Shug en diens rechterhand, David Waters, die door iedereen Fizzy wordt genoemd. Ook een joviale kerel. Ook bikkelhard vanbinnen. De twee hebben plaatsgenomen op de leren bank bij de muur en Greig zit in de draaifauteuil aan de andere kant van de salontafel. De sfeer is ontspannen, zoals de bedoeling is. Maar hij zou hier niet zijn als ze zich ook echt zo ontspannen voelden. Een crimineel nodigt geen smeris thuis uit als er niets aan de hand is.

'Ik wilde je vragen naar een moord die gisteren is gepleegd,' zegt Shug tegen hem. 'Een vriend van me. Het heeft me nogal geraakt.'

Het eerste wat er bij Greig opkomt is de liquidatie van Winter, maar dat duwt hij opzij. Dat kan toch niet? Shug heeft toch niets met Winter? Het zal wel iets in de lagere regionen zijn. Iets waar Greig niet van weet, wat hem is ontgaan. Wat voor Greig een onbetekenende misdaad is, kan voor iemand als Shug heel belangrijk zijn.

'Lewis Winter is doodgeschoten, in zijn eigen huis,' zegt Shug, en Greig moet moeite doen om zijn verbazing te verbergen. 'Het ziet eruit als een professionele klus. Weet jij er iets van?' Het wordt gevraagd op een onschuldige, vriendelijke toon. Een vriend die informeert naar een vriend. Bij een smeris van wie hij niet gelooft dat die er iets mee te maken heeft.

Hoeveel weet Shug? Vanwaar zijn interesse? Weet hij dat Greig als eerste op de plaats delict was? Misschien wel, als hij nog een smeris op zijn loonlijst heeft staan. Maakt het iets uit? Waarom zou Winter hem verdomme iets kunnen schelen? Was Shug van plan een deel van Winters handel over te nemen? Nee. Uitgesloten. Zo is Shug niet. Die neemt geen onnodige risico's. Nooit. Hij waagt zich niet aan een handel die de zijne niet is. Afgezien van de auto's is hij nooit bij een misdaad betrokken geweest. Heeft het misschien iets met Zara Cope te maken? Nee, ook dat gelooft Greig niet. Shug is een trouwe echtgenoot, dat weet iedereen. Die loopt met een grote boog om dat soort goedkope verleidingen heen. Wat dan wel?

'Ik wist niet dat jij Lewis Winter kende,' zegt Greig. Het is de enige manier... recht op je doel af om een antwoord te krijgen. Normaliter zou hij dat niet doen, maar hij heeft een deal met Cope en hij wil niet dat Shug die verpest. Hij zegt het alleen omdat er geld voor hem in zit.

'Ja, ik kende hem,' zegt Shug. Hij vindt het niet leuk dat het wordt gevraagd, maar hij klinkt niet verbaasd. 'Ik kan niet zeggen dat ik hem goed kende, maar wel een beetje. Ik heb gehoord dat het door een prof is gedaan. Daar maak ik me zorgen over. Daarom wil ik er wat meer details van weten.'

Greig knikt. Klinkt niet onredelijk. Je kent iemand, die wordt vermoord, en je stelt er een paar vragen over. Maar dan stuur je niet iedereen behalve je rechterhand de kamer uit. Je laat niet bij de eerste de beste gelegenheid een smeris naar je huis komen.

'Hij is vermoord door een prof,' zegt Greig. 'Daar bestaat geen twijfel over. Een liquidatie volgens het boekje. Heel goed gedaan. Ik betwijfel ten zeerste of ze de daders ooit zullen pakken. Hoofdinspecteur Fisher leidt het politieonderzoek. Een prima smeris,' zegt hij met tegenzin. 'Maar als ze geen aanwijzingen vinden, pakken ze de daders niet.'

Shug zit te knikken. Hij weet niet precies wat voor een gezichtsuitdrukking er van hem wordt verwacht. Hij weet niet wat Greig van hem verwacht. Dus houdt hij zijn gezicht in de plooi. Laat hij niets blijken.

'Daders, zei je? Meer dan één?'

Greig knikt weer. 'Twee man. De ene houdt Winters vriendin onder schot, de andere pleegt de moord.'

Het begint een merkwaardig, aftastend gesprek te worden. Beide mannen proberen zo veel mogelijk voor elkaar achter te houden. En dat weten ze allebei.

'Wat weet jij over de zaak?' vraagt Shug. 'Ik zou graag wat details willen horen, als dat kan.'

Greig knikt en speelt het spel mee. Hij vraagt zich nog steeds af welke redenen Shug hiervoor heeft. 'Ik weet dat Winter en zijn vriendin op stap waren geweest. Ze kwamen laat thuis. Winter was straalbezopen. Ze dumpt hem boven op het bed en gaat weer naar beneden. Twee mannen trappen de deur in. Ze zeggen geen woord en zijn onherkenbaar. De ene loopt door naar boven en schiet hem dood. Hij was al knock-out, zeggen ze. Hij heeft er weinig van gemerkt. Hij heeft zich in elk geval niet verzet.'

De laatste vraag. De vraag die er het meest toe doet. 'Hebben ze enig idee wie erachter zit? En waarom?'

Greig haalt zijn schouders op. Een wat kregele reactie op wat een domme vraag lijkt. 'Drugs, dat lijkt me duidelijk. Winter was een dealer. Vroeg of laat loopt hij de verkeerde persoon voor de voeten. Zo gaat het in die handel. Je speelt altijd met vuur. Ik kan geen andere reden bedenken om hem dood te willen.' Hij wacht even. 'Jij?'

Shug schudt zijn hoofd. 'Nee... nee. Dan zal dat het wel geweest zijn, neem ik aan.'

Greig loopt over het tuinpad terug naar zijn auto. De twee auto's op de oprit interesseren hem niet meer. Degene van wie ze zijn interesseert hem des te meer. Waarom stelt Shug Francis vragen over de dood van Lewis Winter? Wat kan Winter hem verdomme schelen? Het is zijn wereld niet. Het zou zijn probleem niet moeten zijn. Maar blijkbaar heeft hij er zijn probleem van gemaakt. Als je vragen stelt over iemand die dood is, beginnen de mensen algauw te denken dat je op de een of andere manier bij die dood betrokken bent. Shug weet dat zelf ook, bedenkt Greig als hij in zijn auto stapt. Hij weet dat hij, door vragen te stellen, laat blijken dat hij bij iets serieus betrokken is. Iets wat verdergaat dan zijn vertrouwde handel. Greig rijdt de straat uit terwijl er een verontrustende gedachte in zijn hoofd opkomt. Shug weet er meer van. Op de een of andere manier is hij betrokken bij de dood van een drugsdealer. Of hij heeft hem zelf laten vermoorden, of Winter is vanwege hem vermoord.

33

Naar wie kun je toe gaan? Je kunt het niet allemaal alleen af. Je hebt twee zakken drugs die geld waard zijn, maar je moet ze eerst zien kwijt te raken. Je moet snel een koper vinden, voordat je ermee wordt gepakt. Het geld zet je op de bank. Je opent een nieuwe rekening. Je houdt het in elk geval niet bij je, want dat is het stomste wat je kunt doen. Je mag niet worden betrapt met geld dat je niet kunt verantwoorden. Dus heb je hulp nodig. Iemand die voor jou naar een bank gaat en een rekening voor je opent. En je hebt iemand nodig die de drugs afneemt. De politie zal nooit ver weg zijn. Die blijft je voorlopig op de hielen zitten. Ze zullen je nog wel een paar keer willen spreken, en elke keer zullen ze met nieuwe bewijzen komen.

Ze zit in een vreemde flat. De toekomst ziet er niet zonnig uit. Ze denkt aan mensen die haar zouden kunnen helpen. Zara kent mensen. Ze loopt lang genoeg mee in de business om te weten wie belangrijk is en wie niet. Ze zou naar iemand aan de top kunnen stappen. Een van de grote jongens. Die kan haar bescherming bieden, maar wat heeft zij in ruil daarvoor te bieden? Zichzelf? Nee, dat is ze niet van plan, en ze is ook realistisch genoeg om te weten dat dat niet voldoende zou zijn. Die gaan heus niet het risico nemen om bij een moordzaak betrokken te raken alleen om haar een plezier te doen. Voor de drugs zullen ze het ook niet doen; die zijn niet genoeg waard. En de informatie die zij hun over Lewis en zijn contacten kan geven is dat evenmin. Het moet iemand zijn die gemakkelijker te imponeren is.

Daar zijn er genoeg van. Het wemelt in de business van mensen die geïmponeerd, misleid en gestuurd kunnen worden. Iemand die bereid is een risico te nemen, is nooit moeilijk te vinden. Een mooi meisje, de kans om wat geld te verdienen... meer dan genoeg mannen die daar wel iets voor voelen. Stewart? Nee, het moet iemand van binnen de business zijn. Hij heeft de drugs en het geld voor haar meegenomen, maar dat is verleden tijd. Hij wilde maar al te graag weg om uit de problemen te blijven. Egoïstisch. Ze had naakt voor hem gestaan. Gemakkelijk te verleiden. Hij is een allerlaatste mogelijkheid. Het zou doodsimpel zijn als hij het was. Een onschuldige geest. Een onbeschreven blad. Misschien. Heel misschien.

Iemand binnen de business. Iemand die weet hoe hij dit moet afhandelen. Ze kent er twee. Twee mensen van wie ze weet dat ze bereid zijn haar te helpen. Ze doen haar allebei huiveren, hoewel om verschillende redenen. De ene is Marty Jones. Een pooier. Een afperser. Een stuk tuig van het allerlaagste soort. Hij heeft in het verleden al een paar keer aan haar gesnuffeld. Het is voor hem geen enkel probleem om het geld en de drugs op de juiste plek te krijgen. Hij heeft goede connecties. Hij werkt vaak voor Peter Jamieson. Alleen al het idee dat ze hem om een gunst moet vragen maakt haar misselijk. Ze weet wat hij ervoor terug zal verlangen. Of nog erger dan dat. Erger dan alleen met hem naar bed gaan. Hij heeft al heel wat vrouwen in de prostitutie gebracht. Chique feestjes voor rijke hufters. Goeie vrouwen. Vrouwen die nooit van plan waren geweest om in die duistere wereld terecht te komen. Nee, die prijs is haar veel te hoog.

De andere optie is nauwelijks aantrekkelijker te noemen. Nate. Nate Colgan. De vader van haar kind. De man met wie ze een paar jaar heeft samengeleefd. De man van wie ze – tot op zekere hoogte – heeft gehouden. De man van wie ze doodsbang is. Hij heeft haar nooit geslagen. Niet één keer. In plaats van haar heeft hij anderen geslagen. Een kil, extreem gewelddadig mens. Gedurende het grootste deel van de tijd dat ze samen waren emotioneel afgestorven. Slechts nu en dan had ze een glimp van een vermoeden dat hij een hart in zijn lijf had. Een praktisch mens. Hij krijgt dingen voor elkaar. Daarom maken zoveel mensen gebruik van hem. Maar ook die mensen zijn bang van hem. Allemaal. Daarom houdt hij het nergens lang uit. Daarom lopen zijn relaties stuk. Hij is zelfs bang van zichzelf. Hij heeft het nooit gezegd, zo openhartig is hij nooit tegen haar geweest, maar ze heeft het aan hem gezien. Hij is bang van wat hij zou kunnen doen, van wat hij degenen die hem dierbaar zijn zou kunnen aandoen.

Het moet Nate worden. Ze weet dat hij haar zal helpen. Hij zal er niets voor terugvragen. Ze heeft hem een dochter geschonken, van wie hij houdt en die hij elk weekend opzoekt. Dat is voldoende voor de hulp die ze van hem wil. Ze heeft tot nu toe nog nooit iets aan hem gevraagd.

Ze pakt de tas met de schoenendoos. Verlaat de flat. Loopt naar de bushalte aan het eind van de straat en neemt de bus naar het oostelijke deel van de stad. Grappig hoe mensen van elkaar weg kunnen drijven. Wat was ze bang geweest om er een eind aan te maken met Nate. Bang voor hoe hij zou reageren. Maar hij had het zien aankomen. Had het geaccepteerd. Ze had verwacht dat hij zou proberen contact met haar te houden, zou proberen haar terug te krijgen. Maar nee, ook dat was niet gebeurd. Hij had haar gewoon laten gaan. Bijna alsof het hem niets meer kon schelen.

Nu gaat ze hem om hulp vragen. Zijn huis staat in een slecht deel van de stad, en als ze het pad en de treden naar de deur op loopt, vraagt ze zich opeens af of hij haar wel zal willen helpen. Vast wel. Ze hebben iets samen. Ze kijkt op haar horloge. Bijna tien uur. Het is al donker. In de verte weerklinkt het bekende geluid van roepende kinderen. Misschien is hij niet thuis. Ze ziet geen belknop, dus klopt ze op de deur. Ze wacht. Is nerveus. Ze wenst dat ze meer aandacht aan haar uiterlijk had besteed. Zou het iets uitmaken? Hij weet allang hoe ze eruitziet. Stel dat hij een vriendin heeft. Dat zou best kunnen. Misschien is er wel een vrouw bij hem. Ze klopt nog een keer op de deur. Ze begint spijt te krijgen van haar plan. De optie van Stewart manipuleren om haar te helpen komt haar opeens een stuk aantrekkelijker voor. Een ongevaarlijke jongen. Een fatsoenlijk mens. Hij is dol op haar. Hij zal het spannend vinden. Hij kan worden overgehaald. Het licht gaat aan en de deur gaat open.

Nate staat in de deuropening en kijkt haar aan. Dat norse gezicht. Knap, maar nooit uitnodigend. Als hij ziet dat zij het is, verandert zijn gezichtsuitdrukking niet. Is hij blij haar te zien? Aan de blik in zijn ogen is dat niet te zien. Hij kijkt haar alleen maar aan, alsof hij haar inschat.

'Hallo, Nate, ik ben het, Zara.' Ze giechelt als ze het zegt. Van de zenuwen, niet om met hem te flirten. Hij is niet ontvankelijk voor flirts, en dat weet ze.

Hij knikt. 'Je kunt beter binnenkomen,' zegt hij, en hij doet een stap opzij. Grappig, hij ziet er hetzelfde uit als altijd, maar hij klinkt ouder. Hij zal nu vijfendertig zijn. Hij heeft altijd het grove, duistere, licht getekende uiterlijk van een man van begin veertig gehad. Een man van de wereld. Een man die van wanten weet. Maar zijn stem klinkt wat korreliger. Meer gespannen.

Zara stapt naar binnen, loopt door naar de woonkamer. Ze blijft staan. Speelgoed op de vloer. Een poppenhuis met diertjes erin. Een kleine stal met plastic paardjes. Ze kijkt om naar Nate als hij na haar de kamer binnenkomt.

'Ik heb haar net in bed gestopt,' zegt hij rustig. Het schijnt hem allemaal zo gemakkelijk af te gaan, maar het beangstigt Zara. Zou haar dochtertje haar nog herkennen? Ze wil het liever niet weten. 'Ik heb haar het weekend. Je ouders zijn op vakantie. Lake District. Ze komen maandag terug.'

'Dat wist ik niet,' zegt Zara snel, om hem te laten weten dat ze niet voor het kind is gekomen.

'Dat vermoedde ik al,' zegt hij, en ze bespeurt het bekende scherpe toontje in zijn stem.

Nate is intelligent. Hij leest boeken in zijn vrije tijd. Ze heeft hem altijd als een soort intellectueel gezien. Hij is ook heel welbespraakt voor iemand met zijn achtergrond, en dat maakt de dreiging die hij uitstraalt alleen maar groter. Hij knikt naar een stoel, draagt haar op te gaan zitten. Hij doet hetzelfde.

'Ik heb het gehoord van Winter,' zegt Nate. Hij praat op gedempte toon, want hij wil zijn meisje niet wakker maken als dat niet nodig is.

'Het nieuws verspreidt zich snel in deze contreien,' zegt ze, en ze slaakt een zucht.

'Ja.' Meer zegt hij niet. Hij legt alle druk bij haar. Hij heeft een vermoeden waarom ze naar hem toe is gekomen, maar hij heeft geen reden om het haar gemakkelijk te maken. Laat ze het maar uitleggen. Zij mag het zware werk doen.

Ze is meestal zo zelfverzekerd. Zelfs als ze dat niet is, kan ze heel goed doen alsof. Ze kijkt op naar Nate en vraagt zich af waarom het haar nu niet lukt. Ze was er ooit zo goed in, ook bij hem. Wat is er dan veranderd? Is het omdat het hem niets meer kan schelen? Toen ze nog om elkaar gaven, kon ze hem sturen. Nu niet meer. De tijd heeft hem buiten haar invloedssfeer geplaatst.

'Ik zit een beetje moeilijk,' zegt ze. 'Ik weet niet wat er met het huis gaat gebeuren, en met het geld dat Lewis had. Het zal een tijd duren voordat ik het krijg, áls ik het al krijg. Ik heb hier wat dingen,' zegt ze, en ze klopt op de tas op haar bovenbenen. 'Wat contant geld. En wat... handel. Ik kan het zelf niet doen. Ik heb hulp nodig van iemand die ik kan vertrouwen. Anders heb ik niets om van te leven.'

Hij zit in zijn stoel en hoort haar aan, maar hij reageert niet. Zijn gezichtsuitdrukking verandert evenmin. Er gebeurt niets. Het lijkt wel of hij haar wil laten lijden. Zou hij nog wel weten hoe je normaal met mensen omgaat? Als je ze al jaren alleen maar intimideert?

'Je wilt dat ik een bankrekening open, de drugs verkoop en het geld op de rekening zet.' Het is geen vraag maar de vaststelling van een feit.

'Ja. Ik zou graag willen dat je me daarmee helpt.'

'Heb je niemand anders die je kan helpen?'

'Nee,' zegt ze zacht. Ze weet dat hij het niet vraagt om haar te vernederen. Hij vraagt het alleen omdat hij liever wil dat iemand anders het doet.

Zara wacht tot hij iets zegt. Ze denkt dat Nate wil dat ze naar een ander gaat omdat hij niets meer om haar geeft. Dat heeft ze mis. Helemaal mis. Hij wil juist dat ze naar een ander gaat omdat hij wel om haar geeft. Hij houdt nog steeds van haar. Dat zal hij altijd blijven doen, weet hij. Maar Zara is slecht nieuws. Niet voor hem. Hij kan haar wel aan; hij heeft veel en veel ergere demonen bezworen. Maar ze is slecht nieuws voor Rebecca, hun dochtertje. Hij voelt zich in de eerste plaats voor háár verantwoordelijk. Als Zara terugkomt in zijn leven, komt ze ook terug in dat van Becca. En dat wil hij niet. Hij wil een beter leven voor zijn kleine meisje. Maar hij kan Zara niet laten barsten. Er zijn te veel mensen in de business die misbruik van haar zullen maken als hij haar niet helpt.

'Wat heb je?' vraagt hij haar, en hij buigt zich naar voren om te kijken.

Zara haalt de schoenendoos uit de tas en haalt het deksel eraf. Twee stapels bankbiljetten en twee plastic zakken. Coke en methamfetamine. Ze legt alles op de salontafel.

Hij kijkt ernaar en knikt. 'Oké. Laat het hier. Ik zal maandagochtend een bankrekening voor je openen en eerst het geld in veiligheid brengen. De rest zal langer duren. Ik moet de juiste persoon vinden om het door te verkopen. Je zult er niet de volle prijs voor krijgen, met zo'n extra tussenstation. Maar je zult er genoeg aan overhouden.'

Ze knikt enthousiast. 'Dat begrijp ik, en daar kan ik wel mee leven. Ik heb nu zo goed als niets, dus...' Ze haalt opgelaten haar schouders op.

Er valt een stilte. Wat Nate betreft is het gesprek afgelopen.

'Wanneer zal ik...?' vraagt ze, en ze wijst naar de salontafel.

Hij haalt zijn schouders op. 'Laten we zeggen maandag over

een week. Kom langs en dan zal ik je laten horen hoe het is gegaan. Maar ik zou het geld een paar maanden op de rekening laten staan, totdat je er zeker van bent dat de politie je niet in de gaten houdt. Jou en je bankrekeningen.'

'Ik denk niet dat ze dat doen. Ik ben alleen getuige, geen verdachte.'

Nate kijkt haar aan. Zijn gezichtsuitdrukking vertoont iets van afkeer, niet overduidelijk, maar het is er wel. 'Je bent de vriendin van een vermoorde drugsdealer. Natuurlijk houden ze je in de gaten. Jij weet dingen die zij willen weten, en ze blijven je net zo lang lastigvallen tot ze er zeker van zijn dat je echt niets weet.'

Hij gaat haar voor naar de deur, geeft daarmee te kennen dat hij genoeg heeft van haar gezelschap. Als hij de deur achter haar heeft dichtgedaan en ze op het tuinpad staat, weet ze niet precies hoe ze zich voelt. Ze is blij dat hij haar helpt, maar zijn waarschuwing echoot na in haar hoofd. Natuurlijk houden ze je in de gaten. De geest van hoofdinspecteur Fisher waart door de stad en ze heeft het benauwende gevoel dat ze die niet van zich af zal kunnen schudden. Nate weet dat soort dingen. Nate blijft even achter de dichte voordeur staan. Zara terug in zijn leven. Help haar en laat haar dan weer los. Ze is zo volstrekt egoïstisch dat ze zodra ze geholpen is, weer verdwenen zal zijn. Houd haar uit de buurt van Becca.

34

Hij belt taxifirma's om uit te zoeken wie er vrijdagavond bij de club heeft gewerkt. Werk voor groentjes, vindt hij. Omdat hij het op het bureau moet doen. Fisher vindt bureauwerk vreselijk. Sommige rechercheurs zijn er dol op. Die verschansen zich achter hun bureau, zijn te angstig om zich onder de mensen te begeven. Ze lopen de kantjes eraf, in de hoop te overleven tot aan hun pensioen. Hoe ze het zo lang hebben volgehouden, kan hij zich op geen enkele manier voorstellen.

De eerste twee telefoontjes leveren niets op. Maar het derde telefoontje wel. Ja, ze hebben mensen die in die buurt werken. Ja, dat doen ze regelmatig. Ja, hij kan de telefoonnummers krijgen van de twee chauffeurs die zijn vrachtje misschien hebben gereden.

Het is halfacht 's avonds. Geen van de twee heeft dienst. Fisher belt het eerste nummer. Degene die opneemt klinkt behoorlijk chagrijnig. Fisher was liever naar hem toe gegaan, maar hij wil eerst weten wie de juiste chauffeur is. Nee, zegt de man, hij herinnert zich geen jong stel en een oudere man. Vervolgens begint hij te klagen over een dikke vrouw die achter in zijn taxi heeft gekotst en een jong stel dat zich als beesten had gedragen. Tuig, zegt hij, en nog iets over het gebrek aan normbesef. Dáár zou de politie eens op moeten letten. Fisher hangt op. Zijn geduld met mensen die niets te vertellen hebben kent zijn grenzen. Hij belt de tweede man. Diens reactie is een stuk aangenamer. Beleefder.

'Ik ben op zoek naar de chauffeur die vrijdagnacht om ongeveer kwart voor een voor de deur van Heavenly een jong stel en een oudere man heeft opgepikt.'

Het blijft even stil, de radertjes draaien. 'Ja, dat herinner ik me nog wel. Ja, dat was mijn vrachtje. Die oudere man was laveloos, de andere twee vielen wel mee.'

'Geweldig. Ik ben blij dat ik je heb gevonden. Wanneer kun je naar het bureau komen? Ze zijn namelijk betrokken geweest bij een misdaad, niet lang nadat je ze hebt afgezet, dus ik zou graag een gesprekje met je willen hebben over deze mensen. Het hoeft niet lang te duren.'

Weer een stilte. Mensen laten zich niet graag bij politieonderzoeken betrekken, ook niet als ze zelf niets hebben gedaan en weten dat ze kunnen helpen. 'Morgen, denk ik. Ergens na vieren.'

Fisher maakt een afspraak. Die is voor morgen. Wat kan hij vanavond nog doen? Hij moet op zoek gaan naar de agente die voor Cope heeft gezorgd, om haar er eens flink van langs te geven. Cope had voldoende signalen afgegeven dat ze niet van plan was om terug te gaan naar Winters huis, en zij had dat moeten opmerken. Vervolgens was Cope het bureau uit gelopen en was ze van de radar verdwenen. Terwijl die stomme trut had gezegd dat Cope van plan was binnen een paar dagen naar het huis terug te keren. Onzin! Nu moet hij Cope zien te vinden. Het is tijd om haar eens wat meer onder druk te zetten. Haar bij de kladden te pakken nu ze de naweeën van het gebeuren nog voelt. Ze heeft tegen hem gelogen. Het is echter de vraag waarover ze liegt. Met de identiteit van de jongere man zijn ze nog niet verder. Daar wordt aan gewerkt. Er wordt nagegaan of hij uit de business afkomstig is. Of hij misschien een potentiële huurmoordenaar is.

Hij heeft een gelukje. Zijn telefoontjes met zijn contacten in hotels leveren niets op, maar een eerste telefoontje met een makelaar is meteen raak. Geweldig. Cope heeft een kleine flat aan de westkant van de stad gehuurd. Leuke flat, cash betaald. Ze heeft dus toch ergens geld vandaan gehaald. Nu weet hij waar hij haar kan vinden. Nu kan hij het bureau uit. Een mogelijkheid om een frisse neus te halen, nou ja, voor zover dat mogelijk is. De stad in, de straat op, waar politiewerk gedaan hoort te worden. Hij is bijna vrolijk als hij in zijn auto stapt en wegrijdt van het bureau. Hij heeft de taxichauffeur gevonden. Hij heeft Zara Cope gevonden. Twee gelukjes op één avond. Nu wil hij nog een derde gelukje: de identiteit van de jongeman. En die kan Zara hem geven.

Na een beetje rondrijden vindt hij de flat. Verstopt in een dicht opeen bebouwde buurt. Maar het is best een leuk straatje. Een kleine flat, maar respectabel genoeg om er een respectabele huur voor te vragen. Hij klopt op de deur. Geen reactie. Hij belt aan, wacht dertig seconden. Nog steeds niets. Dus klopt hij nog een keer op de deur. Hij hoort geen enkel geluid in de flat, geen teken dat er iemand thuis is. Het arme kind, zonder een penny op zak en niemand bij wie ze terechtkan, heeft opeens geld en is 's avonds op stap. Nee, geen voorbarige conclusies. Heel onverstandig. Dat is wat je als politieman in de problemen kan brengen. Je neemt niets zomaar aan.

Ze wekte de indruk dat het een hele opgaaf zou worden om ergens hulp te vinden, maar ze heeft nog familie en vast ook nog wel een paar vrienden. Er was een vriendin bij haar thuis geweest voordat ze naar de club gingen. Iemand zal haar heus wel aan geld kunnen helpen. Haar ouders zijn nog in leven; die zorgen voor haar kind. En dan is er nog de vader van het kind. Nate Colgan. Het schijnt dat ze geen contact meer met elkaar hebben. Jammer. Fisher zou niets liever willen dan Colgan om de oren slaan met een paar concrete bewijzen. Om die kwaadaardige schoft achter de tralies te krijgen, waar hij thuishoort. Misschien, ooit. Maar nu is het tijd om mevrouw Cope aan een testje te onderwerpen.

Hij klopt op de deur van de flat van de buren. Wacht dertig seconden. De deur gaat open. Een oudere vrouw kijkt hem argwanend aan. Uitstekend. Precies waarop hij had gehoopt. Een of andere oude kletstante die van elk wissewasje een hele ophef maakt.

'Neem me niet kwalijk, mevrouw, ik ben hoofdinspecteur Fisher van de politie van Strathclyde. Ik ben op zoek naar de jonge vrouw die onlangs naast u is komen wonen. Weet u misschien of ze thuis is?'

'Nee, dat weet ik niet. Zit ze in de problemen?' vraagt ze, en haar ogen worden al wat groter. Een potentieel schandaal. Een heerlijk, sappig schandaal waarvan zij de rest van de wereld kond kan doen.

'Nee, dat hoeft niet per se. Maar zou u me een plezier willen doen? Als u haar ziet, wilt u dan tegen haar zeggen dat ik langs geweest ben?'

'Dat zal ik zeker doen,' zegt de oude dame terwijl Fisher zich omdraait en terugloopt naar het trappenhuis.

Het oude mens zal de rest van de avond achter de voordeur staan, met haar oor ertegenaan gedrukt, wachtend tot ze haar nieuwe buurvrouw hoort thuiskomen. Zodra ze de kans krijgt, zal ze haar erop aanspreken. Dan weet Cope dat hij haar heeft gevonden. En dan wordt het interessant hoe ze daarop zal reageren. Zal ze ervandoor gaan? Zal ze de hete adem van de politie in haar nek voelen en de flat uit vluchten? Dat zou aantonen dat ze meer te verbergen heeft. Of misschien blijft ze en wacht ze af wat er gebeurt. Probeert ze zich eruit te bluffen. Dat doet haar soort mensen wel vaker. Die denken dat ze alles kunnen maken. Nou, deze keer niet, schattebout. Deze keer ga je de prijs betalen voor wat je hebt gedaan.

35

Het begint al afstand van hem te nemen. Het voelt alsof de details in zijn geheugen langzaam maar zeker plaatsmaken voor een totaalbeeld. Niet dat het veel uitmaakt. Calum zal het verhaal van wat er is gebeurd nooit aan iemand vertellen. De enige mensen die ernaar kunnen vragen zijn Jamieson en Young, en die zullen dat niet doen. Ze weten wel beter. Er zijn mensen in de business die hun opdrachtgevers alles tot in de details vertellen. Er zijn ook opdrachtgevers die alles tot in de details willen weten. Maar niet in dit geval. Daar zijn ze te professioneel voor. Het enige wat Jamieson en Young willen weten is of het is gedaan, en of het goed is gedaan. Ze willen weten of zíj er niet voor gepakt kunnen worden. Als ze dat weten, zijn ze tevreden.

Een snelle douche, daarna een ontbijt. Wat steviger vandaag. Hij voelt zich alweer redelijk normaal. Verbazingwekkend eigenlijk hoe snel het gewone leven terugkeert. Ooit duurde het dagen voordat zijn zenuwen tot bedaren waren gekomen, maar dat was toen. Inmiddels is het een kwestie van uren. Misschien komt er een moment waarop hij zich helemaal niet meer hoeft te herstellen. Is dat een goede zaak? Waarschijnlijk niet, bedenkt hij als hij in de keuken bezig is; het is waarschijnlijk beter om een zekere spanning te blijven voelen. Als je denkt dat je niets kan gebeuren, word je slordig. Rustig aan doen is er voor hem niet bij. Scherp blijven. Hij herinnert zich een gesprek met Frank van ruim een jaar geleden. Frank vertelde hem dat hij nog steeds nerveus was voordat hij aan een klus begon. En zodra hij dat niet meer was, zou hij ermee ophouden.

Je zet er een punt achter als je geen zenuwen meer voelt, want dan kun je de risico's niet meer overzien. Het overkomt mensen. Je wordt blasé. Het wordt gewoon werk. Je doet je werk en je denkt niet eens meer aan de risico's. Dat is levensgevaarlijk. Er is echter nog een probleem. Je wordt ouder. Morele factoren gaan een rol spelen. Je gaat je meer en meer zorgen maken over de dingen die je mist in het leven. Opeens ben je niet meer nerveus maar gewoon bang. Dan moet je zeker stoppen. Dan kun je erop wachten dat je in de fout gaat, zo ernstig dat het je je leven kan kosten. Calum vermoedt dat het voor hem een verdere afname van de zenuwen zal zijn. Hij is tijdens een klus nooit echt bang geweest.

Hij zit aan de keukentafel en leest de zondagskrant. Hij bladert hem door en zoekt naar dat ene artikeltje. Daar is het. Eén kolom breed aan de zijkant. Geen foto's, geen vette kop. Man vermoord in Glasgow. Doodgeschoten in zijn eigen huis. Lewis Winter, vierenveertig jaar. Vermoord na een avondje uit. Men vermoedt banden met de georganiseerde misdaad. En dat is het zo ongeveer. Winters leven en dood, gereduceerd tot een enkele kolom aan de zijkant van pagina drieëntwintig. Hooguit honderd woorden. Je kunt het nauwelijks een leven noemen.

Calum is tevreden. De band met de georganiseerde misdaad wordt alleen vermeld om het publiek gerust te stellen. Drugsdealers worden vermoord door andere drugsdealers, dus jullie hoeven je geen zorgen te maken. De meeste mensen zullen het lezen en denken: nou en? De samenleving is beter af zonder hem. Laten ze elkaar maar afmaken. De enigen die ervan zullen schrikken zijn de mensen die bij hem in de straat wonen. Voor alle anderen is er alleen een stuk tuig van de aardbodem verdwenen. Er is geen signalement van degene die het heeft gedaan. Hoogstwaarschijnlijk omdat ze geen signalement hebben en zeker geen betrouwbaar signalement. Die blote gast op de vloer zal zich weinig kunnen herinneren. Cope misschien wel, want die was kalmer. Maar zelfs dan hebben ze genoeg voorzorgsmaatregelen genomen.

Hij heeft een goed gevoel over wat hij heeft gelezen. Een standaard stukje over een drugsdealer die is vermoord. Geen specifiek verzoek van de politie om informatie. Geen signalement. Hij zou het verontrustender hebben gevonden als er helemaal niets in de krant had gestaan. Als de politie informatie achterhoudt, doet ze dat met een reden. Dat zou hij een stuk zorgwekkender vinden. Maar tot nu toe loopt alles gesmeerd. Toch moet hij op zijn tellen blijven passen. Thuiszitten en niets doen wat hij normaliter niet ook zou doen. Op gepaste afstand blijven van de directe betrokkenen. Het saaie gevolg van elke klus. Hij gaat naar de woonkamer, ploft neer op de bank, zet de tv aan en laat de tijd verstrijken.

Het is middag als de telefoon gaat. Hij zet het geluid van de tv uit en neemt op.

'Hallo.'

'Hé, Calum, met Glen Davidson... Lang niets van je gehoord.'

Onmiddellijk gaan er overal alarmbellen rinkelen. Hard en onophoudelijk. Waarom belt Glen Davidson hem in godsnaam? Glen Davidson is een collega. Freelance. Hij brengt mensen om, vaak op nogal ruwe wijze. Weet zich meestal goed in te dekken, maar het is een uiterst onaangenaam mens. Hij mag van geluk spreken dat hij nooit is gepakt. Grote kerel, zit al van jongs af aan in de business. Het werk gaat over van vader op zoon. Calum komt hem wel eens tegen en dan zegt hij hem gedag, maar verder dan dat gaat het niet. Ze hebben nooit samengewerkt. Calum zou nooit een klus met hem doen. Hij vertrouwt hem niet genoeg.

Hij heeft langer gewacht dan zou moeten. 'Glen, hoe is het?'

'Niet slecht, niet slecht. Ik hou de wolven weg bij de voordeur, je weet hoe het werkt. En jij?'

Vreemd om hem zo amicaal te horen praten, alsof ze dikke vrienden zijn. Calum kent de verhalen die over Davidson worden verteld. Over zijn temperament. Over de vrouw die hij het ziekenhuis in heeft geslagen. Iemand zei dat een vriendin zwanger van hem was geraakt en dat hij het uit haar heeft geslagen. Misschien is het niet waar. Het bewijs is nooit geleverd. Maar hij is wel het soort gorilla van wie je dergelijke verhalen zou geloven.

'Z'n gangetje, zoals altijd. Wat kan ik voor je doen?'

Met andere woorden: zeg iets wat je telefoontje rechtvaardigt. Het is pissen of van de pot komen. Het begint nu al een gespannen gesprek te worden, en dat bevalt Calum helemaal niet.

'Heb je het druk?' vraagt Davidson.

Calum aarzelt. Biedt hij hem werk aan? Waarom zou Glen Davidson een ander zoeken voor een klus? Misschien om mee te gaan, als tweede man, maar dan zou hij Calum toch niet bellen?

'Ik loop mijn poten uit mijn lijf,' zegt Calum. 'Ik ben blij als ik een minuutje vrij heb.'

'Dat heb ik gehoord. Dan zal ik je verder met rust laten. Misschien kunnen we een keer iets gaan drinken, in de nabije toekomst.'

'Goed idee,' zegt Calum, wetend dat het er nooit van zal komen.

Nu ijsbeert hij door de flat en denkt na over het telefoontje. Paranoia is een kwalijke zaak, maar dat betekent nog niet dat ze niet op je loeren. In deze business wordt paranoia gezien als een levensreddende factor. Die verdomde Glen Davidson. Het is niet meer dan terecht dat je nerveus wordt als je zulke rare telefoontjes van hem krijgt. Dat je nerveus wordt als hij überhaupt op je pad komt. Het geluid van de tv staat nog uit. De formule 1-auto's rijden in stilte hun rondjes. De rest van de wereld bestaat opeens niet meer voor Calum. Die is ineengeschrompeld tot een formaat waarin alleen ruimte is voor hem en Glen Davidson.

Neem je verleden nog eens onder de loep. Heb je ooit iets samen met Davidson gedaan, of iets gedaan waarmee je hem in de wielen hebt gereden? Nee, nooit. Hij is altijd op veilige afstand van hem gebleven. Je blijft altijd op veilige afstand van je collega's. Je loopt ze niet voor de voeten, net zoals zij jou niet voor de voeten lopen. Een ongeschreven wet. Misschien wilde hij je hulp bij een klus voor twee man. Je hebt een goede reputatie bij je collega's.

Ze weten dat je goed werk levert. Dat je betrouwbaar bent. Nee, dat lijkt hem niet waarschijnlijk. Er zijn zoveel andere mensen die Davidson had kunnen vragen. Een van die anderen zou heus wel ja hebben gezegd voordat hij bij Calum terechtkwam. Davidson zit lang genoeg in de business om betere opties dan Calum te hebben.

Er is nog die andere inktzwarte, dreigende mogelijkheid. Hij wilde je uitproberen. Hij wil weten of je recentelijk een klus hebt gedaan. Hij vermoedt dat je achter een bepaalde klus zit en hij wil zekerheid. Dat kan alleen maar Winter zijn. Welke reden kan die aap hebben om onderzoek naar Winters dood te doen? Ze werkten niet samen, voor zover je weet. Of misschien wel. Misschien werkten ze voor dezelfde baas. Misschien is het wel degene over wie Jamieson zei dat hij Winter voor zich liet werken. Deze persoon kan Davidson hebben benaderd. Beste meneer Davidson, wees zo vriendelijk om voor me uit te zoeken wie in onze business meneer Winter geliquideerd kan hebben. En dan? Zijn ze alleen op zoek naar een naam? Misschien willen ze wraak, willen ze Jamieson iets duidelijk maken.

Wat ga je nu doen, wijsneus? De verleiding is groot om het meteen aan Jamieson en Young te vertellen. Uiteindelijk zullen ze het moeten weten. Maar nu nog niet. Want je weet nog niets. Je weet alleen dat Davidson je heeft gebeld. Je weet niet waarom. Doe geen wilde veronderstellingen. Dat is nooit verstandig. Neem pas contact met ze op als het echt nodig is. Je telt één en één bij elkaar op en krijgt een hele reeks uitkomsten. Misschien heeft het niets te betekenen en wil Davidson alleen een beetje netwerken. Dat doen mensen. Ze bellen je zomaar op omdat ze misschien in de toekomst gebruik willen maken van je diensten. Misschien probeert hij zijn positie te verbeteren. Wil hij zich belangrijk maken door met zo veel mogelijk collega's samen te werken. Misschien probeert hij zich dichter naar Jamieson toe te werken. Mensen als hij weten dat Jamieson de rijzende ster is, dus willen ze graag voor hem werken. Davidson weet dat je eerder voor Jamieson hebt gewerkt, dus misschien wil hij gewoon weten of je dat nu weer doet.

Of misschien is hij op weg naar je toe om je koud te maken. Hij belt je op en vraagt of je pas een klus hebt gedaan. Hij weet dat je thuis bent. Hij gaat ervan uit dat een prof van jouw kaliber geen wapen in huis heeft. Hij weet dat je alleen woont. Een simpel doelwit. Een snel antwoord voor Jamieson. Wij hebben jullie in de wielen gereden. Jullie hebben onze man omgebracht. Kijk eens hoe snel we nu jullie man ombrengen? Indrukwekkend, waar of niet? We hebben uitgedokterd wie het heeft gedaan en hem koud gemaakt, binnen een paar dagen. Dit is met wie je te maken hebt, grote jongen. Je moet het opnemen tegen mensen die weten hoe ze een klus moeten klaren.

De meeste profs zouden een dergelijke klus niet willen overhaasten, maar soms heb je geen keus. Soms doe je wat je wordt opgedragen, want het alternatief is dat je helemaal geen klus krijgt. Soms is het alternatief erger dan dat. Dus ga je akkoord, je gaat gehaast te werk en je probeert het beste te maken van de omstandigheden op je pad. Je bent er niet blij mee, maar dit is hoe het moet gebeuren. Soms is het de enige manier. Dit zou zo'n situatie kunnen zijn. Willen Davidsons opdrachtgevers Jamieson zo hard mogelijk terugpakken, dan moet je zo gauw mogelijk dood. Calum staat bij het raam en kijkt de straat in. Hij voelt zich de oude, mislukte crimineel, die vaker wel dan niet in de bak heeft gezeten en voortdurend op de toppen van zijn zenuwen leeft, doodsbang voor elk geluid en elke schaduw.

Ho. Wacht. Denk nou eens even na. Is degene die Davidson de klus geeft zelfs bereid een oorlog met Jamieson te riskeren? Misschien niet. Misschien zijn ze alleen op zoek naar een nieuwe afzetmarkt om hun handel te kunnen verkopen, want dat is iedereen, maar dat wil nog niet zeggen dat ze er een oorlog voor overhebben. Mensen die een stuk territorium van een ander inpikken, doen dit alleen als ze denken dat ze dat ongestraft kunnen doen. Als ze verwachten dat degene die ze provoceren niet zal terugvechten. Omdat het te veel moeite is. Omdat de risico's te groot zijn. Omdat er grotere belangen zijn. Mensen die maar iets proberen en lang niet altijd slagen. Jamieson heeft Winter laten ombrengen om een boodschap af te geven. De boodschap komt over en de tegenpartij doet een stapje terug. Maar waarom belt Davidson je dan op? Shit, dat kan hij maar niet uit zijn hoofd zetten.

Het maakt hem nerveus en angstig omdat het zo onverwacht komt. Ze hadden hem moeten waarschuwen dat dit zou kunnen gebeuren. Hem moeten vertellen wat het dreigingsniveau van deze klus was. Misschien wisten ze het niet. Het is niet eens duidelijk of ze wel wisten met wie Winter een samenwerkingsverband wilde aangaan. Hou in godsnaam op met dat geijsbeer; je put jezelf alleen maar uit. Ga zitten, kom tot rust en denk rationeel na. Je moet Jamieson op de een of andere manier een boodschap overbrengen, hem laten weten dat ze zich zorgen moeten maken. Bedenk een indirecte route, stel ze op de hoogte en kijk wat er dan gebeurt. Blijf waakzaam, en doe geen domme dingen.

36

Hij drukt op het rode knopje van zijn telefoon en kijkt op. 'Ja, hij was het. Geen twijfel mogelijk. Ik dacht het wel. Ik durf te wedden dat Frank MacLeod hem heeft aanbevolen. Hij is altijd al een fan van die knul geweest.'

Shug, op de bank in zijn kantoor, knikt. 'Oké, dan pakken we MacLean. Ik wil het snel gedaan hebben. Ik wil dat iedereen weet dat het snel is gedaan.'

Davidson haalt zijn schouders op. 'Best. Ik kan het vannacht doen; het maakt weinig uit wanneer ik het doe.' Hij wacht even; er is nog iets anders wat hij wil zeggen. Hij kiest zijn woorden met zorg, want hij begeeft zich nu op onbekend terrein. Dit is nieuw voor Shug, dus misschien weet hij nog niet hoe het werkt. Maar hij heeft geld en hij kan een regelmatige opdrachtgever worden; hij heeft zelf geen huurmoordenaar in dienst. Hij moet voorzichtig ingewijd worden. 'Waar het om gaat met MacLean, is dat hij altijd freelancer is geweest. Als hij dat nog steeds is, zal het Jamieson niet echt beschadigen als we hem ombrengen.'

Shug en zijn rechterhand Fizzy zijn de enige anderen in het kantoor. Fizzy heeft, afgezien van hallo, nauwelijks een woord gezegd. Shug observeert Davidson, knikt op de juiste momenten en lijkt diens advies serieus te nemen.

'Dus jij vindt dat we MacLean in leven moeten laten?' vraagt Shug.

'Dat zeg ik niet,' antwoordt Davidson op scherpe toon. Hij is bezig zijn eigen klus om zeep te helpen. Dat is niet de bedoeling.

'Nee, nee, ik zeg alleen dat áls hij nog steeds freelancer is, je niet van Jamieson kunt verwachten dat hij erg aangeslagen zal zijn. Maar misschien is hij geen freelancer meer. Misschien heeft hij wel een tijdelijk contract nu de oude Frank uit de running is. Ik wed dat Frank die jongen als zijn plaatsvervanger heeft voorgedragen. Door MacLean uit de weg te ruimen is Jamieson aangewezen op een derde keuze. Dan toont hij zich zwak, alsof hij geen goeie mensen aan zich kan binden.'

Shug knikt nog steeds op de juiste momenten. Het is hem niet ontgaan hoe snel Davidson heeft ingebonden nu de kans bestaat dat de klus aan zijn neus voorbijgaat. Het gaat hem alleen om het geld. Er is geen sprake van vriendschap. Geen band. Hij zal het nooit prettig vinden om samen te werken met iemand als hij. Fizzy had gelijk, ze hadden iemand moeten zoeken die ze mochten en vertrouwden, en hem fulltime in dienst moeten nemen. Daar is het nu te laat voor. Ze moeten snel handelen, en Davidson was de beste optie die op de korte termijn beschikbaar was.

'Kun je het vannacht doen?'

'Natuurlijk.' Davidson haalt zijn schouders op, doet zijn best er nonchalant uit te zien. 'Ik zal het zo simpel mogelijk houden, niet ingewikkelder dan nodig is. Ik ga naar binnen, maak hem dood en ga weer naar buiten. Zo moeilijk moet dat niet zijn. Het enige wat ik hoef te weten is of hij thuis is.'

Het is een les voor Shug. De juiste mensen inhuren is belangrijk voor elke klus, ook al is het een eenmalige. Je neemt niet de eerste de beste omdat hij toevallig vrij is; je plant vooruit, zodat je over de besten kunt beschikken wanneer je ze nodig hebt. Ze zullen er wel beter in worden als ze het vaker doen. Jamieson heeft jarenlang Frank MacLeod tot zijn beschikking gehad, en toen Frank moest afhaken, wist hij onmiddellijk wie hij moest binnenhalen. Dat is het voordeel als je een insider bent. Vanaf nu zullen ze meer research doen, zodat ze een betere keus dan Davidson hebben. Zij zullen ook insiders worden.

'Dus je weet al hoe je het gaat doen?'

'O, aye,' zegt Davidson, op een toon alsof dat een domme vraag is. 'Ik forceer het slot, ga snel naar binnen en sla toe als hij in zijn bed ligt. Om een uur of twee 's nachts. Met een mes. Maakt minder lawaai. Met een beetje geluk vinden ze hem pas morgen in de loop van de dag, of nog later. Zolang ik maar ongezien wegkom.'

Het is een gewaagde beslissing die Shug nu neemt. Davidson zal er niet blij mee zijn, Fizzy ook niet, maar Davidson wil het geld. Overtuig hem en hij zal akkoord gaan, ook al is het met tegenzin.

'Ken je die MacLean eigenlijk wel?'

'Een beetje,' zegt Davidson, en er verschijnt een laatdunkende uitdrukking op zijn gezicht. 'Ik heb het niet zo op hem. Ik bedoel, hij zal best goed zijn in het werk dat hij doet, maar ik vind het een arrogant ventje. Ik ben hem een paar keer tegengekomen en toen zei hij amper een woord tegen me, deed alsof hij ver boven me stond. Zo schijnt hij altijd te doen. Stil en afstandelijk. Veel mensen zien dat graag in een huurmoordenaar, iemand die weinig zegt. Eerlijk is eerlijk; ik begrijp best waarom. Het maakt hem tot een veiliger keus. Maar het houdt ook in dat hij in de business weinig vrienden heeft,' zegt Davidson, genietend van zijn eigen stemgeluid. 'Er is één ding waarover je je geen zorgen hoeft te maken: ze zullen niet in de rij staan om hem te wreken.'

Hij stopt met praten als het tot hem doordringt hoe lang hij al aan het woord is. Shug zegt niets. Kijkt hem aan met een bedachtzame uitdrukking op zijn vriendelijke gezicht.

'Ik wil dat Fizzy met je meegaat,' zegt hij dan opeens.

Davidson schrikt, maar weet dat redelijk goed te verbergen. Fizzy, aan de andere kant, slaagt daar niet in. Hij kijkt met een ruk op en steekt zijn hand al half op voordat hij zichzelf weer onder controle heeft, maar hij weet in elk geval zijn mond te houden.

'Is dat wel verstandig?' vraagt Davidson, en hij weet de toon van zijn stem vriendelijk te houden. 'Ik neem aan dat hij niet veel ervaring in dit soort dingen heeft. Eerlijk gezegd heb ik ook weinig ervaring met het werken met hulpjes.' Het klinkt belerend. Shug heeft dingen als dit niet eerder gedaan, dus het moet hem verteld worden. Je kunt erop wachten dat hij een paar verkeerde inschattingen maakt, dus moet hij een beetje bijgestuurd worden.

Er verschijnt een glimlachje om Shugs mond. Davidson heeft het vaker gezien, bij anderen. Het is een glimlachje dat zegt: ik heb gelijk en jij niet, en zelfs als ik het mis heb, zul jij het met me eens moeten zijn.

'Ik zeg niet dat hij met je mee naar binnen moet, helemaal niet. Hij pikt je op en rijdt je naar MacLean. Een betere chauffeur dan Fizzy vind je nergens. Jij gaat naar binnen en doet je werk. Fizzy brengt je terug naar waar je naartoe wilt. Ik zal me een stuk geruster voelen als we het zo doen. Het maakt het hele project overzichtelijker voor me. Beter te begrijpen. Ik weet dat het ongebruikelijk is, maar we hoeven er geen echt probleem van te maken, toch?'

Het is een vraag die een snel antwoord vereist. 'Nee, dat denk ik niet,' zegt Davidson. Ze weten allebei dat Shug het zo wil doen omdat hij hem niet vertrouwt. Een onprettige start van een werkrelatie.

Wat telt is dat hij MacLean ombrengt. Dat moet niet zo moeilijk zijn. Het is nog maar een jonkie. Hij mag dan goed zijn in zijn werk, hij heeft niet de ervaring van Davidson. Hem ombrengen is het eenvoudigste deel van de klus. De nasleep zal een stuk heftiger zijn. Jamieson zal wraak willen, wraak die voor iedereen zichtbaar is. Die sluwe schoft John Young zal er wel iets op verzinnen. Hij is degene die Shug onder vuur zou moeten nemen. Ophouden met dat gedonder in de lagere regionen en meteen Jamiesons rechterhand pakken. Dan zouden ze Jamiesons kwetsbaarheid pas echt aantonen. Maar in plaats van Young pakken ze de tijdelijke plaatsvervanger van Frank MacLeod. Drie keer raden wie Franks eerste doelwit zal zijn zodra hij terug is. Dat is waar hij zich zorgen om maakt. Frank is nog steeds een heel gevaarlijke gast. Aan de andere kant, als opdrachtgever kan Shug zeer de moeite waard zijn. Hij pikt een deel van Jamiesons handel in, bouwt erop voort, en het geld komt binnenrollen. Dat kan heel lucratief worden.

Hij loopt het huis uit, terug naar zijn auto. Inwendig vloekend op Shug Francis. Het had een stuk gemakkelijker kunnen zijn als Shug zijn goede raad ter harte had genomen. Maar nee, hij moet per se stoer zijn, net als al die anderen. Hij moet de baas zijn, en alleen zijn mening doet ertoe. Nooit eerder vertoond: de rechterhand van de baas gaat als tweede man mee op een klus. Een verdomde schande, dat is het. Als Fizzy maar in de auto blijft zitten en hij hem niet voor de voeten loopt. Als hij maar niet opeens wegrijdt en Davidson aan zijn lot overlaat. Er is geen reden waarom hij dat zou doen, maar in deze business vertrouw je iemand niet zo gauw. Als hij in de toekomst geld aan Shug wil verdienen, zal hij eerst Shugs vertrouwen moeten winnen, vriendjes met hem moeten worden. Saai.

37

De taxichauffeur is een verdomde idioot. Hij weet niets. Hij herinnert zich alleen dat hij ze heeft opgepikt en heeft afgezet, maar voor het overige schijnt hij de enige persoon ter wereld te zijn die autorijdt met zijn ogen dicht. Hij bedondert de boel, dat is duidelijk. Het kost Fisher moeite zijn geduld te bewaren. De man weet dat er een ernstige misdaad is gepleegd en dat die met de onderwereld te maken heeft. Dus houdt hij zijn mond stijf dicht om te voorkomen dat hij zich verspreekt en ze hem als getuige zullen oproepen. Niemand wil in een rechtszaal als getuige tegen onderwereldmensen worden gezien. Angst voor represailles. Dus houden ze hun mond, ook als ze misschien de sleutel van de zaak in hun zak hebben.

Er is een kans dat de taxichauffeur echt niets heeft gezien. Profs van dit niveau zullen heus niets doen wat de aandacht van de chauffeur of de inzittenden van de taxi kan trekken, maar toch hoop je erop. Eén ding dat hij zegt – ook al is het min of meer per ongeluk – is wel interessant, namelijk dat de twee jonge passagiers zich wel echt als een stel hadden gedragen. Het was niet bij de chauffeur opgekomen dat ze dat niet zouden zijn. Ze zaten dicht tegen elkaar aan. Ze waren intiem met elkaar. Niet het soort stel, maakt Fisher uit zijn woorden op, dat bij de voordeur afscheid van elkaar neemt. Zo te zien had Cope een nieuw speelkameraadje gevonden, iemand met meer energie dan haar doorgaans beschonken partner. Wat ook iets is wat de chauffeur zegt, zoals verwacht, is dat de oudere man eruitzag alsof hij compleet van de wereld was. Dat hij niet zonder hulp op zijn benen kon staan. Twee stukjes munitie waarmee hij Cope onder vuur kan nemen.

De agente die voor Cope heeft gezorgd komt bij hem langs. Ze weet dat Fisher nijdig op haar is, maar daar is ze aan gewend, want dat is hij wel vaker. Zelf is ze ervan overtuigd dat ze niets verkeerd heeft gedaan, en ze heeft nu een middel om dat te bewijzen.

'Zara Cope heeft het bureau gebeld; ze was op zoek naar mij,' zegt ze, met heimelijk genoegen. 'Ze belde om haar nieuwe adres aan me door te geven. Een flatje, ver weg van de plaats delict. Ze belde uit zichzelf, zonder dat iemand haar onder druk heeft gezet.'

'Nee, dat is niet waar,' zegt Fisher als de agente een velletje papier met het adres op zijn bureau neerlegt.

'Sorry?'

'Ze is wel degelijk onder druk gezet.'

Hij gaat nog een keer bij haar langs. Deze keer om meer te weten te komen over haar nieuwe speelkameraadje. Wie was die gast, verdomme? Ze opent de deur van haar flat. Nauwelijks make-up. Het haar in een paardenstaart. Eenvoudige, gemakkelijke kleding. Toch heel mooi. Maar tuig. Van het zuiverste water.

'Leuk je weer te zien, mevrouw Cope. Hoe gaat het?' vraagt Fisher. Hij hoopt dat ze aan zijn stem kan horen hoe weinig het hem kan schelen. Dat zal ook wel; ze is slim genoeg.

'Naar omstandigheden redelijk. Wilt u binnenkomen?'

'Graag.'

Kleine flat. Alleen het hoogstnodige meubilair. Tijdelijk; zo ziet het eruit en zo voelt het. Hij loopt naar een stoel en gaat zitten. Wacht niet tot zij hem er een aanbiedt.

'Ik wil je een paar vragen stellen over de jongeman die je mee naar huis hebt genomen. Ik wil dat je me vertelt wie hij is en waar ik hem kan vinden, en ik wil geen leugens meer horen.' Hij zegt het op strenge, maar beheerste toon. Hij wil niet dat ze tegen elkaar gaan schreeuwen. Hij geeft haar de kans voor één keer eerlijk tegen hem te zijn. Fisher heeft het gevoel dat hij zich hiermee toegeeflijker toont dan ze eigenlijk heeft verdiend.

'Ik... ik weet niet waar u het over hebt,' zegt ze, recht tegenover hem zittend in de kleine woonkamer. Maar ze ziet er al meteen onzeker uit, en ze weet het.

'Waar ik het over heb is dat je tegen me hebt gelogen over je relatie met deze jongeman. Waar ik het over heb is dat je wel degelijk weet wie hij is. En dat ik er genoeg van heb om door jou aan het lijntje te worden gehouden. Heb je enig idee hoe je daarmee op ons overkomt, na wat er is gebeurd?'

Deze keer zou ze echt willen huilen. Maar het zal haar weinig goed doen. Ze zal er eerder het tegenovergestelde mee bereiken, met deze bikkelharde schoft. Zeg niet meer dan absoluut noodzakelijk is.

'U hebt het helemaal bij het verkeerde eind, meneer Fisher.'

'Het is hoofdinspecteur Fisher, en ik weet heel goed met wat en wie ik te maken heb. Met iemand die liegt. Jij en die jongeman zaten in die club praktisch in elkaars ondergoed. Je bent samen met hem uit de club weggegaan. Je bent hem niet toevallig bij de uitgang tegen het lijf gelopen omdat hij tegelijk met jullie wegging. Je had hem al eerder ontmoet, in de club, bent intiem met hem geworden en hebt hem gevraagd mee naar huis te gaan. Hé, ik veroordeel jou en je ouweheer niet – wat jullie thuis met andere volwassenen uitvreten is mijn zaak niet – maar ik kan me nauwelijks...'

'Hoe durft u!' roept ze. 'Hoe durft u zo over Lewis te praten. Wat we thuis uitvreten? U bent een valse, ordinaire schoft.'

Oké, dat was niet zoals het hoort. Je probeert wederzijds geschreeuw te voorkomen en nu laat je je meeslepen door je verontwaardiging. Bind een beetje in en probeer het nog eens.

'Goed dan,' zegt hij tegen haar, zoekend naar een toon die berouwvol zou moeten klinken. 'Ik geef toe dat ik te ver ben gegaan. Ik had Lewis niet op die manier mogen beledigen. Maar jij bent niet eerlijk geweest over je relatie met die jongeman, toen we er op het bureau over spraken. Ik ben vandaag naar je toe gekomen met het verzoek om wel eerlijk tegen me te zijn. Het lijkt me niet nodig dat we dit gesprek op het bureau voeren, want ik denk dat we ook wel tot de juiste antwoorden kunnen komen zonder het zo ver op de spits te drijven. Dus, wat denk je ervan? Wat ik wil is dat je opnieuw begint en me alles over die jongeman vertelt.'

Ze knikt. Oké, dus hij weet nog niet veel, alleen dat ze in de club nogal close met elkaar waren. Je kunt je er nog steeds uit kletsen. 'Het was gewoon een jongen die ik in de club tegenkwam,' zegt ze zacht. 'Hij kwam naar me toe en we begonnen te dansen. Ik vond hem leuk. Hij zag er goed uit. We dansten steeds dichter tegen elkaar aan. Ik had flink wat gedronken. We hadden thuis al gedronken, voordat we weggingen, en ik heb er in de club nog een paar meer gehad. Ik... ik kan me niet precies herinneren hoe we zijn weggegaan. Lewis was hartstikke dronken. Die jongen heeft me geholpen Lewis naar buiten te brengen. Ik heb een taxi gewenkt en die jongen is toen ook ingestapt. Ik had hem niet gevraagd dat te doen; hij drong zich op. We zijn naar huis gereden. Toen we bij de voordeur waren heb ik tegen hem gezegd: "Tot hier en niet verder." Dat is alles. Ik moest hem echt wegsturen. Dat vond hij niet leuk. Hij had blijkbaar op meer gehoopt. Maar dat was niet zo.'

Ze liegt nog steeds. Ze liegt verdomme nog steeds. Wat mankeert die griet? Ze komt niet dom over, maar misschien schat je haar verkeerd in. Misschien zit je gewoon fout, Michael Andrew Fisher, en heb je haar vanaf het eerste moment overschat. Misschien is ze gewoon het zoveelste domme sletje. Goed, tijd voor de knock-out. Hij leunt achterover in zijn stoel en plooit zijn gezicht in de strenge, afkeurende uitdrukking die hem zo goed afgaat.

'Vertel me dan nu maar eens hoe hij heet.'

Ze slaakt een zucht en slaat haar handen voor haar gezicht. 'Dat weet ik niet meer. Echt niet. Sean, geloof ik. Zo'n soort naam was het. Sean of zoiets. Ik weet het niet meer. Ik was dronken. Hij heeft wel gezegd hoe hij heet, in de club. Maar de muziek stond heel hard en het kon me eigenlijk niet zoveel schelen hoe hij heette.'

Wat een portret. Je kunt je voorstellen dat mannen op haar vallen, echt. Onbetrouwbare vrouwen hebben iets wat heel sexy is; dat maakt ze juist zo gevaarlijk.

'Je danst uren met die gast. Hij gaat met je mee naar huis. Hij hoopt dat er nog wat actie zal volgen. Bij de deur stuur je hem weg. En je weet niet hoe hij heet?'

'Nee, dat weet ik niet,' zegt ze, en ze laat voorzichtig wat irritatie doorklinken in haar stem.

'Want zie je, ik heb een ooggetuige die dacht dat jij en die jongeman een stel waren nadat jullie de club hadden verlaten. Dat jullie heel erg close met elkaar waren.' Goed, hij dikt de woorden van de taxichauffeur wat aan, maar laten we eens kijken hoe ze daarop reageert.

'Nou, dan liegt die ooggetuige. Voor zover ik weet heb ik amper een woord tegen hem gezegd nadat we de club verlieten tot het moment waarop ik tegen hem zei dat hij naar huis moest gaan.'

Het was te proberen. Maar je hebt niet genoeg om haar in te rekenen. Je weet niet eens zeker of ze wel liegt. Het is mogelijk dat ze heeft geweten wat er ging gebeuren, dat ze er zelfs bij betrokken is geweest. Maar je hebt geen bewijs. Misschien ben je te vroeg met haar gaan praten.

'Dus je wilt zeggen dat je Winter zelf naar binnen hebt gebracht?'

'Ja.'

'Dat je hem alleen de trap op hebt gesleept?'

'Ja.'

'Jij in je eentje, helemaal door de gang naar de slaapkamer?'

'Ja.'

'Maar toen hij de club uit kwam, kon hij amper op zijn benen staan. En ik weet toevallig ook dat hij bijna omviel toen jullie bij het huis uit de taxi stapten.'

'Hij kon nog een beetje lopen. Het ging moeizaam, ik heb nooit beweerd dat het gemakkelijk was, maar uiteindelijk heb ik hem alleen in zijn bed gekregen.' Geen speld tussen te krijgen; ze blijft volharden.

Laat haar. Laat haar nou maar met rust. Je hebt niet genoeg. Nog niet. Maar ze weet dat ze onder druk staat, en jij weet dat de kans dat ze een fout maakt toeneemt vanwege die druk. En als het zover is, moet jij erbij zijn.

Terug naar het bureau. Hij roept een paar agenten bij zich. Hij zal hulp nodig hebben als hij die jonge knaap wil vinden. Niemand schijnt te weten wie hij is. Hij moet meer mensen de straat op sturen en kijken wat ze kunnen ontdekken. Om te beginnen moet er iemand met de mensen in de club gaan praten. Kies zelf je mensen uit. Het kan hem niet schelen wie er vanavond dienst heeft. Het kan hem niet schelen wie er door de wachtmeester wordt aanbevolen. Je hebt mensen nodig die je kunt vertrouwen. Een paar goeie smerissen. Jong, en bereid de dingen op de juiste manier te leren.

Agent Matheson en agent Higgins staan voor zijn bureau. Ze zien er allebei uit als opgeschoten jongens, maar dat schijnt nu de trend te zijn. Het zijn allebei goeie, jonge smerissen. Ze moeten allebei in de juiste richting worden gestuurd. Fisher weet dat Matheson de betere van de twee is. Hij weet dat hij Matheson een paar goeie dingen moet leren, na alle foute dingen die hij ongetwijfeld van die vreselijke Greig heeft geleerd. Over Higgins heeft hij ook goeie dingen gehoord. Nauwgezet, beleefd, een fatsoenlijke smeris. Het zou leuk zijn als hij een paar man heeft op wie hij kan rekenen. Die hij kan inschakelen elke keer als hij hulp nodig heeft, in de wetenschap dat hij ze kan vertrouwen. Om ze naar een hoger niveau te tillen.

'Oké, mannen, ik ben op zoek naar iemand in relatie met de moord op Lewis Winter en ik wil dat jullie me daarbij helpen. Dit is de man naar wie we op zoek zijn,' zegt hij, en hij schuift twee geprinte foto's over zijn bureau.

Hij geeft ze hun instructies. Ga naar de club en informeer bij de mensen. Als hij daar eerder is geweest, is er misschien iemand die hem herkent. Ze knikken allebei, zijn blij dat ze bij iets van dit niveau worden betrokken. Ze weten dat dit een kans is om hogerop te komen. Fisher zegt dat ze kunnen gaan. Matheson pakt zijn print van de CCTV-foto van het bureau en vertrekt. Higgins blijft staan. Hij maakt een nerveuze indruk.

'Is er iets?' vraagt Fisher.

'Ik heb een tip gekregen, meneer, en ik weet niet of die wel of niet met deze zaak te maken heeft. Het zou kunnen. Maar het lijkt me in elk geval de moeite waard om die aan u door te geven.'

'Oké, ga je gang.'

'Shug Francis.'

Fisher kijkt op. Hij zit in zijn bureaustoel en denkt aan de naam die hem wordt aangereikt. Hij weet wie Shug is. Hij heeft een aantal garages in de stad. Iedereen weet dat hij in gestolen auto's en auto-onderdelen handelt. Shug is een boef, maar dat bewijzen kost meer dan het oplevert. Een te tamme handel.

'Shug Francis?'

'Er was me verteld,' zegt Higgins nerveus, 'dat hij in het milieu aan de weg aan het timmeren was. Een contactpersoon vertelde me dat het de moeite waard was om hem in het oog te houden. Ik wist op dat moment niet wat het te betekenen had, maar dan gebeurt er dit. Nu denk ik dat ik misschien ben getipt omdat de mensen op straat vermoedden dat dit te gebeuren stond. Het is niet zo dat ik mijn contactpersoon echt vertrouw – het is en blijft tuig – maar toch...'

Fisher knikt. Misschien is die jongen iets op het spoor. Shug wil de drugshandel in, dus moet hij zich ontdoen van iemand als Winter en diens territorium inpikken. Het is mogelijk. Het ligt niet echt voor de hand, maar het is de moeite waard om het in gedachten te houden. 'Je hebt er goed aan gedaan het me te vertellen.'

38

Je krijgt altijd een warm onthaal. Iedereen wordt als vriend behandeld. Hoeveel van die warmte echt is, weet Frank alleen zelf. Hij heeft er een gewoonte van gemaakt: ze zijn welkom, je behandelt ze als vrienden en je luistert heel goed naar wat ze zeggen. Dat klinkt niet alsof het al te veel voorstelt, maar het heeft hem geholpen al die jaren aan de top van zijn beroepsgroep te blijven. Iedereen die weet wat Frank voor zijn brood doet, weet ook dat hij de beste is. Nou, de beste wás. Nu is hij niets meer. Een kreupele. Een tijdelijke invalide. Dat is wat hij tegen iedereen zegt. Hij heeft een nieuwe heup. Hij is van plan sterker en beter dan ooit terug te keren. Hij moet dat wel zeggen. Hij is een goede luisteraar en bespeurt de twijfel in de stemmen van de anderen.

Calum belt aan. Hij wacht een tijdje. Hoe doet een kreupele de voordeur open? Dat doet hij niet. De vrouw die voor hem zorgt doet dat. Ze laat Calum binnen, zonder zelfs maar te vragen wie hij is. Goeie god, mevrouw toch. Hoofdschuddend en met een glimlach gaat Calum de woonkamer binnen, wetend dat Frank gek wordt als hij dit hoort. Het idee dat deze kleine, eigengereide huistiran zomaar mensen binnenlaat... Iemand die in de loop der jaren zoveel klussen heeft gedaan als Frank moet voorzichtig zijn, en dit kun je niet voorzichtig noemen. Aan de andere kant, weet zij veel?

'Calum, goed je te zien, man,' zegt Frank terwijl hij zijn hand uitsteekt en zijn hoofd schudt als Calum hem wil helpen. Hij zit in een fauteuil, met zijn ene been kaarsrecht voor zich uit, rustend op een kruk met een kussen. Frank ziet er ouder uit dan ooit. Hij speelt de joviale oudgediende die het leuk vindt dat een jonge collega hem komt opzoeken, maar hij zal onmiddellijk op zijn hoede zijn. Hij weet dat Calum niet het type is voor sociale bezoekjes. Hij is hier voor zaken.

'Ik dacht: ik ga eens kijken hoe het met hem is,' liegt Calum. Hij zegt dat alleen om tijd te rekken en te wachten tot de vrouw buiten gehoorsafstand is voordat er echt iets wordt gezegd. 'Je ziet eruit als... als iemand met een nieuwe heup.'

Frank lacht. 'Zo voel ik me ook.'

De vrouw komt Frank gedag zeggen en zegt dat ze later terugkomt om zijn eten klaar te maken. Ze komt nogal bot over, maar als je in Franks positie bent, moet je genoegen nemen met wat je aangeboden krijgt.

'En, wat is er loos, knul?' vraagt de oude man. Hij haalt een zak snoep tevoorschijn die hij voor de hulp in huis verborgen heeft gehouden.

'Misschien is het niets. Of misschien is het narigheid.' Het is raar. Je hele leven en je hele carrière lang peper je jezelf in dat je nooit iets over je werk tegen een ander moet zeggen. Je traint jezelf erin. Je werkt er keihard aan. En dan is er toch iemand met wie je gaat praten, ook al wil je dat niet. Calum weet dat hij Frank kan vertrouwen. Hij heeft nooit iets gedaan wat Frank niet al dertig jaar lang doet. Frank heeft de zeldzame eigenschap dat hij mensen tot praten uitnodigt.

'Narigheid is er altijd. Wat is het deze keer?'

Calum wacht even. Hij moet ervoor zorgen dat Jamieson de boodschap krijgt. 'Ik had een klus. Die heb ik gedaan, zonder problemen. Geen steken laten vallen. Niets wat me later kan opbreken. Dan word ik gebeld door Glen Davidson.'

Calum ziet Franks gezichtsuitdrukking veranderen. Frank heeft de pest aan Davidson. Net zoals hij de pest had aan Davidsons vader. Met een goede reden, schijnt het, hoewel Calum nooit duidelijk is geweest wat die reden is.

'Hij belt me vanmiddag. Vraagt of ik het druk heb. Wat moet

ik zeggen? Ik kan niet anders dan toegeven dat ik genoeg te doen heb. Daarna speelt hij de aardige collega en dat is het eind van het gesprek.'

Frank schijnt vergeten te zijn dat hij een chocolaatje in zijn hand heeft. Hij staart voor zich uit, naar het raam, denkt aan dingen die hij niet met anderen wenst te delen.

'Hij wilde weten of je onlangs een klus hebt gedaan,' zegt Frank, zacht en grommend.

'Aye. Ik neem aan dat hij me niet belde omdat hij een tweede man voor een klus zocht... daar heeft hij betere kandidaten voor.'

'Geen betere, wel goedkopere. Maar je hebt gelijk; hij belt je niet omdat hij je zo aardig vindt. Volgens mij probeerde hij informatie uit je te krijgen, en dat is geen goede zaak.' Daarna knikt hij. Frank weet wat hij moet doen. Hij moet ervoor zorgen dat Young dit te horen krijgt, en wel zo snel mogelijk. Hij voelt de bekende tinteling in zijn buik, zoals altijd wanneer er grote dingen te gebeuren staan. Het begin van de spanning die zich zal opbouwen. Je weet dat je het druk gaat krijgen. Je weet dat er veel gaat gebeuren. De kick van het werk.

Maar hij zit hier met zijn been op een kussen. Hij is kreupel. In de business wordt niet gedaan aan secundaire arbeidsvoorwaarden. Er is geen plaats voor oude, kreupele mannen. Die lopen alleen maar in de weg.

'Je weet dat Peter me heeft aangeboden een paar weken naar zijn villa in Spanje te gaan, zodra ik weer een beetje kan lopen,' zegt Frank. Het is tijd om het gesprek in de richting van een vriendschappelijke afronding te sturen. De boodschap is overgebracht. Calum weet wat hij moet doen. Hij is slim genoeg. Frank heeft altijd respect voor hem gehad.

'Dat wist ik niet. Goed idee... een beetje zon op je lijf, voor een tijdje.'

'Aye. Luchtziekte, verbranden, rare drankjes, een of andere donkerharige griet om me gezelschap te houden, en daarna weer aan het werk. Ik kijk ernaar uit.'

Als hij terug is in de flat overvalt de paranoia Calum opnieuw. Hij kan verder niets doen. Moet hij een vuurwapen in huis halen? Nee, dat nooit. Die weg moet je niet inslaan. Dat is vragen om problemen. Je weet nog niet of er echt iets is om bang voor te zijn. Je weet wat er op dit moment gebeurt. Frank belt John Young en vertelt hem over het telefoontje van Davidson. Young en Jamieson zullen beter begrijpen wat de dreiging inhoudt. En ze zullen er waarschijnlijk iets aan doen. Een praatje gaan maken met degene die hierachter zit, wie dat ook is. Zeggen dat ze hun honden moeten terugroepen. We hebben al een van jullie mensen gedood, dus dwing ons niet er nog meer te doden, zo'n soort gesprek. Soms heeft het resultaat.

Of het wordt het begin van een bendeoorlog. Het begin van iets groots. Frank had die verre blik in zijn ogen, van het soort dat aangeeft dat er iets indrukwekkends opdoemt aan de horizon. De oudere jongens houden hiervan. Het is het enige wat het leven ze nog te bieden heeft. Maar het is minder goed als je langer wilt leven. Misschien stelt het niets voor. Misschien is het alleen een oplaaiend binnenbrandje tussen twee mensen die elkaar uitproberen. Zelfs als het een oorlog wordt, heeft die niet direct met jou te maken. Jij hebt het eerste schot gelost, maar daarna heb je een stap terug gedaan. Jamieson is slim genoeg om een van zijn betere mensen niet te hard te laten werken. Dus misschien is er weinig voor je te doen. De directe dreiging komt van Davidson. Jamieson en Young kunnen besluiten zich van Davidson te ontdoen. Een zet die veel aandacht zal trekken en meer risico's met zich meebrengt dan Winter. Davidson heeft connecties, maar hij geniet weinig respect. En hij is zeker niet geliefd. Maar het zou een mooie manier zijn om degenen door wie ze worden bedreigd de mond te snoeren.

Er brandt één lampje in de hoek van de kamer. De gordijnen zijn dicht. Het geluid van de tv staat heel zacht. Hij probeert een spelletje te spelen op zijn PlayStation, maar zijn zenuwen staan het niet toe. Hij wordt te veel afgeleid door geluiden in de verte.

Zo kun je niet spelen. Hij begint een hekel aan zichzelf te krijgen. Hij is zelf nooit doelwit geweest, maar hij heeft eerder met dreiging te maken gehad. Je zit al zo lang in de business dat je hier beter mee zou moeten kunnen omgaan. Je hebt gedaan wat je moest doen. Je kunt weinig meer doen dan wat je normaliter zou doen: je gedeisd houden. De kleren dumpen die je voor de liquidatie van Winter hebt gebruikt. Het geld van de wapens ophalen bij je tussenpersoon. Niet in het oog lopen. Alles volgens het boekje.

39

De muziek staat hard in de club, maar er zijn niet veel mensen. Er lopen wat vrouwen in en uit, maar die zien er al compleet afgeleefd uit als ze binnenkomen. Alleen de echt eenzamen gaan vanavond op stap. Matheson en Higgins staan in de foyer en vragen iedereen die binnenkomt of ze de man op de foto herkennen. Het is saai werk. Onaangenaam werk. Er lopen veel onaangename mensen rond. Een verbazingwekkend aantal daarvan ziet de politie als de vijand. Matheson heeft die houding nooit goed begrepen. Eén dronken idioot spuugt zelfs op de foto die Higgins hem voorhoudt, uit protest tegen de vraag die hem wordt gesteld. Matheson had gedreigd hem te arresteren, maar Higgins had hem laten doorlopen. Toch hadden ze hem een lesje moeten leren.

Higgins komt over als een sympathieke, fatsoenlijke jongen. Matheson heeft diverse mensen positieve dingen over hem horen zeggen. Zelfs Greig is over hem te spreken. En Fisher heeft hem persoonlijk voor deze taak uitgekozen. Als je indruk weet te maken op die twee tegenpolen, moet je wel iets in je mars hebben. Hij had alleen niet verwacht dat hij zo stil zou zijn. Als je hoort praten over een smeris die zijn werk goed doet, verwacht je er een bijpassende mond bij. Dan verwacht je dat hij brutaal en doelgericht is... tenminste, zo zijn de meesten. Maar hij niet. Higgins blijft kalm en beleefd. Greig heeft Matheson een keer verteld dat Higgins uit geen al te best gezin komt. Een stel boeven, schijnt het. Kleine vergrijpen, maar in elk geval geen brave burgers. Dat zou je niet zeggen als je die jongen leert kennen. Een goed mens, anders kun je het niet omschrijven.

'Neem me niet kwalijk, meneer, maar zou u even naar deze foto willen kijken en me willen zeggen of u deze man herkent?' De standaard vraag. De standaard reactie is om gek van te worden. Mensen blijven staan en kijken naar de foto. Ze doen alsof ze heel diep nadenken, want ze willen indruk maken op de man in uniform. Ze staren geruime tijd naar de foto en beginnen dan langzaam het hoofd te schudden. 'Nee, agent, nee... ik heb geen idee.' Je zegt dank je wel en laat ze doorlopen. Het slaat nergens op. Als je degene op de foto kent, zie je dat meteen, zodra je de foto ziet, en hoef je niet eerst een halve minuut na te denken.

De manager van de club is het afgelopen uur al twee keer naar de foyer gekomen. Hij wil dat ze weggaan. Ze jagen zijn klanten angst aan. Je wilt geen agenten in uniform in je foyer als je klanten binnenkomen, zeker niet als het toch al een stille avond is.

'We blijven desnoods tot sluitingstijd als niemand hem herkent,' zegt Matheson met onmiskenbaar plezier tegen de manager. De man knikt mismoedig en loopt weg, ongetwijfeld hopend dat iemand ze snel een naam zal geven zodat ze terug kunnen naar het bureau. Ze waren eerst bij hem langsgegaan toen ze de club binnenkwamen. In opdracht van Fisher hadden ze tegen hem gezegd dat ze de hele avond in de club zouden blijven. Vervolgens hadden ze gezegd dat hij zich aan de openingstijden moest houden en niet langer mocht openblijven. Ze hadden hem ook een waarschuwing gegeven met betrekking tot de beveiligingscamera boven de ingang. Die moest de hele stoep in beeld brengen, tot aan de straat. Fisher had gezegd dat de manager een eikel was en had hem graag bang willen maken, maar na de twee waarschuwingen leek hij eerder opgelucht dan bang. Hij had zeker meer juridische problemen verwacht.

'Neem me niet kwalijk, meneer, maar zou u even naar deze foto willen kijken?' vraagt Matheson aan een jongeman. Ze zijn met z'n vieren: twee jongemannen met twee jonge vrouwen. De vrouwen zien er in Mathesons ogen wat ordinair uit. De jongemannen zijn blijkbaar niet al te kieskeurig als het om tijdelijk vertier gaat. 'Herkent een van jullie deze man?' Ze blijven staan en kijken naar de foto. Eerst de vrouwen, die meteen het hoofd schudden; ze hoeven er in elk geval geen eeuwigheid over na te denken. De twee mannen hebben iets meer tijd nodig. Het zijn altijd de mannen. Op wie proberen ze indruk te maken?

'Is dat niet... Ja, hij is het. Stewart eh... dinges. Jezus, hoe heet hij ook alweer? Toms flatgenoot. Jij kent hem ook,' zegt hij tegen zijn maat.

Zijn maat, die al aardig aangeschoten is, kent hem inderdaad. 'Macintosh, dat is zijn achternaam. Zoals de computer. Ja, hij en Tom Shields delen een flat. Tom werkt samen met Harry. Kennen jullie Harry?' vraagt hij aan Matheson.

'Nee, maar weten jullie waar ze wonen?' Hij wil opschieten, want hij begint te vermoeden dat er een Tom, Dick en Harry-mop op de loer ligt.

'Mijn god, nee, het adres weet ik niet. Maar ik heb Toms nummer in mijn telefoon zitten. Wil je dat hebben?' De man begint steeds onduidelijker te praten. Hij neemt niet eens meer de moeite om te verbergen dat hij zich thuis flink heeft ingedronken.

Ze hebben een naam, ze hebben een mobiel nummer, hoewel van de verkeerde persoon, en op het bureau kunnen ze het adres erbij zoeken. In de auto, op weg naar het bureau, belt Higgins de gegevens alvast door naar Fisher. Voordat ze daar aankomen, zal Fisher weten wat ze met deze Macintosh voor vlees in de kuip hebben. De stemming in de auto is goed. Ze hadden een opdracht gekregen – een vervelende, weinig inspirerende opdracht – en hebben die volbracht. Het stelt misschien niet zoveel voor, gewoon doen wat je moet doen, maar ze willen allebei indruk op Fisher maken. Hij is iemand die je hogerop kan brengen. Iemand die je kan betrekken bij meer zaken die meetellen.

Op het bureau gaan ze naar de teamkamer op de eerste. Fisher loopt er te ijsberen, ziet er geïrriteerd uit. Hij ziet ze binnenkomen.

'Mooi, jullie zijn terug. Kom, we gaan. Ik heb het adres. Meekomen, allebei.' Hij beent de teamkamer uit. Gewoonlijk zijn het alleen rechercheurs die op zoiets afgaan, maar Fisher heeft de leiding van het onderzoek, dus hij bepaalt wat er gebeurt. Hij werkt met mensen die hem van nut kunnen zijn, en als dat in dit geval geen collega-rechercheur is, dan is dat jammer. Daarom willen ze indruk op hem maken.

'Hij heeft geen strafblad, maar je weet maar nooit,' zegt Fisher vanaf de achterbank van de auto als ze met flinke snelheid door de straten rijden. 'Misschien is hij onze dader en heeft hij het wapen nog in huis. We pakken hem meteen hard aan. En als we hem niet kunnen verrassen, kijken we wel verder. Maar ik denk dat meneer Macintosh ons een paar heel interessante dingen te vertellen heeft.' Je kunt de opwinding in zijn stem horen. Hij vindt dit heerlijk.

Ze staan bij de ingang van de flat. De deur is op slot, wordt elektrisch geopend. Verdomme! Fisher kijkt naar de namen op het paneel en drukt op de bel van Macintosh. Hopelijk is het de huisgenoot. Meer kans dat die meteen de waarheid spreekt.

'Kom maar boven,' zegt de krakende stem uit de intercom. Zomaar. Dat gaat soepel. Hij verwacht blijkbaar iemand anders. Dan staat hem een verrassing te wachten. Er wordt op de zoemer gedrukt. Fisher trekt de deur open; Matheson en Higgins gaan hem achterna naar binnen. Een goed verlichte trap die naar de eerste verdieping leidt. Een goed onderhouden gebouw. Geen anoniem flatje waarin je je verstopt. Hier woont de middenklasse. Het voelt niet goed, vindt Fisher. Dit is niet de flat van een gangster.

Een huurmoordenaar woont niet met een vriend in een dergelijke omgeving. Tenzij die vriend ook in de business zit. Maar hij zou ze niet zomaar binnenlaten als dat zo was. Ze kunnen natuurlijk een paar vormen, iets wat in de criminele wereld meestal stil wordt gehouden. Het zijn niet bepaald vrijdenkers in het milieu. Maar het komt voor. Niemand hoeft het te weten. Dus Macintosh is hoogstwaarschijnlijk geen huurmoordenaar, wat niet betekent dat hij geen moordenaar is. Boven aan de trap lopen ze de hoek om. Twee deuren, tegenover elkaar in de gang. De deuren van twee flats. Fisher loopt naar de ene als die wordt opengetrokken. Een jongeman staat naar het schermpje van een mobiele telefoon te kijken. 'Je hebt er de tijd voor genomen. Col belde al en vroeg waar we...' De jongeman stopt met praten zodra hij de politiemensen ziet.

Hij verroert zich niet en kijkt ze aan alsof hij zijn hele leven nog nooit een politieman heeft gezien. Hij maakt een angstige indruk, wat gunstig is.

'Ik ben hoofdinspecteur Fisher. En u bent?'

'Eh... Tom. Ik ben Tom. Tom Shields. Is er iets aan de hand?'

'Dat zou kunnen, meneer Shields. We zijn op zoek naar uw flatgenoot, meneer Macintosh. Is hij thuis?'

'Nee, hij is even weg. Alleen om geld te pinnen. We zouden ergens iets gaan drinken. We... wat is er aan de hand?' Hij ziet er nu echt angstig uit. Het is geen veronderstelling meer, hij weet dat er iets mis is.

'Misschien kunt u ons helpen, meneer Shields, door een paar vragen te beantwoorden.'

Ze zijn de flat binnengegaan. Fisher zit tegenover Shields aan de keukentafel. Matheson en Higgins staan bij de muur en wachten op hun orders. Ze hebben geen huiszoekingsbevel, maar Fisher is wel bevoegd om hem te arresteren. Een huiszoekingsbevel kunnen ze binnen een halfuur hebben. Dan keren ze de hele flat binnenstebuiten.

'Afgelopen vrijdagavond. Was u toen in het gezelschap van meneer Macintosh?'

'Eh... vrijdagavond, nee. We zijn ieder onze eigen weg gegaan. Ik had een afspraakje. Leuk meisje. Hij is alleen gaan stappen, denk ik. Ik weet het niet precies.'

'Dat klopt. Hebt u hem horen thuiskomen?'

'Nee. Ik... het is nogal laat geworden. Vroeg in de ochtend, beter gezegd. U weet hoe het gaat. Ik was er nog niet toen hij thuiskwam.'

Als deze slappe zak in het criminele milieu zit, is het gauw afgelopen met de criminaliteit. Het leven zou een stuk aangenamer zijn als ze allemaal zulke doetjes waren als deze knul. Hij is doodsbang. Bereid hem alles te vertellen. Ook de waarheid, als het nodig is.

'Heeft meneer Macintosh u iets verteld over wat er vrijdagnacht is gebeurd?'

'Nee,' zegt Tom. 'Helemaal niets.' Hij wacht even. 'Wat is er dan gebeurd?'

'Heeft meneer Macintosh zich sinds vrijdagnacht anders gedragen? Is u iets opgevallen?' Fisher vraagt het op een toon die Tom duidelijk moet maken dat hij zelf niet het recht heeft om vragen te stellen.

'Nee, er is me niets opgevallen. Ik heb hem sinds vrijdag niet zoveel gezien, maar... Nee, volgens mij niet.'

Op dat moment gaat de zoemer. Shields kijkt met een angstige blik naar de intercom.

'Laat hem binnen,' zegt Fisher. 'Zeg niets.'

Shields staat op, loopt naar de intercom en drukt op de knop. Hij zegt niets. Gewoon de ene flatgenoot die opendoet voor de andere. Niets bijzonders. Hij komt terug en gaat weer aan de keukentafel zitten. Hij ziet eruit alsof hij elk moment in tranen kan uitbarsten. Hij heeft geen idee waar zijn vriend bij betrokken is geweest, maar als er een hoofdinspecteur en twee agenten in uniform voor uitrukken, moet het wel ernstig zijn. Had hij iets moeten zeggen om zijn vriend in bescherming te nemen? Heeft hij al iets gezegd waarmee hij hem nog dieper in de problemen heeft gebracht?

Te laat. Een sleutel in het slot van de voordeur. Stewart opent de deur. Hij begint al te praten terwijl hij de sleutel uit het slot trekt. 'Dat stomme mens dat voor me was had volgens mij nooit eerder geld gepind. Waarom geven ze zo iemand een pasje als ze...' Hij stopt abrupt als hij de politie-uniformen ziet.

'Stewart Macintosh?' vraagt Fisher. Hij staat op van zijn stoel terwijl Matheson en Higgins achter Stewart schuiven om te voorkomen dat hij ervandoor gaat.

'Ja,' antwoordt hij. In dat ene woord klinkt acceptatie door. Alsof hij wist dat dit kon gebeuren. Bijna alsof hij erop wachtte.

De hoofdinspecteur arresteert Stewart. Hij is niet meer op zoek naar een ooggetuige; hij arresteert hem als verdachte. Dit is meer dan alleen een paar vragen op het bureau. Jezus, hij liet net het woord 'moord' vallen. Ze willen Stewart spreken in verband met een moord. Hij wordt gearresteerd op verdenking van moord.

'Stewart...' zegt Tom, en dan valt hij stil. De agenten openen de voordeur, zijn klaar om hem mee te nemen. 'Wat is er aan de hand?'

Stewart kijkt om. De blik in zijn ogen is die van een gebroken mens. Hij is verzeild geraakt in iets waar hij geen vat op heeft. Hij ziet er hartverscheurend schuldig uit. Hij zegt niets.

'Moet ik iemand voor je bellen?' vraagt Tom.

Stewart blijft staan. 'Nee.'

40

Gedempt licht. Hij heeft het gevoel dat de kamer om hem heen draait. Hij is een en al angst, die beheerst alles, de kick is ten einde. Het had allemaal zo spannend geleken. Als van een andere wereld. Nu is hij werkelijkheid geworden en speelt zijn maag op. Hij hoort de geluidjes die hij maakt. Dat gebeurde niet meteen... Eerst de autorit naar het bureau, waar hij als arrestant werd ingeschreven, gevolgd door het besef van wat hem te wachten stond. Je hebt je leven vergooid. Iedereen die jou kent is in shock. Je kunt niet meer ontkomen aan de realiteit, en die is helemaal niet leuk meer. De Stewart die hiervan heeft genoten houdt zich nu stil en heeft zich teruggetrokken in een donker hoekje. Hij zit in een verhoorkamer en wacht op de komst van een advocaat. Fisher behandelt hem alsof hij een moordenaar is. Dat maakt hem bang. Hij wil niet naar de gevangenis. Hij wil de consequenties van de opwinding niet. Leven als een schurk is leuk. Behandeld worden als een schurk niet.

De deur gaat open. De advocaat komt binnen. Een man met een baard, halverwege de veertig. Hij kijkt nu al boos. Fisher, aan de andere kant van de tafel, ziet hem binnenkomen en kijkt Stewart aan. De advocaat kan het niet zien, maar Fisher heft zijn ogen ten hemel. Hij is niet onder de indruk van de nieuwe gast. De man met de baard loopt naar de tafel en neemt naast Stewart plaats.

'Ik zou mijn cliënt eerst even onder vier ogen willen spreken,' zegt hij tegen Fisher. Die twee hebben elkaar eerder ontmoet. En dat waren geen leuke ontmoetingen. Fisher zucht en staat op van zijn stoel. 'En ik hoop dat jullie hem niet al hebben mishandeld. Ik weet hoe enthousiast jullie soms kunnen zijn.'

Fisher, bij de deur, snuift. 'Maak je geen zorgen, we hebben dit kwetsbare kereltje met alle egards behandeld.'

Stewart en de advocaat blijven alleen in de kamer achter. 'Ten eerste, mijn naam is Norman Barnes. Ten tweede, zo te horen zit je flink in de problemen. Je wordt verdacht van betrokkenheid bij de moord op Lewis Winter. Ik wil dat je helemaal eerlijk tegen me bent. Als we jou hieruit willen krijgen, moeten we weten hoe we dit gaan aanpakken.'

Stewart knikt. Betrokkenheid bij een moord. Dat kan levenslang worden. De aanvankelijke opwinding is dood en begraven. Het is tijd om eerlijk te zijn. Tijd om de schade te beperken.

'Ik ben niet betrokken geweest bij de moord. Niet echt. Maar ik ben er wel bij geweest.'

Hij denkt aan Zara als hij dit tegen de advocaat zegt. Waar is ze nu? Zal ze denken dat haar niets kan gebeuren? Hij laat haar barsten door met de politie te praten. Hij pleegt verraad. Hij weet hoe het op tv en in films gaat. De man komt met een of ander slim verhaal dat het mooie meisje uit de handen van de politie houdt. Uiteindelijk belandt niet zij maar hij in de gevangenis. De gevangenis. Nee. Ze is mooi en opwindend, maar de gevangenis is ze niet waard. Niemand is het waard om voor te gaan zitten. Ze zal heus wel begrijpen dat een relatie zo vluchtig als de hunne geen gevangenisstraf rechtvaardigt. Wat niet betekent dat hij niet alsnog in de gevangenis zal belanden. Dus hij zal eerlijk moeten zijn.

In de daaropvolgende minuten vertelt hij Barnes alles. De advocaat maakt uitgebreid aantekeningen, in steno, terwijl Stewart aan het woord is. Hij heeft zijn ene hand voor zijn mond, schrijft met de andere en kijkt voortdurend naar zijn blocnote. Stewart komt aan het eind van zijn verhaal.

'Oké. Stewart, ben je eerder met de politie in aanraking geweest?'

'Nee, nooit. Ik ben nog nooit bij zoiets als dit betrokken geweest. Het was puur toeval.'

'Mooi. Want zie je, de rechter zal dit ook te horen krijgen, en die zal zich afvragen wat voor iemand jij bent. Moet hij je straffen, of hoeft hij je alleen maar tot de orde te roepen? Kijk, heb je een strafblad, dan zal hij zich afvragen of er niet meer duistere motieven achter zitten. Zo niet, dan zal hij misschien geloven dat je alleen naïef bent geweest. Dan zal hij je niet vanwege deze gebeurtenissen naar de gevangenis sturen en je leven ruïneren.'

Naar de gevangenis sturen. Je leven ruïneren. Het zou kunnen gebeuren. Je lot ligt in de handen van anderen.

'Wat je het beste kunt doen, denk ik,' zegt Barnes, 'is hoofdinspecteur Fisher vertellen wat je mij zonet hebt verteld. Vertel hem alles, de hele waarheid. Wat je hebt gedaan is een misdaad. Je bent weggevlucht van de plaats delict van een moord. Je hebt een forse hoeveelheid drugs en mogelijk drugsgeld in je bezit gehad, hoewel zij zullen moeten bewijzen dat het dat was. Je hebt informatie over een moord verzwegen. Dat zijn stuk voor stuk ernstige vergrijpen. Zelfs een welwillende rechter zou zich verplicht kunnen voelen je ten minste een paar maanden achter de tralies te zetten. Je beste kansen heb je als je ze alle informatie geeft. Dan krijg je een positief politierapport en zal de rechter welwillender tegenover je staan. Dat is het beste waar je nu op kunt hopen.'

Hij zou willen huilen. Barnes heeft de verhoorkamer verlaten om iemand te bellen. Er is een rechercheur binnengekomen, die tegenover hem aan de tafel is gaan zitten. Fisher is naar boven gegaan om zijn papierwerk te doen. Hij stond zichtbaar te genieten toen hij Stewart vertelde dat de twee uniformagenten waren teruggegaan naar zijn flat om naar bewijzen te zoeken. Ze zouden het hele huis op zijn kop zetten. Hij dringt zijn tranen terug. Barnes heeft hem gewaarschuwd. Fisher is een pitbull. Hij zal zeker proberen je te intimideren. Hij zal proberen je zo hevig onder druk te zetten dat je dingen bekent die niet eens zijn gebeurd. Laat dat niet toe. Vertel hem alleen wat je mij hebt verteld. Vertel hem alleen de dingen waarvan je zeker weet dat ze waar zijn. Als hij je iets vraagt wat je in verwarring brengt, dan zeg je niets. Als jij geen antwoord geeft, grijp ik in. De advocaat is goed. Geruststellend. Toch zou Stewart willen huilen.

Fisher komt binnen en gaat naast de rechercheur zitten. Hij zegt niets. Hij zit op zijn stoel en kijkt naar de andere kant van de tafel. De jongeman ziet eruit alsof hij emotioneel gebroken is. Klaar om zijn hart te luchten. Toch moet je dan oppassen voor leugens. Hij heeft geen strafblad. Een goede schoolopleiding, werkt voor een respectabel bedrijf. Voor zover je reclame respectabel kunt noemen. De baardige advocaat komt binnen, zichtbaar bereid om de lastpak uit te hangen, zoals ze meestal doen. Ze zijn altijd op ruzie uit. Ze weten zich altijd in het middelpunt van de aandacht te wringen. Mediahoeren, dat zijn het, de meeste advocaten van tegenwoordig. Het is verdomme een schande.

'Oké, meneer Macintosh, zullen we beginnen?' vraagt Fisher, en zonder op antwoord te wachten zet hij de taperecorder aan.

Hij begint met de formaliteiten. Hij stelt zichzelf en rechercheur Davies voor en daarna de verdachte en diens advocaat. Hij zegt tegen Macintosh dat het verhoor, afgezien van op tape, ook zal worden opgenomen door de videocamera die in de hoek aan het plafond hangt.

'Mijn cliënt is ten volle bereid jullie alles te vertellen over wat er op die vrijdagavond is gebeurd,' zegt Barnes, voordat Fisher een vraag heeft kunnen stellen. Fisher kijkt op en blijft hem even aankijken. Die baardaap vindt het leuk hem te onderbreken. Best. Dan doen we het op jouw manier.

'Het is niet waar. Nou, meneer Macintosh, vertelt u ons dan maar eens alles wat u kwijt wilt.'

Stewart wacht even. Niet voor het dramatische effect, maar in een laatste wanhopige poging om een versie van de gebeurtenissen te bedenken die Zara niet al te zeer benadeelt. Of haar tenminste niet meer benadeelt dan noodzakelijk is om zelf uit de gevangenis te blijven.

'Ik was in Heavenly, die club. Ik zag een meisje dat ik leuk vond en ben met haar gaan dansen.'

'En dat was Zara Cope?'

'Ja, Zara. Ze was aan het dansen met een oudere man, maar ik wist niet dat hij haar partner was. Hij ging weg en wij bleven dansen. Toen vroeg ze of ik zin had om mee te gaan naar haar huis. Dat wilde ik maar al te graag.'

'Dat zal best,' zegt Fisher.

Stewart zweet en rilt op hetzelfde moment. Hij heeft de grootste moeite zijn zelfbeheersing te bewaren.

'Toen zijn we naar haar huis gegaan.'

'Momentje,' zegt Fisher. 'Ik wil graag wat meer details horen. Vertel me over de rit naar huis. Over Cope en Winter, en wat er in de taxi plaatsvond.'

Stewart begint te blozen. 'Die oudere man, Winter, had het moeilijk. Hij had gedronken. Veel te veel gedronken. We hebben hem naar de taxi moeten brengen. We zaten alle drie achterin. Ik in het midden. Zara aan de ene kant, Winter aan de andere. De sfeer in de auto was gespannen. Omdat hij zich had bedronken, neem ik aan. Ik... ik kon me niet voorstellen dat hij haar goed behandelde. Ik begon me ook af te vragen of ze – u weet wel – of ze nog wel belangstelling voor me had. Maar toen begon ze me... aan te raken.'

'Aan te raken?'

'Ja. Ze... nou ja, ze raakte me aan. Ze... masseerde me.'

Fisher zegt nu niets. Zijn gezicht staat volstrekt neutraal. Hij laat Stewart spartelen, laat hem lijden tijdens elk detail dat ze doornemen.

'Toen wist ik dat ze nog wel geïnteresseerd was. De taxi stopte voor hun huis. We zijn uitgestapt. We hebben Winter over het tuinpad naar het huis toe geholpen. Zara deed de voordeur open en toen hebben we hem naar boven gebracht, naar de slaapkamer. Daar werd het... onaangenaam. Winter riep dingen die volstrekt onverstaanbaar waren. Hij werd agressief. Ik bedacht dat ze een vreselijk leven bij hem moest hebben. Hij had in zijn broek geplast. En hij haalde naar me uit. We hebben hem op het bed gelegd en zijn naar beneden gegaan.'

Pas op dat je de juiste volgorde aanhoudt, bedenkt Fisher. Vraag naar de aankomst. 'Toen de taxi voor het huis stopte, hebt u daar toen iemand gezien?'

'Nee, niemand. Ik heb in elk geval niemand gezien.'

Dit is geen moordenaar. Deze Macintosh stelt hem erg teleur, maar misschien is er nog andere informatie uit hem te krijgen.

'Wat gebeurde er daarna?' vraagt Fisher.

'We zijn naar beneden gegaan. Zara dronk een whisky. Ze was gestrest. Dat kwam door hem, denk ik.'

'En toen?'

'Toen... eh... trok ze haar kleren uit. Ze hielp mij de mijne uit te trekken. We begonnen... te vrijen... op de bank.'

Zeker om van haar stress af te komen, denkt Fisher.

Stewart voelt dat hij bloost. Hij weet dat hij een vuurrood hoofd heeft en eruitziet als een schooljongen die met zijn broek om zijn enkels wordt betrapt.

'Ga door,' zegt Fisher, die onaangedaan voor zich uit kijkt. Zijn collega, rechercheur Davies, maakt aantekeningen, maar niet veel. Hij ziet er vooral verveeld uit.

'We...'

'Neukten... ja, zeg het maar,' zegt Fisher op gortdroge toon. Wat hem een vuile blik van de advocaat oplevert, maar wat kan die hem schelen?

'Ik hoorde een dreun tegen de voordeur. Ik herkende het geluid niet. Daarna nog een dreun. En opeens stonden er twee mannen in de kamer. Ik schrok me dood.'

Hij wist dat Cope tegen hem had gelogen. Dat is waaraan Fisher nu moet denken. Als die stomme trut gewoon vanaf het begin de waarheid had gesproken, zouden ze een stuk verder met het onderzoek zijn.

'Ze zeiden geen woord. Ze stonden daar en de ene richtte een pistool op ons.'

'Hoe zagen ze eruit?' onderbreekt Fisher hem. De jongen wil het verhaal in grote lijnen vertellen. Fisher wil details.

'Ze waren in het zwart gekleed. Ze zagen er – ik weet het niet – gewoon uit. Maar helemaal in het zwart gekleed. Ze hadden allebei een bivakmuts op. Ze richtten pistolen op me. Daarom raakte ik in paniek.'

'Wat heb je gedaan?'

'Ik probeerde naar de deur te sprinten. Ik had niet eens mijn kleren aan.' Hij voelt zijn hoofd gloeien. 'Ik rende gewoon weg. Een van de mannen ving me op en gaf me een klap. Ik voelde de pijn, struikelde over een stoel en viel op de grond. Ik denk dat hij me met het pistool heeft geslagen. Ik heb nog steeds een bult op mijn hoofd. Ik... ik ben op de grond blijven liggen. Zo bang was ik. Even later hoorde ik de knal. Daarna hoorde ik de voordeur dichtslaan. Dat is alles.'

Er valt een stilte in de verhoorkamer. Niemand zegt iets. Het klinkt allemaal plausibel. Het sluit aan bij wat Cope hem heeft verteld. Oké, ze heeft een paar details verzwegen. De verdachte is nu ooggetuige van de moord geworden. Maar er is meer. Nu moet hij nog verklaren waarom hij er niet was toen de politie arriveerde.

'Dus de daders hebben het huis verlaten. Wat gebeurt er dan, meneer Macintosh? Want als mijn mensen op de plaats delict arriveren, bent u nergens te bekennen.'

Hij kijkt naar zijn advocaat, die knikt. Het is nu het moment om het ergste deel van zijn verhaal te vertellen. 'Ik wist niet wat ik moest doen,' zegt hij, bijna fluisterend. 'Ik bedoel, dat weet je niet, toch? Ik had iets als dit nog nooit meegemaakt.'

Stewart legt zijn handen plat op tafel en kijkt naar zijn nagels. Probeer het beeld van Zara uit je hoofd te zetten als je dit vertelt.

'Het was Zara. Zij had zich het eerst hersteld. Ze wist wat er ging gebeuren. De politie zou komen. Ze zei dat ik moest maken dat ik wegkwam, anders zou ik bij de hele toestand betrokken raken. Dat wilde ik niet. Ik bedoel, mijn carrière en alles. Ik wilde niet... Ze zei dat er een paar dingen in huis waren waar ze vanaf moest. Dat ze de gevangenis in zou gaan als die werden gevonden. Het waren dingen van die oudere man, van Winter, maar zij zou er de schuld van krijgen. Ik wilde haar alleen maar helpen.'

Nu komen we ergens. Nu hebben we iets wat ik haar voor de voeten kan werpen. Waarmee ik kan aantonen dat ze keihard heeft zitten liegen. Dat belooft wat.

'Ze ging naar boven. Ik weet niet naar welke kamer. Ik ben beneden gebleven. Ik heb mijn kleren aangetrokken. Ze kwam terug met twee plastic zakken. Ik wist dat het drugs waren. En ze had twee stapels bankbiljetten in haar handen. Ik heb ze in mijn zakken gestopt. Ze zei dat ze van haar partner waren. Ze was zo mooi. Ze had dringend behoefte aan hulp. Ik kreeg de kans om iets voor haar te doen, om haar los te maken van een leven waar hij haar in had getrokken. De kans om te voorkomen dat ze samen met hem ten onder zou gaan. Ik heb alles in mijn zakken gepropt. We kusten elkaar. Het was... Ze nam me mee naar de achterdeur. Ik ben de tuin in gelopen en ben over de schutting geklommen. Ik kwam in een of andere zijstraat terecht. Ik heb een stuk gelopen en heb uiteindelijk een taxi naar huis genomen. De spullen heb ik in een schoenendoos verstopt.'

Ah, het wordt steeds mooier. Bezit van drugs met de bedoeling die te verhandelen. 'Dus mijn mannen zullen die spullen in uw flat aantreffen?'

'Nee. Ze is gistermiddag bij me langs geweest. Ze heeft alles meegenomen. Daarna heb ik haar niet meer gezien. Ik hoop dat ze niet in de problemen zit.'

Fisher is nauwelijks in staat zijn glimlach te bedwingen. Reken maar dat ze in de problemen zit, vriend, metersdiep in de problemen. Hoogstwaarschijnlijk van het soort waardoor meisjes als zij in de gevangenis belanden. Dat is in elk geval waar hij opuit is. Er is een nuchtere verklaring voor Copes bezoek aan zijn flat, en dat betekent dan meteen het eind van haar interesse in hem. Het is nu tijd om de aanklacht tegen meneer Macintosh op papier te zetten. Hij is nuttig geweest, op zijn eigen meelijwekkende manier. Domme jonge jongens. De narigheid waar ze zich in werken, alleen voor een gratis wip met een hoertje als zij.

Fisher gaat naar boven, heeft weer vertrouwen in het onderzoek. Hij krijgt ze allebei veroordeeld, zowel Macintosh als Cope, dat is zeker. De moordenaar? Niet Macintosh. Misschien is Cope erbij betrokken. Hij acht haar ertoe in staat. Als ze iets weet, zal ze gedwongen zijn het te vertellen.

Hij roept zijn orders door de teamkamer, zegt dat ze contact moeten opnemen met Higgins en Matheson om te zeggen dat ze geen wapen in de flat zullen vinden. Maar ze moeten wel blijven zoeken naar eventuele sporen van de drugs en het geld. Hij klopt met zijn hand op het tafelblad en probeert te bedenken wat zijn volgende zet zal zijn. De afronding. Want je kunt dan wel vorderingen maken, daarna stuit je weer op een betonnen muur. Cope arresteren zal hem veel genoegen doen, maar de verhalen suggereren dat ze niet weet wie de daders zijn. Er moet nog meer graafwerk worden verricht. Want we zijn nog geen stap dichter bij de feitelijke daders gekomen.

41

Een kleine flat als deze biedt een beperkt aantal plekken waar je verboden bezittingen kunt verstoppen. Ze begonnen in de slaapkamer, wat de meest voor de hand liggende plek leek. Ze hadden van het bureau te horen gekregen dat ze moesten uitkijken naar een schoenendoos. Ze vonden er vier boven op de kledingkast, maar daar zaten alleen schoenen in. Desondanks stopten ze die alle vier in bewijszakken, voor de zekerheid. De slaapkamer leverde niets op. Die was zelfs minder interessant dan de gemiddelde slaapkamer. Het was duidelijk dat de bewoner de kamer alleen gebruikte om in te slapen, en er verder weinig tijd in doorbracht. Geen tv. Geen interessante tijdschriften. Geen condooms in de la van het nachtkastje. Niets wat erop wees dat er interessante dingen gebeurden.

Daarna de badkamer. Ook een beperkt aantal bergplaatsen. Ze hadden in het reservoir van de wc gekeken. De douchekop open geschroefd. Gekeken of er misschien een dubbele wand in het medicijnkastje boven de wastafel zat. Niets. Wederom een oersaai vertrek. Het was duidelijk dat de twee jongemannen weinig tijd in de flat doorbrachten. Een bed, een wc en een tafel om af en toe iets aan te eten. Door naar de slaapkamer van de flatgenoot. Condooms in de la van het nachtkastje. Drie weinig flatterende foto's van een naakte vrouw achter in de la, duidelijk speciaal voor Tom genomen. Een korte blik op de mislukte poging van de vrouw om voor fotomodel te spelen, en dan weer door. Niets te vinden.

Ze zijn nu bezig in de woonkamer, waar ze ook niets vinden.

Tom zit nog steeds in de keuken, met zijn hoofd in zijn handen. Hij heeft zijn zus gebeld, maar die is nog niet gearriveerd.

'Ik begrijp er echt niets van,' blijft hij maar zeggen.

'U staat niet onder verdenking, meneer,' zegt Matheson voor de derde of vierde keer tegen hem. 'Als u nu even in de woonkamer kunt gaan zitten, alstublieft, zodat wij de keuken kunnen doen, dan zouden we dat zeer op prijs stellen. Ik weet dat dit moeilijk voor u is, maar als u bereid bent ons een beetje te helpen, zouden we u daar bijzonder dankbaar voor zijn.'

'Ik weet niet wat ik moet doen,' zegt Tom terwijl hij als een robot van de keukentafel naar de deur loopt.

Hij is zo iemand die denkt dat criminelen heel anders zijn dan hij. Hij kan zich op geen enkele manier voorstellen dat een vriend van hem bij zoiets ergs betrokken kan zijn. Afgeschermde leventjes. Ze halen alles uit de kastjes en kijken onder het aanrecht. Ze scheuren dozen ontbijtgranen open, legen bussen en blikken. Het wordt algauw een flinke bende, maar die hoeven zij niet op te ruimen. Toch is het secuur werk. Ze zoeken naar alles wat op schuldig gedrag kan wijzen. Het maakt niet uit wat. Maar ze vinden niets. Wat een doodsaaie flat. Het komt zelden voor dat je een flat doorzoekt die wordt bewoond door twee jongemannen, en niet eens een beetje weed vindt.

'Oké, meneer Shields,' zegt Matheson tegen hem, 'we zijn klaar met de huiszoeking. Het spijt ons dat we uw rust hebben moeten verstoren, maar het gaat hier om een ernstig misdrijf, en dat vereist een grondig onderzoek.' Hij zwijgt, wacht op een reactie. Tom zit op de bank en kijkt naar hem op met een wanhopige uitdrukking op zijn gezicht. Het lijkt er niet op dat hij iets zal zeggen. 'Goed dan,' zegt Matheson, en hij knikt. 'We gaan nu terug naar het bureau. We nemen een paar eigendommen van uw flatgenoot mee, alleen van hem, niets van u. Ik neem aan dat er binnenkort iemand bij u langskomt om uitgebreider met u over uw flatgenoot te praten.' Hij zou hem nu moeten bedanken voor zijn medewerking, maar de jongen had niets gedaan om te helpen; die wilde alleen maar dat ze weggingen.

Ze gaan terug naar het bureau. Hun dienst is afgelopen. Naar de kleedkamers, om hun uniform uit te trekken.

'Fisher is boven, zit daar nog steeds in de zaak te wroeten,' zegt Matheson achteloos.

'Ik begrijp niet waarom hij zich zo druk maakt om die vrouw en die jongen die we vanavond hebben gearresteerd. Ze hebben geen van tweeën iets met de moord te maken. Winter was een drugsdealer; het ligt voor de hand dat de dader voor een andere dealer werkte.'

'Aye, dat is waar. Maar Fisher is wel zo'n gestoorde klootzak die op die manier de dader pakt.'

'Gestoord?'

'Geobsedeerd dan. Die gast is altijd hier... Hij heeft zeker geen leven naast zijn werk.'

'Nou, ik wel,' zegt Higgins met een glimlach, 'dus ik smeer hem. Ik zie je morgen.'

Higgins is thuis, in zijn eigen flat, maar hij kan niet slapen. Hij heeft het gevoel dat hij iets moet doen. Er zijn mensen die hij iets schuldig is. Young heeft het met hem over Shug Francis gehad. Heeft hem voor Shug gewaarschuwd. En dan gebeurt er dit, met Winter. De moord op Winter lijkt niet van betekenis te zijn, totdat je de namen van Shug en John Young erbij optelt. Winter was klein grut. Hij stelde niets voor in de business. Er waren mensen als Shug en Young voor nodig om hem belangrijk te maken. Maar voor wie van de twee werkte Winter? Normaliter zou hij vrijwel zeker zeggen: voor Young. Maar nu? Young heeft hem voor Shug Francis gewaarschuwd vanwege wat er nu is gebeurd.

Higgins pakt zijn telefoon. Het is een nummer voor noodsituaties. Hij staart dertig seconden naar het schermpje voordat hij op de knop drukt. Het toestel gaat over. Gaat nog een keer over. Hij kijkt op de klok. Het is al middernacht geweest. Hij wil dit niet doen, maar hij moet wel. Als hij niets doet, loopt hij het risico dat Young wel iets doet. Dat Young zijn carrière om zeep helpt. En daarmee zijn leven. Hij heeft Higgins voor Shug Francis gewaarschuwd om hem te dwingen hem te helpen. Om hem te dwingen iets te ondernemen. Dit is de prijs die je betaalt voor de gunsten die je zijn verleend, en de gunsten die je in de toekomst misschien nog zult vragen. Of je het leuk vindt of niet, je zult ermee moeten leven. De telefoon gaat nog steeds over. Misschien neemt hij niet op. Misschien is het een uitweg: ik heb je gebeld, maar ik kreeg je niet te pakken.

'Hallo?' Enigszins verbaasd. Half slaperig. Maar het is Young, dat is duidelijk.

'John, kunnen we afspreken in de flat? Ik moet je iets vertellen.'

'Oké. Jij bent er over tien minuten. Ik kom tien minuten na jou.' Tegen de tijd dat hij uitgesproken is, klinkt hij klaarwakker.

Higgins heeft nu al spijt, maar dat zijn de consequenties. Als je soms iets moet doen wat je niet leuk vindt, heb je pech gehad. Je hebt hun hulp geaccepteerd toen je die nodig had, en je weet dat je die opnieuw nodig zult hebben. Je familie heeft die nodig. Het is niet het soort hulp dat jij ze kunt bieden. Je zult Young opnieuw nodig hebben. Je wilt een goede indruk op hem maken. Hij moet het gevoel krijgen dat je zijn hulp verdient. Dus doe iets terug en ga naar de flat.

Tegen de tijd dat Young bij de flat aankomt, heeft hij een onaangenaam voorgevoel. Hij parkeert zijn auto twee straten verderop. Loopt door de motregen naar de ontmoetingsplek. Een smeris belt je op en zegt dat hij je wil spreken. Midden in de nacht. Hij belt je omdat hij iets belangrijks te vertellen heeft. Hij heeft je nooit eerder gebeld. Het kostte Young een eeuwigheid voordat hij had ontdekt welke van zijn mobiele telefoons overging. Young heeft er diverse, allemaal toegewezen aan verschillende mensen. Hij had niet verwacht dat Joseph Higgins' telefoon zou overgaan. Misschien heeft de smeris besloten zijn hart uit te storten bij zijn meerderen. Misschien wil hij Young in de val lokken. Of wil hij hem op een andere manier iets flikken. Als je mensen in je zak hebt, willen ze wel eens proberen aan hun verplichtingen te ontkomen. Zelfs een smeris kan gevaarlijk zijn.

Hij gaat het flatgebouw binnen en loopt de trap op. Komt bij de deur van de flat. Steekt de sleutel in het slot. Zwak licht in de gang, afkomstig uit de woonkamer. Hij loopt de gang door. Higgins is alleen, zit in een stoel en ziet er nerveus uit.

'Hallo, Joseph, hoe gaat het?' vraagt Young, en hij gaat tegenover hem zitten. Hij probeert ontspannen te klinken. Probeert die jongen op zijn gemak te stellen, want hij is duidelijk nerveus. Aan de andere kant is hij altijd nerveus als ze elkaar hier ontmoeten. Stil en een beetje mistroostig. Hem op zijn gemak stellen is niets nieuws voor Young.

'Best,' zegt Higgins, maar het klinkt niet gemeend.

Hij schraapt zijn keel, alsof hij zich opmaakt voor iets heel belangrijks. Ik hoop voor jou dat het zo is, knul. Dat het de moeite waard is om helemaal hiernaartoe te komen.

'Ik vond dat je moet weten dat we iemand hebben gearresteerd in verband met de moord op Lewis Winter.'

Shit. Jezus christus! Calum. Maar Calum is oké, die zegt niets. Wel een groot verlies. Nogmaals shit.

'Hij heet Macintosh. Stewart Macintosh. Maar volgens mij geloven ze niet dat hij bij de feitelijke moord betrokken is. Aanvankelijk hielden ze dat wel voor mogelijk, maar nadat ze hem hadden verhoord niet meer. Hij was in het huis toen het gebeurde, maar hij heeft zelf niets gedaan. Het schijnt dat hij daar was voor een seksavontuurtje met Zara Cope, terwijl Lewis Winter boven lag te slapen. Ze gaan Cope ook arresteren, voor het verduisteren van geld en drugs die op dat moment in huis waren.'

Opluchting. Immense opluchting. Calum is oké. De klus is goed verlopen. Ze arresteren mensen uit de directe omgeving. Wat meestal een goede zaak is, want dat leidt ze af van de feitelijke moord.

'En de feitelijke dader? Hebben ze daar iets over gezegd?'

Higgins schudt zijn hoofd. 'Ze weten niets. Het heeft er alle schijn van dat het door echte profs is gedaan. Ze hebben niets om op door te gaan.' Hij wacht even. Hij weet niet of dit wel het juiste moment is. Maar zo niet, wanneer dan wel? 'Ik heb hoofdinspecteur Fisher, de leider van het onderzoek, laten doorschemeren dat Shug Francis misschien een naam is om in gedachten te houden. Ik heb het heel vaag gehouden. Heb alleen gezegd dat ik een tip had gehad van een contact waar ik weinig vertrouwen in heb.' Hij wacht af. Hij wil eerst weten hoe Young hierop reageert. Young knikt, is niet boos. Een hele opluchting.

Young weet niet precies hoe hij moet reageren. Is het te vroeg om de politie op Shug te attenderen? Nee, daar is het nooit te vroeg voor. Dat is een van de redenen dat je over hem bent begonnen. Je moest Shug op hun radar zetten. Jij wilde dat ze die klootzak met andere ogen gingen bekijken. Dat heeft die jongen goed gedaan.

'Ik ben blij dat je zijn naam hebt genoemd. Het is belangrijk dat de politie beseft dat Shug Francis een groeiende dreiging is. Ik denk dat die man een groot probleem voor deze stad kan worden. En ik hoop dat jij en je collega's bij machte zijn daar iets aan te doen.'

'We houden hem in het oog,' zegt Higgins. 'Dat is alvast iets.'

'En jij, Joseph? Hoe behandelt het leven jou?' Tijd voor wat interesse en vriendelijke woorden. Om hem te laten weten dat je zijn hulp op prijs stelt.

'Mij? Wel goed, denk ik,' zegt Higgins, en hij knikt. Maar de toon van zijn stem suggereert dat hij niet verwacht dat dat eeuwig zal duren. 'Het kan soms een hele last zijn, die familie van mij.' Hij zegt het met een glimlach, maar de boodschap is duidelijk.

'Weet je, Joseph, als ik iets voor je familie kan doen, hoef je het alleen maar te vragen. Vertel me wat er gedaan moet worden en ik ga ermee aan de slag. Ik wil je graag helpen. Jij helpt mij ook, dus dat is niet meer dan eerlijk.'

Higgins knikt en zegt dat er op dit moment geen rampen gaande zijn. Ook goed. Die jongen wil er eerst over nadenken. Over hoeveel hulp hij wil, en op welk gebied. Maar dat hij om hulp zal vragen, staat vast. Waarmee hij zich alleen maar dieper in de nesten werkt. Young weet dat. Young weet dat hij niet anders kan. Hij weet ook waarom. Dat weet hij omdat hij al druk bezig is geweest de familie zover te krijgen. Dat ze zich opnieuw in de schulden storten. Dat Higgins' zus weer met de verkeerde mensen in aanraking komt. Hij stort ze in allerlei problemen waar ze zonder zijn hulp onmogelijk uit kunnen komen. Hij creëert eerst de problemen. Daarna schiet hij ze te hulp. Dat hoort bij zijn werk. Om waardevolle contacten als Higgins afhankelijk van hem te maken. Want je kunt wel mensen in je zak hebben, je moet ze daar ook zien te houden.

'Ga maar naar huis, Joseph,' zegt Young. 'Ik blijf nog even hier. Ik moet nog een paar telefoontjes afhandelen.'

Higgins knikt. Hij staat op uit de stoel en schudt Young de hand. Altijd zo beleefd. God mag weten waar hij die goede manieren vandaan heeft. Niet van zijn verdorven, gedegenereerde familie, dat staat vast. Hij hoeft niemand te bellen, maar er zijn dingen waarover hij moet nadenken. Problemen die opgelost moeten worden. Het goede nieuws is dat Shug nu op de radar van de politie staat. Ze moeten suggereren dat hij naar de drugs is overgestapt. Hem aan Winter linken. Maar het is niet het gesprek met Higgins waar hij nu aan denkt. Hij denkt aan het telefoontje van Frank MacLeod. Een kort gesprek dat suggereerde dat heel binnenkort de volgende stap zal worden gezet. De vraag voor Young luidt: wie doet die eerste stap? Als strateeg is hij degene die met het antwoord op die vraag zal moeten komen.

Het is verleidelijk om Davidson te elimineren. Een goede gelegenheid om de vijand een klap toe te brengen. Maar wie gebruik je daarvoor? Frank is niet inzetbaar. En het is onveilig om Calum twee keer kort na elkaar te gebruiken. Onveilig om sowieso twee liquidaties in zo'n korte tijd te laten doen, wie je er ook voor gebruikt. Het is verleidelijk om zelf de eerste stap te zetten. Maar het is misschien wijzer om dat aan de tegenpartij over te laten. Laat die maar iets doen. Laat die zich maar dieper in de nesten werken. Als ze iemand van onze mensen ombrengen, geeft dat ons carte blanche. Er is niets wat níét geoorloofd is als je zelf bent aangevallen. Je kunt er zelfs de sympathie van de andere organisaties mee winnen. Laat de mensen maar zien dat Shug een gevaar is. Dat hij ook voor de rest van de business een gevaar kan zijn.

Misschien moet je iemand opofferen om die boodschap over te brengen. Dat is altijd een treurige zaak. Het is een nare beslissing om iemand van je eigen club uit de boot te laten vallen. Maar zo is het leven. Misschien moet je Calum wel opofferen. Dat zou vreselijk zijn, maar hij heeft voor diverse andere mensen in de business gewerkt, dus het zou een grote impact hebben. Hij heeft goede connecties, geniet veel respect. Een groot verlies op een slecht moment. Nu Frank er niet is, zul je op zoek moeten naar iemand anders. Derde keus. Calum was de beste kandidaat. Toch is de mogelijkheid het overdenken waard. Wacht nog maar even. Laat Davidson het eerst maar eens met Calum proberen. Kijken hoe dat afloopt. Het is nog niet nodig om mensen te waarschuwen. Blijf zitten waar je zit en laat de dingen gebeuren.

42

Fisher gaat de kleedruimte binnen. 'Waar is die andere knul?' vraagt hij aan Matheson.

'Joseph? Die is al naar huis. U bent hem net misgelopen.'

Verdomme! Je moet die jonge gasten het gevoel geven dat ze je iets schuldig zijn. Het gevoel dat je ze een grote dienst hebt bewezen door ze bij alles te betrekken. Zo win je hun loyaliteit. Zo kun je ze tot bruikbare smerissen kneden.

'Maakt niet uit. Jij komt mee, en kies zelf een derde man uit. We gaan op bezoek bij Zara Cope. Met een arrestatiebevel en een huiszoekingsbevel.'

Matheson komt terug met een agent die hij niet kent, ook weer zo'n jonge gast. Zolang het Greig niet is, vindt Fisher het best. Ze stappen in de auto en rijden naar Zara Copes flat. Hij gaat haar de duimschroeven aandraaien. Kijken of ze bereid is hem de schoenendoos te geven, zonder de noodzaak de hele flat binnenstebuiten te keren. Ze zal op haar hoede zijn. Fisher weet dat. Ze is zo'n cynische, slimme, door de wol geverfde vrouw die je het leven verdomd moeilijk kan maken. Ze zal zeker op de proppen komen met huilverhalen. Met subtiele leugentjes. Ze zal de waarheid net zo lang omvormen totdat die haar goed uitkomt. Hij moet haar van iets kunnen beschuldigen. Moet een manier bedenken om haar achter de tralies te krijgen. Daar draait alles om. Dan vinden we misschien de moordenaar.

Dat is de deprimerende gedachte die zich van Fisher meester maakt wanneer ze het flatgebouw binnengaan. Want wat ze nu gaan doen, brengt hem geen stap dichter bij de moordenaar van Lewis Winter. Hoe vaak gebeurt dat niet? Je begint aan een onderzoek en voordat je het weet ben je bezig met een heel ander onderzoek. Alle betrokkenen zitten tot aan hun nek in de criminaliteit, dus je stuit op talloze zaken die je afleiden van je aanvankelijke doel. Hij gaat de twee smerissen voor naar de deur van Zara's flat. Die kent hij inmiddels. Had hij maar een huiszoekingsbevel gehad toen hij hier de vorige keer was. Dat had hem een hoop werk en tijd bespaard. Maar hij wist toen nog niet wat hij nu weet.

Hij klopt op de deur. Het zou het leven zoveel aangenamer maken als Cope de spullen nog heeft. Met als bonus dat ze alles over de moord weet. Zo luidt zijn gebed. Je hebt genoeg middelen om haar aan de praat te krijgen. Ze vertelt je dat ze weet wie het heeft gedaan. Ze weet waarom het is gedaan. Ze geeft je alles waar je behoefte aan hebt. Soms gebeurt dat. Deze keer waarschijnlijk niet. Er wordt niet opengedaan. Het is al laat. Hij klopt nog een keer, harder nu. Hij blijft net zo lang kloppen tot ze opendoet. Hij bonst op de deur. Zijn zenuwen beginnen op te spelen. Het onderzoek dreigt hem te ontglippen. Dit is maar een troostprijs. Goed gedaan, zullen de mensen zeggen, je hebt twee mensen gepakt die de wet hebben overtreden. Er is nog steeds een goede kans dat je de moordenaar zult pakken. Vergeet het maar. Die kans wordt steeds kleiner. Tenzij er iets gebeurt wat je niet verwacht. Tenzij iemand opeens begint te praten.

De deur gaat open. Een angstig gezicht kijkt naar buiten. Een jonge vrouw van wie de ogen zich moeten aanpassen aan het duister. Ze lag al te slapen, dat is duidelijk. Gekleed in een vest en een boxershort, geen make-up. Ze ziet er bang uit. Ze had geen idee wie er voor de deur kon staan.

'Zara Cope, ik heb hier een huiszoekingsbevel voor je flat. Wat we ook hebben, is een arrestatiebevel voor het in bezit hebben van drugs met de bedoeling die te verkopen, en voor het achterhouden van informatie in een politieonderzoek. Je zult het vast niet erg vinden als we even binnenkomen.' Hij probeert het op neutrale, zakelijke toon te zeggen. Maar het komt sarcastisch en een beetje treiterend zijn mond uit. Nou en? Ze verdient niet beter.

Zara opent de deur helemaal en doet een stap opzij. Ze moet nadenken. Ze gaan haar voor de rechter slepen voor drugsbezit en voor het achterhouden van bewijs. Haar eerste gedachte, toen ze het woord 'drugs' hoorde, gold Nate. Had hij haar verlinkt? Nee, niet Nate. Die is zelf te zeer betrokken bij de business. Maar hoe verbitterd was hij jegens haar? Wraak is een gerecht dat je koud opdient, zeggen ze. Toen zei Fisher iets over het achterhouden van bewijs. Op dat moment viel het muntje. Nate wist helemaal niet dat ze bewijs had achtergehouden. De drugs vormen geen bewijs. De tweede getuige is het bewijs. Stewart. Hij heeft gepraat. Of ze hebben hem gepakt, of hij is naar de politie gestapt. Waarschijnlijk het laatste. Hij had zeker de smoor in omdat zij hem aan de kant had gezet. De sukkel. Die komt zichzelf nog wel eens tegen.

Fisher dringt zich langs haar heen, beent de flat binnen en doet de lichten aan. Doe alsof je thuis bent, waarom niet? Hij staat in de sober ingerichte woonkamer en kijkt dreigend om zich heen.

'Waarom bespaar je ons niet een hele hoop werk en vertel je ons meteen waar die schoenendoos is,' zegt hij.

'Schoenendoos?' Krijg de pest, Stewart. Ik had kunnen weten dat een zielige figuur als jij niet te vertrouwen was. Ik had een andere manier moeten bedenken. Als ik had geweten dat Greig als eerste op de plaats delict zou arriveren... Had ik het maar geweten.

'Aye, de schoenendoos. We weten dat je drugs en geld in een schoenendoos had en dat je die hebt meegenomen naar deze flat. Als je ons gewoon vertelt waar die is, kunnen we ons allemaal een hele hoop moeite besparen.'

Ons allemaal. Dat klinkt verleidelijk. Maar wat gebeurt er als je dat doet? Als je ze vertelt dat je die doos allang kwijt bent, zullen ze willen weten aan wie je die hebt gegeven. Je kunt niet doen alsof je dat niet weet. Dan zul je ze moeten vertellen dat je de spullen aan Nate hebt gegeven. Dan wordt Nate gearresteerd. Die willen ze maar al te graag achter de tralies hebben. Ze zullen tot het uiterste gaan om meer aanklachten tegen hem te vinden. Ze weten dat hij gevaarlijk is, hij staat op de politieradar. Al een hele tijd. Ze hebben alleen niets waarvoor ze hem kunnen oppakken. Als zij praat, hebben ze dat wel. Nee, dat mag niet gebeuren. Ze mag dan ernstig tekortschieten als moeder, Rebecca is close met haar vader en zij mag niet riskeren dat hij haar niet meer mag zien. Nee, hij doet te veel zijn best om een vader voor haar te zijn. Je bent het hem verschuldigd dat je hem erbuiten laat.

'Ik heb geen idee waar u het over hebt,' zegt ze, half slaperig. 'Een schoenendoos? Wat nou schoenendoos?'

Fisher kijkt naar haar en er verschijnt een verbitterde trek op zijn gezicht. 'We weten dat je een schoenendoos met drugs en geld had. Waar is die nu? Of heb je hem al aan iemand doorgespeeld?'

'Ik weet echt niet waar u het over hebt. Als jullie het huis willen doorzoeken, ga gerust je gang, ik heb hier geen drugs en geld. En het meubilair is niet van mij, dus probeer alles heel te laten.'

Er klinkt zelfvertrouwen door in haar stem. Dus ze is het spul al kwijt. En als ze er nog geen geld voor heeft ontvangen, zal het moeilijk worden om hard te maken dat ze het ooit heeft gehad. Het is haar woord tegen dat van Macintosh. Verdomme, wat is ze snel. Maar deze keer draai je je er niet uit.

Fisher wendt zich tot de twee agenten. 'Oké, mannen, doorzoek het huis. En jij,' zegt hij tegen Zara, 'blijft bij mij. Jij en ik gaan aan tafel zitten en gaan eens uitgebreid over het leven praten.'

De agenten beginnen de flat overhoop te halen en richten algauw een ravage aan waarmee de eigenaar niet blij zal zijn. Fisher zit tegenover Zara aan de keukentafel.

'Je weet dat we een getuige hebben die je achter de tralies kan brengen,' zegt Fisher. Hij praat zachtjes, bijna op samenzweerderige toon. 'Wil je niet de bajes in, dan zul je een goede indruk op ons moeten maken; dat is je enige hoop. En dat doe je door me alles te vertellen wat je weet. Misschien kan ik je dan buiten de bajes houden. Je zult zeker een veroordeling krijgen, maar ik kan ervoor zorgen dat de rechter weet dat je een braaf meisje bent geweest.'

Vertel me alles wat je weet. Hij heeft het niet alleen over deze misdaad. Hij heeft het over letterlijk alles wat je weet. Alle mensen die je kent. Je kunt hem een goudmijn aan informatie geven. Daar hoopt hij op. Jij bent het in de hoek gedreven gangstermeisje, hij de grote, angstaanjagende smeris, en jij stort je hele hart bij hem uit. Nou, zet dat maar uit je hoofd.

'Dus jullie hebben Stewart gesproken, hè? Ik heb geen idee wat hij jullie heeft verteld. God mag weten wat er in het hoofd van die idioot omgaat. De kleine fantast. Ik heb alleen geprobeerd hem buiten schot te houden. U begrijpt toch wel wat een rechtszaak voor gevolgen zal hebben voor zijn carrière? Nou, daar zal hij binnenkort achter komen. Hij heeft me gesmeekt of ik hem wilde helpen. Barstte in tranen uit. Goed dan, zei ik, ga maar. Ga maar weg en ik zal doen alsof je hier nooit bent geweest. Jezus, je probeert iemand te helpen en dan krijg je dit.'

Ze kan liegen alsof het gedrukt staat. Een linke tante, zo'n mens door wie een oude, half-ingeslapen rechter zich misschien om de tuin zal laten leiden.

'Dus je geeft toe dat Stewart Macintosh in het huis was op het moment dat de moord werd gepleegd.'

'Ja,' zegt ze, 'hij was erbij. Hij vroeg me of ik hem alsjeblieft wilde helpen. Ik wist niet wat ik moest doen. Ik had net gehoord dat Lewis was doodgeschoten. Ik kon niet goed nadenken. Dus ik zei: goed dan, ik zal je helpen. Ga maar gauw weg, ik zal niets zeggen. Hij was me zo dankbaar. Op dat moment dacht ik dat ik het juiste deed. Nu niet meer, dat lijkt me duidelijk. Maar op dat moment wel.'

Ze begint in haar ritme te komen. Het verhaaltje dat ze in elkaar heeft gesleuteld, krijgt gaandeweg meer samenhang. Ze is eerlijk over de dingen waarover ze niet kan liegen, en de rest vermijdt ze.

Fisher blijft even zwijgen zodat ze kan horen dat de twee agenten haar slaapkamer overhoophalen. Ze geeft geen krimp. Maakt geen nerveuze indruk. Dus er is niets te vinden. Shit!

'Hij beweert dat je naar boven bent gegaan om de drugs en het geld te pakken. Dat je weer naar beneden kwam, alles aan hem hebt gegeven en hem hebt verteld hoe hij moest vluchten. Dat je gisteren bij hem langs bent gegaan om de spullen op te halen. Dat hij die voor je in een schoenendoos had gestopt en dat jij met die schoenendoos bent vertrokken.'

Ze schudt haar hoofd en er speelt een glimlachje om haar lippen. 'Onzin. Wat een kletspraat. En jullie geloven dat? Jezus, zijn jullie echt zo naïef? Stewart wilde me weer zien, dat is alles. Omdat we niet hadden afgemaakt waaraan we waren begonnen, als u begrijpt wat ik bedoel. Hij wilde me weer zien om het af te maken. Ik ben naar zijn flat gegaan om met hem te praten. Om hem te vertellen dat hij dat wel kon vergeten. Ik heb geprobeerd om hem dat op een zo vriendelijk mogelijke manier aan zijn verstand te peuteren.'

Verdomme. Ze geeft toe dat ze naar zijn flat is gegaan. Als ze dat had ontkend en zij konden het tegendeel bewijzen, had hij haar verder in de hoek kunnen drijven. Maar ze dekt zich aan alle kanten in. Als een echte prof.

'Hij bleef maar zeuren dat hij me zo graag wilde zien. Dat hij bij me wilde zijn. Dat het hem niet kon schelen dat er misschien problemen van zouden komen. Het kon hem niet schelen wat er met Lewis was gebeurd. Hij wilde mij. Ik heb nee gezegd. Dat het voor mij veel te snel ging. Dat het voor hem ook niet goed zou zijn. Hij is een gevoelsmens. Ik heb dat tegen hem gezegd en ben weggegaan. Dat leek me het beste. Hij is beter af zonder mij. Ooit zal hij dat zelf ook inzien. Nu is hij duidelijk verbitterd, probeert hij terug te slaan. Ik vind het nogal kinderachtig.'

Ze is echt goed. Je kunt de pest hebben aan de persoon, maar je moet wel bewondering hebben voor de behendigheid waarmee ze het op tafel legt.

'Dus je gaat me niet vertellen wat je met Lewis' drugsvoorraad hebt gedaan?'

'Ik weet niet waar u het over hebt. Ik weet dat Lewis zich bezighield met zaken waar hij zich beter buiten kon houden... ik ben niet helemaal naïef. Hij praatte er met mij nooit over, maar dat was ook niet nodig. Ik wist het. Ik heb een oogje toegeknepen omdat ik van hem hield. Eén ding weet ik wel: er waren nooit drugs in huis. Nooit. Omdat hij weet... wist hoe ik daarop zou reageren.'

Nee, nog steeds niets. Ze geeft niets cadeau. 'Best. Het is jammer dat je dit zo moeilijk maakt, Zara. Je weet wat de consequenties zullen zijn. We gaan straks naar het bureau. We laten een advocaat voor je komen. Als de zaak voor de rechter komt, zal hij weten dat je het ons moeilijk hebt gemaakt. Dat we elk stukje informatie uit je hebben moeten trekken. Dat zal niet in je voordeel zijn.'

De huiszoeking wordt afgerond. Er is niets gevonden. Bijna letterlijk niets. Ze heeft hier nauwelijks spullen van zichzelf. Alleen wat kleding. Dat is alles. Het meubilair en de rest horen bij de flat. Ze heeft verder niets wat op haar naam staat.

'Goed dan, we nemen je mee naar het bureau,' zegt Fisher. Hij houdt de toon van zijn stem zakelijk. Hij wil zeker weten dat ze straks niets heeft om over te klagen. 'Ik arresteer je op verdenking van het bezit van drugs met de bedoeling die te verhandelen, en voor het achterhouden van bewijs in een moordonderzoek.' Hij handelt de formaliteiten af, vindt het goed dat ze een spijkerbroek, een sweatshirt met capuchon en een jas aantrekt, en neemt haar mee de flat uit. De twee agenten in uniform volgen zwijgend.

In de auto op weg naar het bureau zegt ze niets. Ze kijkt boos voor zich uit. Boos op de hele wereld. Zo kijken ze vaak als ze zijn gepakt. Ze kunnen niet geloven dat iemand heeft uitgedokterd wat ze hebben gedaan. Ze kunnen niet begrijpen dat *zíj* zijn gepakt, en niet een van de vele andere criminelen die ze kennen. Ze vervloeken hun lot, alsof dat de schuld van alles is. Ze bedenken manieren om voor zichzelf te rechtvaardigen wat ze hebben gedaan en ze begrijpen niet waarom de politie hun logica niet kan volgen. Iedereen in het criminele circuit doet dat. Je gaat op zoek naar een logica die je kunt toepassen op jouw situatie. Je zoekt rechtvaardiging voor wat je hebt gedaan, wat dat ook is. Vind je die, dan klamp je je eraan vast. Je vindt het maar raar dat de rest van de wereld het niet met je eens is. Cope zal deze manier van denken net zozeer volgen als iedereen in het criminele circuit, denkt Fisher bij zichzelf.

Ze gaan het bureau binnen. Als Fisher haar voorgaat naar de arrestantenbalie, om haar door de wachtsergeant te laten inschrijven, ziet ze een bekend gezicht. In de gang, in vrijetijdskleding, met een sporttas over zijn schouder, loopt Paul Greig. Zijn dienst is zeker afgelopen. Hij had gezegd dat hij haar zou helpen. Ja, ja. Hij helpt haar alleen als er geld aan te verdienen valt. Niet als het hem ongelegen komt. Ze kan de anderen het een en ander over hem vertellen. Dan wordt het haar woord tegenover dat van een smeris. Ze zullen haar niet geloven. Of ze geloven haar wel en doen er niets aan, uit gêne. Bovendien zal het haar door veel mensen in het criminele circuit niet in dank worden afgenomen als ze over hem uit de school klapt. Dat kan ze nu niet riskeren. Ze zal al haar vrienden en bekenden nu nodig hebben.

Greig ziet haar. Ziet Fisher. Een lichte aarzeling in zijn volgende stap. Heel even, een fractie van een seconde, overweegt hij te blijven staan en iets tegen haar te zeggen. Haar te vragen waarom ze hier is. Nee. Laat Fisher niet merken dat je belangstelling voor haar hebt. Geef hem geen aanleiding je van iets te verdenken. Hij heeft al een bloedhekel aan je. Als ze in de problemen zit, is dat haar zorg. De wet van de jungle. Je zorgt alleen voor jezelf, voor je eigen veiligheid. Niemand is verplicht je te hulp te schieten. Je hebt niet het recht je daarover te beklagen. Zij weet dat. Ze zal haar mond dichthouden. Cope kijkt hem aan als Fisher met de wachtsergeant praat. Hij trekt zijn wenkbrauw een fractie op. Een blik die wil zeggen: tja, pech. Ze weet hoe het werkt. Hij loopt door naar de deur. Laten we hopen dat Fisher je aarzeling niet heeft opgemerkt, en dat hij niet heeft gezien dat Cope naar je keek. Je wilt zijn aandacht niet trekken.

Ze laten een advocaat voor haar komen. Ze krijgt twintig minuten met hem alleen om haar hart te luchten. Wat ze hem vertelt, zal een fabel van formaat zijn, een oerwoud van leugens waarin hij verstrikt zal raken. Een zwakke advocaat en een sterke cliënt vormen samen een lastige tegenstander. Fisher zal tot het allerlaatst goed op zijn tellen moeten passen. Ze heeft tijd genoeg gehad om haar verhaal te houden... het is tijd om naar binnen te gaan. Fisher en rechercheur Davies lopen de verhoorkamer binnen. Hij gaat tegenover Zara aan tafel zitten. Kijkt haar recht aan terwijl hij de formaliteiten doorneemt.

'Voordat we beginnen,' zegt Zara zacht, 'zou ik graag willen weten hoe ver jullie zijn met het opsporen van de mensen die Lewis hebben vermoord. Want dat is toch jullie taak?'

Touché. Een heel nauwkeurig geplaatst schot. Zelfs zij weet dat het echte onderzoek op een dood spoor zit. Zelfs zij kan zien dat je hebt gefaald. Overtuig haar ervan dat ze het mis heeft.

43

Er zijn van die nachten dat je gewoon niet kunt slapen. Dat heeft niets met een bezwaard gemoed te maken. Dat houdt Calum zichzelf altijd voor. Hij voelt zich niet schuldig over de dingen die hij heeft gedaan. Hij heeft ze voor zichzelf gerechtvaardigd. Maar soms komt je hoofd niet tot rust. Je gaat slapen, maar binnen een uur ben je weer wakker. Vaak schrik je wakker, worstelend met de deken, die je van je af gooit. Er is iets in de kamer. Er is iets op je bed. Nee, niet waar. Dat verbeeld je je. Je hebt je te lang in het duister opgehouden. Te lang op de toppen van je zenuwen geleefd. Het is niet zo dat het na een klus erger wordt. Het is een constante. Het is de uitdaging om er niet aan toe te geven.

Calum is nu wakker. Hij zit rechtop in bed. In het duister. Sommige mensen zouden zeggen dat je dat doet omdat je bang bent. Omdat Davidson en zijn telefoontje nog steeds door je hoofd spoken. Dat is niet helemaal waar. Hij geeft er niet aan toe. Hij zit lang genoeg in het vak om te weten dat hij al het mogelijke heeft gedaan. Hij heeft Jamieson ingelicht via Frank. Ze zullen het inmiddels weten. Misschien hebben ze er al iets aan gedaan. Misschien is Davidson al dood. Niet dat het iets uitmaakt. Davidson vormt in dit geval niet het echte gevaar. Misschien is het dat wat hem dwarszit. Davidson is maar een werknemer van iemand anders. Het is de opdrachtgever die het ware gevaar vormt. Dat is degene voor wie je bang moet zijn. Ongeacht wat er met Davidson gebeurt is het de opdrachtgever die nog steeds gevaarlijk kan zijn.

Dagenlang hebben Jamieson en Young erop vertrouwd dat Calum de klus zou klaren. Ze hebben in hun kantoor gezeten en gehoopt dat alles goed zou gaan. Dat hij de klus goed zou uitvoeren. Ze hebben in onwetendheid geleefd. Het is vervelend als je niet weet wat er gaande is. Nu zijn de rollen omgekeerd. Nu zit jij rechtop in je bed en hoop je dat zij iets voor jou zullen doen. Voor wat hoort wat. Alleen hebben zij jou betaald voor je diensten. Tenminste, dat zullen ze uiteindelijk doen, als de kust veilig is. Je bent een werknemer. Je bent niet meer dan een van de stukken op het schaakbord. Ze kunnen met je doen wat ze willen. Hun verplichtingen jegens jou zijn niet dezelfde als jouw verplichtingen jegens hen. Misschien willen ze dat wordt gezien dat ze je helpen. Misschien willen ze dat hun andere werknemers denken dat zij het soort bazen zijn dat hun mensen te hulp schiet als dat nodig is. Of dat wordt gezien dat ze dat juist niet doen.

Dat is de reden dat je niet permanent voor één baas wilt werken. Je doet een klus, freelance, en je trekt je weer terug. Het maakt alles zoveel eenvoudiger. Je voorkomt dat je een speler wordt in het scenario van anderen. Want je kunt niet op die anderen vertrouwen. Ze spelen allemaal hun eigen machtsspelletjes. Daar draait het om in de business. Goed, op de lagere niveaus zijn de mensen alleen geïnteresseerd in het geld. Daar doen ze hun werk om snel rijk te worden. Maar op het topniveau is dat niet het belangrijkste. Het verschil tussen een middelgrote organisatie en een grote, landelijke organisatie zit hem niet in de financiën. De topman van een grote organisatie zal niet zoveel meer verdienen dan iemand met een kleinere, regionale organisatie, omdat zijn onkosten astronomisch zijn. Dat zijn ze altijd, voor de echt grote jongens. Het ware verschil zit hem in de macht. Daar zijn ze opuit, en ze zijn bereid er veel geld voor te betalen.

Hij zit rechtop in bed. In het duister. Zowel letterlijk als figuurlijk; je leeft in het duister totdat iemand je van het tegendeel overtuigt. Dit is niet zijn manier van leven. Freelance... dat is stukken beter. Wanneer iedereen weet dat je niet gebonden bent aan een van de grote spelers. Dat niemand je ziet als bepalend voor het keizerrijkje van een ander. Als dat eenmaal gebeurt, ben je een wandelende schietschijf. Het is een warme nacht. Een nacht die warmer aanvoelt door de geagiteerde staat waarin Calum verkeerde toen hij wakker schrok. Hij kan zich niet herinneren waarvan. Zijn hand gaat naar het flesje appelsap op het nachtkastje. Verdomme! Het is leeg. Is het de moeite waard om op te staan en een nieuw flesje te pakken? Nee, dat niet. Hij gaat weer liggen.

Hij kan niet meer slapen. Misschien is het de leeftijd. Misschien begint hij, naarmate hij wat ouder wordt, zijn totale gebrek aan angst kwijt te raken. Inwendig is hij nog steeds een koele kikker. Hij kan zijn emoties nog steeds uitschakelen als hij aan het werk is. Hij kan de emotionele consequenties van wat hij doet nog steeds van zich af zetten. Maar hij heeft het vaker horen zeggen: als je wat ouder wordt, merk je dat de tijd zich tegen je keert. Als je nog iets wilt meemaken van de goede dingen van het leven – de dingen waaraan je door je werk nooit toe bent gekomen – zul je moeten opschieten. Misschien is dat het. Je hebt je gebonden aan Jamieson en je wordt door je werk meer dan ooit in je vrijheid beperkt. Bovendien loert Davidson op je, en alle dingen die je de laatste tijd belangrijker begint te vinden, zullen nooit de jouwe zijn.

Yep, hij heeft toch behoefte aan een slokje appelsap. Hij is toch al klaarwakker. Calum slaat de deken terug. Hij heeft een T-shirt en een boxershort aan, als je het per se wilt weten. Maar dat vraag je je waarschijnlijk niet af. Hij blijft een paar minuten op de rand van het bed zitten. Denkt na over zijn leven. Als hij een vrouw had en een klus zou moeten doen, hoe hield hij dat dan verborgen voor haar? Hoe hield hij voor haar verborgen wat hij nu deed? De bezorgdheid. De nasleep van een klus. Zelfs als een klus probleemloos verloopt, heeft die consequenties. Je bent midden in de nacht wakker, want je kunt niet slapen. Dat zal haar opvallen. Je zult haar toch iets moeten uitleggen. Dit werk en een normaal leven zijn gewoon niet verenigbaar. Het is afschuwelijk om het te moeten constateren, maar het is de waarheid. Dit werk is zo abnormaal dat je dingen moet opgeven die andere mensen als vanzelfsprekend beschouwen.

Hij staat op en loopt naar de deur van de slaapkamer. Hij blijft staan en kijkt om naar het digitale klokje op het nachtkastje. Tien over twee. Het is zeker niet voor het eerst dat hij 's nachts om deze tijd klaarwakker is. Hij is het gewend te werken in het duister. Zou je het anders willen? Geef het nou maar toe, je houdt van het werk. Hij glimlacht. De vrijheid die het je biedt. Je kunt doen en laten wat je wilt. Je wordt behoorlijk goed betaald voor werk dat je weinig moeite kost. Je houdt van de kick. Oké, je moet er bepaalde offers voor brengen, maar niemand zegt dat je dat voor altijd moet blijven doen. Hou het nog een paar jaar vol. Zoek dan een manier om eruit te stappen. Als dat mogelijk is. Dan ga je een wat normaler leven leiden. Als je genoeg geld hebt om geen gewone baan meer te hoeven aannemen. Geen negen tot vijf. Als je kunt werken wanneer jij daar zin in hebt.

Hij heeft één stap de keuken in gedaan als hij iets ziet bewegen. Het is donker, maar zijn ogen zijn gewend aan het duister en bewegingen zie je altijd, tenzij het aardedonker is. Het moment is daar. Binnen een fractie van een seconde weet je dat je in gevaar bent. Je begrijpt onmiddellijk wat er aan de hand is en hoe ernstig je problemen zijn. Het menselijk instinct doet dat. Niet je jaren ervaring in de business. Iedereen heeft dit instinct; je valt er alleen vaker op terug wanneer je in de business zit. Calum is er ook al vaker op teruggevallen. Hij weet hoe laat het is. Hij weet dat hij tot aan zijn nek in de problemen zit en dat het waarschijnlijk te laat is om er nog iets aan te doen. Je accepteert de realiteit. Maar je gaat het gevecht wel aan. Dat is een ander menselijk instinct. De drang om te overleven. De wil om terug te vechten.

Het is een grote gedaante die op hem afkomt. Hij denkt meteen aan Davidson. Die is groot. Dus Young en Jamieson hebben niet ingegrepen. Leuk om te weten. Het maakt nu niet meer uit. Hij heeft één voordeel. Eén piepklein voordeel. Calums ogen zijn meer aan het duister gewend dan die van Davidson. De grote man komt op hem af en brengt zijn hand omhoog. Hoger dan Calum had verwacht. Dus geen pistool. Een mes. Hij gaat voor de geruisloze liquidatie. Inbreken en hem doodsteken als hij ligt te slapen. Het lijk wordt op z'n vroegst de dag erna gevonden. Dan is Davidson allang weg. Leuk geprobeerd. Een klein gelukje dat Calum wakker was toen Davidson binnenkwam. Of is hij wakker geworden van het gekras van het slot dat werd geforceerd? We zullen het nooit weten.

Calum houdt zijn onderarm omhoog. Denk aan de plaatsing van je voeten. Neem de juiste houding aan om terug te vechten. Je instinct zegt je dat je het initiatief aan hem moet overlaten. Hij is groter dan jij. Hij heeft het mes. Jij hebt niets. Reageer op zijn eerste actie. Dan probeer je het mes te pakken. De donkere gedaante haalt uit met het mes. Nog niet met de bedoeling je te doden. Het is een zwaaiende beweging, bedoeld om Calum achteruit te dwingen. In een positie vanwaaruit een tegenaanval niet mogelijk is. Nu komt het op lef aan. Hoeveel pijn kun je verdragen? Blijf staan waar je staat. Laat hem je armen opensnijden. Laat je door hem verwonden. Waar het om gaat is dat je het overleeft. Je zult niet ongehavend uit de strijd tevoorschijn komen... dat is duidelijk. Dit is knokken voor je leven. Calum blijft staan. Met zijn ene arm omhoog. Op zijn tenen, klaar voor de tegenaanval. De grote gedaante zwaait weer met het mes, haalt het over Calums onderarm. Het lemmet dringt door de huid. Snijdt door het weefsel, tot op het bot, zo voelt het. De pijn is scherp. Laat je er niet door afleiden. Het is nú het moment om te reageren.

Een korte aarzeling. Dit is de opening. Hij duikt naar voren. Met zijn hoofd vooruit. De bovenkant van zijn schedel raakt de kin van de grote gedaante. Een ingehouden gegrom van pijn. Een stap achteruit. De opening. Pak het mes. Het maakt niet uit dat het lemmet je hand opensnijdt, zolang je het maar overleeft. Hij heeft iets vast. Het is duwen en trekken. Een paar seconden lijken verloren te gaan in het duister. Ben je aan het winnen of aan het verliezen? Wat doet je tegenstander? De vraag blijft open. Een paar seconden gebeurt er niets. Het grote lijf probeert zich weg te draaien, zich van jou vandaan te bewegen. Er schiet iets los. Een licht gevoel in je hoofd. Er stroomt bloed over je hand. Je zou op je knieën willen vallen. Je werpt je naar voren, maakt gebruik van de opening. Het mes dringt het lichaam binnen. Het glijdt er zo gemakkelijk in. Zonder weerstand. Je draait het een keer om. Het gevecht is voorbij.

Epiloog

Alleen al zijn broek aantrekken is moeilijk. Zijn heup is stijf, hoewel het iets beter begint te gaan. Hij is nog niet klaar voor een grote excursie als deze, volgens de artsen, maar het begint te komen. Toch zal hij de excursie moeten maken, of hij het nu leuk vindt of niet. Dit is iets wat Frank moet doen. Hij heeft zijn benen in de broekspijpen gestoken en komt overeind. God, wat is hij slecht in vorm. Hij betwijfelt of op zijn reet zitten in Spanje daar veel aan zal veranderen, maar daar gaat hij volgende week naartoe. De reis zal een test zijn. Het is meer dan een maand geleden dat hij is geopereerd. De eerste paar weken heeft hij in een stoel gezeten, met zijn been op een bankje. Saai en beschamend. Een actief mens met een jeugdige geest als hij hoort niet de hele dag in een stoel te zitten. Gelukkig hebben alleen Peter Jamieson en Calum MacLean hem zo gezien. Peter wist wat hij kon verwachten en vond het niet erg. En Calum... tja, arme Calum.

Hij heeft zijn broek opgehesen, goddank. Stopt zijn hemd erin en knoopt de broek dicht. Riem. Waar is zijn riem? Daar. Hij doet hem om. Das. Heeft hij ook om. Nu alleen nog zijn jas. Geen leuke manier om de dag te beginnen. Zaken als deze geven hem altijd een bedroefd, wat opgelaten gevoel. Frank weet dat het hem gemakkelijker zou moeten afgaan. Hoewel hij zich op dit moment best goed voelt. Hij heeft zijn autosleutels in zijn hand. Het is voor het eerst dat hij met zijn nieuwe heup gaat autorijden. Iets vroeger dan hem is aangeraden, maar ach wat... hij voelt zich goed. Hoe langer hij erover nadenkt, hoe beter hij zich voelt. Hij glimlacht zelfs als hij de voordeur achter zich dichttrekt en naar de straat loopt. Hij stapt in de auto. Het kost hem even wat moeite om zijn been in de juiste stand te buigen. Het is stijf, maar het doet geen pijn. Dat is al een hele vooruitgang. De pijn is verdwenen; hij moet nu alleen nog zijn kracht zien terug te vinden.

Frank rijdt als een oude man. Dat heeft hij altijd gedaan. Hij rijdt als iemand die weet hoe hij niet de aandacht moet trekken. Veertig jaar ervaring heeft de lessen van lang geleden in een permanente gewoonte veranderd. Hij zou niet meer op een andere manier kunnen rijden. Voor eeuwig voorzichtig. Hij kent de straten, kent de stad. Die verandert voortdurend, maar hij leert bij. Hij is er bijna, weet niet precies wat hij moet verwachten. Hij vloekt binnensmonds als hij langs de stoeprand stopt. Hij heeft het goede adres. Hij had kunnen weten dat het lastig zou worden. Een bezoek als dit is altijd onaangenaam, hoe je het ook wendt of keert. De flat is op de tweede verdieping. Wedden dat er geen lift is? Het kost hem wat moeite om met zijn volle gewicht in één beweging uit de auto te stappen. Maar het doet geen pijn, dus houdt hij de moed erin. Dit zijn ongemakken die hij wel aankan.

Er zit geen elektrisch slot op de deur van het flatgebouw. Er is helemaal geen beveiliging. Frank duwt de deur open en kijkt om zich heen. Geen lift, natuurlijk. Met een zucht begint hij de trap op te lopen. Komt op de eerste verdieping. Puft een beetje, maar niet van de pijn. Door naar de tweede. Zijn heup voelt stijf en zwaar, maar als het daarbij blijft is dat niet zo erg. Hij denkt aan de reis die hij gaat maken. In een vliegtuig zitten, door de aankomsthal lopen. Het is goed dat hij alvast een beetje kan oefenen, om alles wat soepeler te maken. De flat die hij zoekt is gemakkelijk te vinden. Een korte, zwak verlichte gang met drie deuren. Hij zoekt nummer acht. Klopt op de deur. Er is een spionnetje, en hij gaat er recht voor staan. Wacht twintig seconden en dan gaat de deur open.

Calum ziet er beroerd uit. Zijn linkerhand zit dik in het verband; hij ziet er bleker en magerder uit dan de laatste keer dat Frank hem zag. Calum knikt hem afwezig gedag.

'Goed je te zien, Calum,' zegt Frank. Vriendelijk. Gemeend. 'Mag ik binnenkomen?'

Calum gaat hem door een korte gang voor naar de woonkamer en biedt hem een stoel aan. 'Of wil je liever een rechte stoel?' vraagt Calum. Hij kijkt naar Franks heup, maar zegt er niets over. Hij kijkt trouwens naar de verkeerde heup, maar Frank is niet van plan hem daarop te wijzen.

'Dat zou een stuk schelen.' De oude man glimlacht.

Calum gaat naar de keuken en komt terug met een rechte stoel. Hij speelt de goede gastheer, maar meer dan spelen is het niet. Hij probeert tijd te rekken, en dat weten ze allebei. Hij vraagt zich af wat dit onverwachte bezoek te betekenen heeft. Calum denkt aan de laatste keer dat hij Frank zag. Toen was hij het die bij Frank op bezoek ging. Een zakelijk bezoek, vermomd als een sociaal bezoek. Dit bezoek is net zo.

De onaangename atmosfeer is er al. Niet dreigend, maar gespannen. Zodra Jamieson was begonnen over dit bezoek, had Frank geweten dat het vervelend zou worden. Calum is veel te slim om dat niet onmiddellijk door te hebben. Er zijn genoeg idioten bij wie je kunt langsgaan en die er niets achter zouden zoeken. Die niet zouden weten dat de baas je heeft gestuurd om druk op ze uit te oefenen. Calum is niet zo'n idioot. Zodra hij Frank door het spionnetje zag, moet hij het hebben geweten. Nu is hij in de hoogste staat van paraatheid. Hij zit tegenover Frank. Kijkt hem aan. Probeert vriendelijk te kijken, maar slaagt daar niet in. De blik in zijn ogen is uitdagend. Alsof hij Frank uitdaagt tegen hem te praten. Hem uitdaagt meer te zijn dan alleen een marionet van de baas. Frank schraapt zijn keel.

'Moet je ons zien, huh? Een stel wrakken. Je hand. Ik heb gehoord dat het ernstig was.'

Calum knikt en tilt zijn linkerhand een stukje op. 'Alleen deze. De andere viel wel mee. En de snee in mijn arm was ook niet zo diep. Het heelt wel, als ik het wat tijd geef. Het had veel erger gekund.'

Frank weet alles van de diagnoses. Jamieson heeft het hem verteld. Het was Jamiesons eigen arts die Calum heeft behandeld. Hij heeft de wonden gehecht en hij begeleidt de genezing totdat Calum weer aan het werk kan. De arts heeft laten doorschemeren dat Calum zijn fysio-oefeningen niet doet. Dat hij niet meewerkt aan het genezingsproces. De arts is een pillenslikker. Hij heeft zijn praktijk een paar jaar geleden moeten sluiten vanwege een slechte gezondheid. Nu krijgt hij geld en drugs van Jamieson voor zijn diensten. Frank is geen fan van hem. Maar ze konden Calum niet naar een ziekenhuis brengen, dan zouden ze hem op de radar van de politie hebben gezet. Een jongeman komt naar het ziekenhuis met steek- en snijwonden in beide handen en rechteronderarm. Driemaal raden wie ze dan bellen. Dan had er binnen een uur een agent naast zijn bed gezeten. Of binnen vijf minuten, als de artsen hadden ontdekt dat een deel van het bloed niet van Calum was. Frank heeft het allemaal aangehoord, ook hoe Jamieson zijn vrees uitsprak over Calums verzet tegen zijn inlijving. Dat hij de verwondingen aan zijn handen gebruikt om zelfstandig te blijven. Het enige waaraan Frank kan denken is hoe die jongen de zaak heeft afgehandeld.

Hij voelt vooral bewondering. En een beetje jaloezie. Frank heeft Calum zelf voor de klus uitgezocht. Hij heeft hem aanbevolen. Uiteindelijk zal hij zijn vervanger worden. Zo zal het gaan. Het frisse, jonge talent komt aan boord en verricht goed werk. Hij wordt de reserve van de vaste man. De tijd verstrijkt. Frank wordt trager. Calum dwingt respect af en wordt de vaste man. Frank weet dat hij tegenover degene zit die hem uiteindelijk op een zijspoor zal rangeren. Maar dat wist hij al toen hij de jongen uitkoos. Hij klaagt niet. Hij voelt hooguit wat angst. Een huurmoordenaar wil doorwerken tot hij erbij neervalt, of tot iemand hem omlegt. Het frisse, jonge talent kan hem de kop kosten. Frank glimlacht, spreekt zijn gedachten niet uit.

'Ik heb gehoord hoe je het met Davidson hebt afgehandeld,' zegt hij. 'Het was briljant wat je hebt gedaan.'

Calum knikt, haalt zijn schouders op. Zo bescheiden.

Hij is er niet zo zeker van dat hij het briljant heeft gedaan. Hij herinnert zich alleen het bloed en de angst. Dat hij probeerde overeind te krabbelen. Davidson die dood op de vloer lag. De adrenaline die door zijn lijf gierde. Die al het andere overstemde. Hij wist dat hij pijn had, maar niet waar hij precies gewond was geraakt. Hij probeerde helder na te denken. Stond twee minuten roerloos voor zich uit te staren. Daarna liep hij naar de telefoon. Het bloed maakte het moeilijk om de knopjes in te drukken. Hij belde George. Zei dat hij moest komen. Er was werk te doen. George kwam. Het was moeilijk, maar ze slaagden erin het lijk te dumpen. Vermoeidheid die in golven kwam. George deed al het handmatige werk. De angst dat ze gepakt zouden worden. De angst dat hij zou flauwvallen. George was geweldig. Ze dumpten het lijk. George bracht Calum naar zijn eigen flat en ging regelen dat Calums flat werd schoongemaakt. Calum wilde geen contact opnemen met Jamieson. Pas als al het stof was neergedaald. George besloot anders. Hij wilde hulp bij de schoonmaak. Hulp van de profs.

Dat was het moment waarop de organisatie in actie kwam. Er werd iemand naar Calums flat gestuurd om die grondig te reinigen. Er werd een onderduikadres voor hem gevonden. Er kwam een arts naar hem toe om zijn verwondingen te verzorgen. Alle dingen die hij zelf niet kon regelen, werden voor hem gedaan. Hij werd liefdevol door de organisatie in de armen gesloten. Hij werd beschermd. Hij werd stevig omhelsd. Alles stilzwijgend, maar wel zodanig dat iedereen kon zien dat ze hem hielpen. Er is nooit gezegd dat er van hem wordt verwacht dat hij er iets voor terugdoet. Dat is niet nodig. Eerst een goed huis om onder te duiken, daarna een leuk flatje om in te gaan wonen. De oude flat wordt leeggehaald en schoongemaakt. Zijn wonden worden verzorgd door een arts van de organisatie. George komt regelmatig boodschappen brengen. Ze zorgen voor alles waar hij behoefte aan heeft. Zie je, zeggen ze daarmee, hoe goed we voor je zorgen? Wat zou je zonder ons moeten? Calum begrijpt het.

Hij begrijpt waarom Frank hier is. Hij is hier om je over de streep te trekken. Om ervoor te zorgen dat Jamiesons boodschap overkomt. Als Frank die komt brengen, is dat iets heel anders dan wanneer een gesjeesde huisarts dat doet. Afkomstig van Frank krijgt de boodschap meer betekenis. Frank is iemand voor wie je respect hebt. Iemand die ertoe doet.

'Je hebt je helemaal opgedirkt, huh?' zegt Calum met een glimlach, en hij knikt naar Frank.

Frank kijkt omlaag, naar zijn formele outfit. Hij is van de generatie die zich netjes kleedt voor bijzondere gelegenheden. Voor hem is dat heel normaal. 'Ik ga straks lunchen met Peter. We hebben een paar dingen over Spanje te bespreken. Hij heeft spullen voor me... de sleutels van de villa, dat soort dingen. En er zullen wel een paar regels zijn. Geen wilde feesten en zo.' Nu heeft hij Peter Jamieson bij het gesprek betrokken en zal Peter aanwezig zijn bij alles wat er nog wordt gezegd.

'Dus je was toevallig in de buurt,' zegt Calum met een alwetende glimlach.

Frank kan het doen zoals hij wil, het zal geen verschil maken. Calum vermoedt al waarom hij hier is en wat hij ook zegt, het zal niets aan de situatie veranderen. Calum weet dat Frank is gekomen om een boodschap over te brengen. Dus dat moet hij dan maar doen.

'En, hoe denk je erover?' vraagt Frank. Hij klinkt oprecht.

'Over mijn verwondingen? Die hebben wat tijd nodig, dan komt het wel weer goed. Dat zegt de dokter tenminste.'

'Oké. En over het werk?'

'Wat is daarmee?' Hij maakt het Frank niet gemakkelijk. Waarom zou hij?

'Ben je tevreden over de manier waarop alles is afgehandeld? Ik moet zeggen dat ik onder de indruk was van hoe je het zelf hebt gedaan. Die nacht. Je hebt de stad een dienst bewezen door die vreselijke Davidson om te brengen. En hoe je daarna de dump hebt afgehandeld. Indrukwekkend. Maar ben je tevreden over hoe de rest is gedaan?'

Dit is het moment. Als hij ja zegt, dat hij tevreden is over wat ze hebben gedaan, heeft hij niets om over te klagen. En als hij niets heeft om over te klagen, zou hij zijn best moeten doen om weer snel aan het werk te gaan.

'Zo te zien heeft iedereen goed werk geleverd,' zegt Calum. Hij haalt zijn schouders op. 'Ik vraag me af of het wel verstandig was om de mensen aan de top er zo vroeg bij te betrekken, maar...' Hij maakt de zin niet af.

'Die mensen zorgen voor je,' zegt Frank. Het is geen vraag maar een constatering.

'Ja.'

Frank knikt. Hij zit met zijn handen in zijn schoot en lijkt zich weinig op zijn gemak te voelen. 'En ze zullen voor je blijven zorgen. Je bent een intelligente knul, Calum. Je hebt talent. Je hebt al dat talent voor jezelf kunnen houden en dat is je goed gelukt. Maar de tijden veranderen. Je komt op een punt waarop je behoefte hebt aan mensen die op je passen. Het is de enige manier om in veiligheid te kunnen leven. Het is de volwassenwording van de huurmoordenaar, als het ware,' zegt hij met een glimlach. 'Je begint als freelancer, onafhankelijk, en bent vastbesloten dat te blijven. Alleen al het idee van werken voor een organisatie is ronduit gruwelijk. Je wilt je vrijheid behouden. Maar je bereikt het tegendeel. Als je eenmaal deel uitmaakt van een organisatie, weet je dat het je uiteindelijk de kop zal kosten als je freelancer blijft. Gebonden zijn aan iemand is nog helemaal niet zo slecht,' zegt hij. 'Als je de juiste mensen om je heen hebt, is toetreden tot een organisatie het slimste wat je kunt doen.'

Frank is nu weg. Zo te zien had hij moeite met zijn heup toen hij de trap af liep. Calum heeft last van zijn hand. Daarom heeft hij hem geen kop thee of koffie aangeboden. Zelfs naar de wc gaan is een beproeving.

Als hij nu freelancer was, zou hij een wandelende schietschijf zijn. Een gemakkelijk doelwit voor iedereen die hem kwijt wilde. Dan zou hij niet op deze manier kunnen onderduiken. Hij zou financiële problemen krijgen. Frank is in de loop van de tijd van de organisatie gaan houden. Zei zelfs zo'n beetje dat hij het in deze periode zonder de organisatie niet overleefd zou hebben. Misschien lukt het Calum ook, als hij het wat tijd geeft, om van de organisatie te gaan houden. Of misschien ook niet.

Calum zit weer in de woonkamer. Hij staart voor zich uit. Helemaal alleen in een flat waar hij zich niet thuis voelt. Hij probeert naar de toekomst te kijken. Probeert het onvermijdelijke te zien. Hij kan Jamieson niet ontvluchten, dat is veel te gevaarlijk. Blijven betekent meer situaties als deze. Zijn gezonde verstand zegt: als je blijft, krijg je er spijt van. Je doet je klussen, het worden er steeds meer en op een dag word je gepakt. Dan is het allemaal voorbij. Dat is onvermijdelijk. Tenzij...

Misschien doet zich een kans voor. Een kans om aan het onvermijdelijke te ontkomen. Je moet dan wel het lef hebben om die kans te grijpen.